现在，你看，那撒马尔罕，
她不在大地之后吗？她的荣耀
不是凌驾于所有城池吗？她的手
不是握有他们的命运吗？

埃德加·爱伦·坡
（公元 1809 年 –1849 年）

撒马尔罕
SAMARKAND

[法] 阿敏·马卢夫 / 著　黄思恩 林子涵 彭广恺 / 译

民主与建设出版社

目 录

译　序

中亚，这块位于亚洲内陆的广袤大地，自古即为草原民族活动的舞台，也许因为草原民族四处游走的习性，其文化大多为口传，很少以文字的形式保存下来。由此相较于其东方的中国、西南方的伊朗，中亚历史的追溯之路显得特别艰辛。不仅如此，刚刚接触中亚史的读者，还易迷失于有限而繁杂的史籍资料中，除了先得对照古今地图辨识边界地域，还需厘清当时并存的阿拉伯、波斯和突厥人势力的消长。

本书共分为四个部分：前两个部分是十一到十二世纪的中亚和波斯，当时伊斯兰世界已进入第二个世袭哈里发朝——阿拔斯时代（公元 750 年 –1258 年），但哈里发的势力已名存实亡，只不过是必须得到各地强权承认和保护才能生存的名义共主。当时东方穆斯林世界的真正统治者为正值鼎盛时期的大塞尔柱帝国（公元 1037 年 –1194 年），其领土东起阿富汗的喀布尔，西至小亚细亚，横跨大半个穆斯林世界；还有统治阿姆河以北中地区[1]的哈喇汗王朝（公元 840 年 –1212 年）。这两个相互抗衡的强权皆为突厥人所建，说明突厥人取代波斯人和阿拉伯人成为中亚新霸主。政治上，波斯人对必须听命于文明程度

[1] 河中地区是指中亚锡尔河和阿姆河两流域之间的地区，包括今日乌兹别克斯坦全境和哈萨克斯坦西南部，自古即为欧亚陆路主商道和丝绸之路的重要通道。中国西汉时期的张骞“通西域”，即是通到河中地区的费尔干纳谷地，当时为大宛国。撒马尔罕、布哈拉等都是河中地区的大城。宋代，金灭辽，辽之皇裔耶律大石率众西走，至中亚建立西辽国，即在河中。又明代中亚帖木儿帝国（公元 1370 年 –1526 年）的根据地也是河中地区。

不如他们、且不重视文化发展的突厥统治者感到痛苦；宗教上，新皈依伊斯兰教的突厥统治者与伊斯兰宗教人士和各派间的关系、伊斯兰各教派间的正统之争和彼此倾轧（包括掌握主流优势的逊尼派人士对什叶派的挞伐与迫害，以及什叶派“异端”伊斯玛仪派藉由阿煞星所进行的反扑），更使当时的宗教冲突越演越烈。

本书的后两部分则将时空拉回十九世纪末、二十世纪初的伊朗，彼时的伊朗为卡札尔王朝（公元 1794 年 -1925 年）中后期。政治上，王权在维新改革和英、俄强权的欺凌间摇摆，民主立宪人士与保守宗教势力相互对峙；宗教上，伊朗已成为以什叶派伊斯兰教立国的国度，其政教合一的主流势力对新兴宗教（如巴孛教或巴哈伊教）强加迫害。

本书作者阿敏·马卢夫具有高超的串连历史和铺陈故事的能力，他以波斯天文学家、数学家、医生、哲学家及文学家——奥马尔·卡亚姆（公元 1048 年 -1131 年）的《鲁拜集》为线索，成功地将十一、十二世纪和十九、二十世纪这两个相距遥远的时代编织在一起，并呈现出各自的繁盛和喧嚣。透过本书，读者可以通过一种观剧的方式，对于中亚和伊朗在这两个历史时期的纷乱历史有一个比较清楚的认识。而如果愿意对照前后，想必读者也将不难发现，伊朗——或中亚地区，无论是在中世纪还是现代，始终都摆脱不了宗教迫害与政治纷争的厄运，从而为之感叹不已。

本书的书名——“撒马尔罕”，位于今日的中亚乌兹别克斯坦境内，为乌国的第二大城市。也许读者会对这个书名产生疑问，因为书中的故事多半发生在伊朗，真正发生在撒城的倒很少。译者在此想强调的是，目前世界地图上的国家，大部分是十九世纪末以后才出现的；中世纪的中亚和中东世界，则分属于几个幅员辽阔的王朝或帝国管辖，因此仍是一个相互交融的完整国度，而河中地区更是自古即为伊朗文化圈的一部分；由此来看，从撒马尔罕到伊斯法罕，基本上是同一个文化地域；如此以“撒马尔罕”作为这本中亚历史小说之名，也是恰如其题了。

在本书的翻译过程中，译者尽力为一些历史名词以及伊斯兰教、波斯或中亚的相关背景知识作译注。而原文书中以斜体字标示出来的波斯语或阿拉伯语词汇，译者也皆尽量在译文中保留音译，再以译注的方式解释该词的意思，附上中英法文的索引以利读者查考。特别要说明的是：卡亚姆的《鲁拜集》怕有几十种中文翻译本，在手法上，有的侧重文字直译，有的则更讲求意境体会，在翻译取材上，有的从波斯文本直译，更多的则是从十九世纪英国费兹杰罗德的英译本翻译。本书所引用的卡亚姆的“鲁拜”诗，一方面尊重作者阿敏·马卢夫的法文翻译，另一方面则部分参考了张鸿年先生从波斯语翻译过来的《鲁拜集》(湖南长沙：湖南文艺，2001)。

最后，特别感谢译者之外子在波斯语和阿拉伯语词汇翻译上提供的大力协助。

黄思恩

序　曲

有一本书，在大西洋海底。我要告诉你们它的历史。

也许你们知道这个故事的结尾，当时所有报纸都报导了此事，并对此进行了深入追踪。当泰坦尼克号在 1912 年 4 月 14 日午夜沉入美洲新大陆的外海时，有一个崇高的牺牲者随着它葬身海底。那是一本书——唯有这本书可以证明是由波斯哲人、诗人及天文学家奥马尔·卡亚姆创作了《鲁拜集》[1]。

我不用对这起船难多作赘述，许多人早就以美金估算了它的损失，列出死亡名单，对死者的最后遗言详加报导。但这件事却在六年后依旧深深困扰着我，我对于自己作为一个差劲的守护者感到懊丧不已。难道不是我——本杰明·欧·雷萨吉，硬生生把那本书从它的出生地夺走的吗？难道它不是被我放在行李箱里，随我搭上泰坦尼克号的死亡之旅吗？难道它在历史中随波逐流的漫长旅程，不是因为我的懈怠才在这个世纪被迫中止的吗？

从船难那时起，我的世界倒卧于血泊和阴影里，如同受伤般，日子一天比一天灰败，生命不再对我绽放笑靥。我把自己与人群隔离，

---

[1] “鲁拜集”是指汇集“鲁拜”诗的作品集。“鲁拜”诗是一种波斯的四行诗体，形式短小精炼，第一、二、四句协韵，第三句不协韵，许多波斯诗人（包括现代伊朗文人）都喜欢利用这种短小的诗歌形式来抒情或阐明道理。

只为倾听我记忆中的声音，悉心呵护一个天真的希望：那份手稿会重见天日。我顽固地相信，在黄金打造的书盒保护下，它一定能被完整无缺地从黑暗的深海中打捞出来，它的命运将因一个全新的探索过程而丰富。人们可以用手指指着它，打开它，迷失在书里；一双双着迷的眼睛，将会如探险般，追寻写在内文四周边缘处的史实故事，他们会从中发现那位诗人，他的第一个句子、他的第一次醉酒，他的第一次恐惧，还有阿煞星，然后他们会停下来，怀疑地审视里面的故事，同时开始浏览由浅棕色和祖母绿色交织而成的插图。

这本书上既无日期，也无签名，有的只是这些，或热情澎湃，或超然脱俗的文字。撒马尔罕，那大地上曾迎向阳光的最美的脸庞。

I 诗人与爱人

这人世有谁清白无罪，你说。
清白无罪他怎么能活，你说。
我作奸犯科，你滥施刑罚，
你我区别何在，你说。

——奥马尔·卡亚姆

1

撒马尔罕，缓慢而沉闷的一天。到了傍晚时分，城里的居民选择来到胡椒市场旁的死胡同——双酒馆巷里，消磨最后的白昼时光。他们并非为了麝香味四溢的粟特[1]葡萄酒而来，而是为了看着人们在那儿进进出出，间或拦下一位醉醺醺的买醉者，将他推倒在地，极尽能事地羞辱他，诅咒他在大限之时堕入地狱，让地狱之火唤起他对葡萄酒的血色记忆！

《鲁拜集》的手稿问世于公元1072年夏天，它的诞生完全是一个巧合。奥马尔·卡亚姆二十四岁时来到撒马尔罕，初抵异地的他，犹豫着当天晚上是住在酒馆里，还是去街头散散步。最后，他选择了散

[1] 粟特为主要分布于今中亚阿姆河与锡尔河之间的泽拉夫尚河流域的古代民族，中国史籍常称之为“杂种胡”，所操粟特语属印欧语系伊朗语族中的东伊朗语的一支。据《隋书》记载，粟特先民原居于祁连山下之昭武城（今甘肃张掖），后为匈奴所破，被迫西迁至中亚，并建立了康（今撒马尔罕）、安（今布哈拉）、石（今塔什干）等等小国，此即中国史籍中所称之昭武九姓。粟特地区有多种宗教并存，其中最具影响者当推拜火教。然而粟特的拜火教融入了当地的偶像崇拜，故与波斯的拜火教有很大不同。佛教与其他印度宗教在粟特人生活中亦颇有影响力。此外景教与摩尼教也同时存在。粟特是丝路上极为活跃的商业民族，汉、唐之间，许多粟特人即沿着丝绸之路东行，经商贸易，故有许多人就此移居中国。

步，惬意地走在这个陌生的城市里，享受探寻的乐趣。夕阳西下，这座城市更显出其千姿百媚来。经过鲁巴尔卜野地街时，一个小男孩冷不丁地冲了出来，他光着脚踩在宽阔的鹅卵石路上，脖子里紧夹着一个刚从商店里偷来的苹果。在广场市集的一家店铺里，一群玩着双陆棋的人正在油灯微弱的灯光下厮杀，两个骰子不断地抛向空中，响起一连串咒骂声和止不住的笑声。在制绳作坊集中的拱顶长廊下，一个赶骡子的人在水池旁停了下来，他把手伸入池中，任凭流水泻入两掌间的缝隙，然后弯下腰来喝水。他噘起双唇，仿佛正在亲吻熟睡婴孩的前额，直到他干渴的身体终于获得满足，这才把双手举到脸上，嘴里呢喃着祝祷之词，感谢神的恩典。接着他拿出一个挖空瓜肉的西瓜皮，装满水，拿给他的牲口喝，也该轮到它滋润一下了。

在贩卖熟食的市集广场，卡亚姆的目光被一名十五六岁、怀着身孕的女孩吸引住了，她的面纱掀开，毫无修饰的双唇不带一丝微笑，也未发出一句言语，却轻轻地从他手上拿走一些他刚买来的烤杏仁。路旁的行人却不以为意，因为在撒马尔罕有个古老的风俗：当一位即将为人母的妇女在街上碰到令她合意的陌生人时，她必须大胆地要求分享他手里的食物，如此她腹中的宝宝才会长得英俊，拥有和那位陌生人一般的修长身材和高贵稳重的举止。

目送那女子离开后，卡亚姆继续闲逛，他自豪地津津有味地嚼着剩下的杏仁，忽然，一阵吵闹将他拉回现实，他发现自己不知何时走进了一堆闹哄哄的人群。人群中，一个四肢瘦削细长的老男人坐在地上，他头顶仅剩几根白发，稀疏地散落在深褐色的脑袋上。他使出全身力气发出的嘶吼声，也不过是气若游丝般的一连串呜咽。

在这个可怜的老人附近，一群男人手上挥舞着棍棒，互相炫耀着自己的胡须；另一群人则兴奋地看着这一切。观众中有人注意到卡亚姆惊恐的神情，便大声安抚他："别担心！那是'瘦削杰伯尔'。"卡亚姆向后退了一步，觉得有些羞愧。"杰伯尔！阿布·阿里的门徒。"他低声咕哝着。

阿布·阿里是个再平常不过的名字，然而，凡是布哈拉[1]、哥多华、巴里黑和巴格达的读书人，一提到这个名字莫不肃然起敬。他们所知道的阿布·阿里不是别人，正是阿布·阿里·伊本·西那[2]，西方人称他为阿维西那。卡亚姆从未见过他，因为这位贤者在他出生前十一年就已离开了人世，但卡亚姆仍崇拜并尊敬地视他为独一无二的大师、知识渊博的智者，对理性的倡导者。

卡亚姆再次轻声低语："杰伯尔！阿布·阿里最钟爱的门徒。"尽管是头一次见到他，但对于杰伯尔的悲惨际遇，他早有耳闻。阿布·阿里原本认定他为自己医学和哲学思想的继承者；他欣赏杰伯尔的雄辩，只有在杰伯尔傲慢时，他才会加以责备。这种傲慢和直言不讳为杰伯尔换来数次入狱和三次鞭打示众，最后一次是当着他家人的面在撒马尔罕大广场被鞭打了一百五十下。那次羞辱后，他一蹶不振。而他到底是从何时开始发疯的呢？据说是在他妻子死之后，从那时起，人们便看到他衣衫褴褛、步履不稳地四处晃荡，嘴里不断吼叫或不堪入耳地咒骂着。在他身后，常常跟着一群顽劣的孩童，他们拍着手，拿尖锐的石头丢他，直到他哭嚎为止。

卡亚姆暗自思量："我要是不小心，说不定也会沦落到这个可怜家伙的地步。"他并不太害怕酒醉，他和酒早已学会相互尊敬，谁都不会让谁变得卑贱。他害怕的只是自己的体面，终有一天会被无知的大众摧毁。他一心只想逃离现场不再看这可悲的一幕，然而，他没法扔下

---

[1] 布哈拉位于今日乌兹别克斯坦中部，当时是西黑汗王朝（公元 1042 年 -1212 年）的首都；科尔多瓦位于今日西班牙南部的安达鲁西亚地区，曾经是后乌迈亚哈里发朝（公元 756 年 -1031 年）的首都，当时是全欧洲人口最多的大城；巴里黑位于今日阿富汗北部，为当时人文荟萃的大城；巴格达是今日伊拉克的首都，当时也是伊斯兰阿拔斯哈里发朝（公元 750 年 -1258 年）的首都。

[2] 阿布·阿里·伊本·西那（约公元 980 年 -1037 年）为一百科全书式的思想家，在哲学、医学、自然科学、文学上皆极有成就。尤其他的医学著作《医典》，更是十七世纪以前欧、亚广大地区的主要医学教科书和参考书。西方人多称之为阿维西那。

阿布·阿里的门徒不顾，于是转而坚定地向前迈进几步，大声地说道："你们饶了这可怜的人吧！"

一个拿着棍棒、头目模样的人走了过来，他的脸上有一道深深的疤痕自右耳划到下颚上方。这张疤痕脸忽然凑近卡亚姆，狠狠地说道："这个人是酒鬼，是不信教的，是哲学家！"尤其是最后的这"哲学家"三个字，犹如咒骂般嘶声丢出。

"我们撒马尔罕不需要哲学家！"围观众人高声地附和着。

对这些人而言，"哲学"这个词代表的就是世俗亵神的希腊科学，用更通俗的话来说，就是指那些既非宗教也非文学的东西。尽管年纪尚轻，奥马尔·卡亚姆却早已是闻名遐迩的哲学家，比可怜的杰伯尔更受人瞩目。

不过疤痕脸并未认出卡亚姆来。他转身走向颓然倒地的杰伯尔，一把抓住他的头发，把他的头狠狠按到地上，不断撞击地面，杰伯尔眼看就要被他杀死，卡亚姆一把拉住了那男人的手。

"饶了这可怜的人吧！他不过是个鳏夫，一个生病的人，一个疯子。难道你们看不出来吗，他连嘴唇都动不了了。"

疤痕脸甩开卡亚姆的手，指着他的胡子说道："你好像很了解他嘛！你是谁？你不是撒马尔罕人，在这个城里没人见过你。"

卡亚姆推开那个男人的手，但动作并不粗鲁，以免那个男人找理由揍他。男人向前进了一步，继续质问："陌生人，你叫什么名字？"

卡亚姆不愿让自己陷入麻烦中，他抬起双眼，望向天空，一抹新月甫从薄云之中露出面来。他保持静默，然后长叹一声，一边数着星星，一边离开这群人，希望回到安全的地方。

但众人将他团团围住，有些人伸手推揉着他，他从自己的思绪中回到了现实。

“我叫卡亚姆，是尼夏浦尔[1]的易卜拉欣之子。你又是谁？”疤痕脸并无意介绍自己，掌握发问权的是他，反正后面卡亚姆自会知道他的名字。

此刻他还只是个学生，外号“疤痕脸”，手里拿着棍棒，嘴里骂骂咧咧，然而不久之后，他就会令整个撒马尔罕风云变色。不过现在他的影响力只限于他周围的年轻人，这些年轻人对他唯命是从。

突然，疤痕脸的眼睛亮了，他回到自己的追随者中间大声叫道：“天啊！我怎会认不出卡亚姆——尼夏浦尔的易卜拉欣·卡亚姆之子呢？卡亚姆，呼罗珊之星，波斯与美索不达米亚的天才，哲学家的国王！”

他手放至自己缠头巾两侧，朝卡亚姆弯腰行礼，嘲弄揶揄的口吻成功地引来所有围观者的哄笑。“我怎么会认不出作出这么一首‘虔诚敬神’的四行诗的人呢？

> 主啊，你打碎了我的酒壶，
> 断绝了我的享乐之路。
> 将猩红的酒泼洒在地，
> 恕我无礼，难道你也醉得一塌糊涂？”

听着他的吟诵，卡亚姆心中恼怒，但担心他对自己不利，于是不假思索地大声否认道：“我不知道这首诗，这首诗我还是第一次听到，但我自己曾做过一首这样的诗：

> 他们一无所知，他们也不想知道。
> 无知者统治今世！

[1] 尼夏浦尔位于伊朗东方的呼罗珊地区，自古即在丝路上占有重要的战略位置；而在蒙古入侵（公元 1219 年）前，这座城更是伊朗的政治、经济和文化中心之一。

你若不加入，他们就称你为不信者。
别理他们，卡亚姆，继续你的旅程。”

卡亚姆实在不该用“无知者”这个词讽刺他的对手。果然，所有人一听及此，立刻一拥而上，用手撕扯他的袍子。卡亚姆四处躲闪，一个踉跄，背部撞到一人的膝盖，然后整个人跌坐在鹅卵石地面上。重重的包袱压在他身上，像要把他碾碎，他不想再挣扎了，觉得那样太有失体面，于是决定任由这群暴徒撕碎自己的衣服，让自己成为一位殉道者。他没有任何感觉，也听不到任何声音，他把自己封闭起来，麻木地任他们拳打脚踢。

也不知过了多久，十个武装士兵突破人群闯了进来，破坏了他的殉道。他们的毛毡帽上有象征阿赫达斯[1]——撒马尔罕民兵队的浅绿色徽章，那些施暴者一看见他们便丢下卡亚姆退到远处，然后，为了合法化自己的行为，他们大声叫道：“他是炼金术士！他是炼金术士！”暴徒还要求其余的围观者作证。

因为在统治者眼中，当哲学家并非罪过，但进行炼金术却意味着找死。巡逻队队长无意和他们争论，只是说：“如果这个人真是炼金术士，那我们就该把他带到大奥哈迪[2]阿布·塔赫尔面前去。”

此时，早已被众人遗忘的“瘦削杰伯尔”匍匐着爬向离他最近的酒馆，然后以最快的速度爬进去，显然他已下定决心不再踏出门口一步。卡亚姆支撑着独自站起身，沉默地昂首前行，他挺立的身姿完全遮盖了衣服被扯碎的窘境，淌着血的面庞恰似象征谦逊的面纱。民兵们手执火炬在他身前引路，攻击他的人则尾随其后，在他们之后还跟

---

[1] “阿赫达斯”为城市民兵部队之意。

[2] “奥哈迪”一词为阿拉伯语，为“教法官”之意，即依照伊斯兰教法处理穆斯林之间的民事、商事、刑事等诉讼并执行审判的官员。本属低级行政官员，但其社会地位在阿拔斯哈里发朝时明显提高，许多“奥哈迪”由教法学家出任，且不受地方行政长官约束，可以独立行使司法和审判权。

着一群看热闹的人。

卡亚姆视他们如无物，对他来说，这个城市已然荒芜，这个国家变得死寂，天空没有一片云彩，他在神游中回到若干年前的撒马尔罕。

那时，他在旅行了三个星期之后抵达了撒马尔罕，未曾稍作停息，便朝传闻中的地方奔去。传闻中说：到库罕第斯台地上面的老城堡去，从那里极目四望，你会看到水流、绿荫、花圃，以及被最聪明的园丁修剪成如同公牛、大象、健壮的骆驼或腾跃的黑豹模样的柏树。说真的，即使在城里，从修道院门到屋门，再到中国门，茂密繁盛的果园和波光粼粼的河流，都是卡亚姆前所未见的。此外，高耸入云的砖造宣礼塔遍地都是，与塔相互掩映的则是层层的拱顶、站在瞭望台上的看守人、藏在湖边柳树下的一窝蛋和一个裸身在湖中游泳、正将她的秀发甩向炎热风中的女人。

这情景不就是某位不知名画家笔下呼之欲出的天堂吗？所以当他被带到位于阿斯菲札尔区的大奥哈迪的住处时，他的脑海中不断浮现出那些美景，他告诉自己：“就算我的湖中美女只是一场幻想，就算现实冷酷和丑陋，就算这个凉飕飕的夜晚是我的最后一晚，我也绝对不会痛恨这个城市。”

2

来到奥哈迪的巨大邸苑[1]，远处的枝形吊灯把卡亚姆的脸色照成了象牙色。当他一走进宅院，立刻被两个中年守卫按住了肩膀，仿佛他是一位凶暴的疯子；他就这样被他们压制着在门口等候。

奥哈迪坐在房间的另一端，完全没有注意到卡亚姆。他看似对有些事已不以为然，或不愿与起诉者多说什么，因此只是随口斥责几句。民众的官司无非是那些老掉牙的鸡毛蒜皮，奥哈迪阿布·塔赫尔显然对此已经疲惫不堪，他大声命令双方在他面前和好如初，互相拥抱，想就此了结他们的纷争。那两人中的一人顺从地往前踏出一步，而另一位前额短窄的彪形大汉却拒绝和解。奥哈迪当场重重地赏了他一巴掌，此举令旁观者不禁打了个寒颤。那壮汉很快看了一眼这位身形圆胖、怒火冲天的男人，奥哈迪得用绳子吊着才够得着他呢。他最终还是摸摸自己的脸颊，垂下头，乖乖地顺服了。

打发了这群人，奥哈迪阿布·塔赫尔示意带着卡亚姆来的民兵们

---

[1] “邸苑”这个词有许多意思，其中一个意思是指东方国家里的高级政府机关，如奥斯曼帝国的皇家议会就叫作“邸苑”。但在本书中，“邸苑”多半指的是高级官员的住所。

往前站，民兵们向他一五一十地汇报了街上这件暴行的始末。轮到“疤痕脸”回话了，他倾身向前，好与早就认识他的奥哈迪更靠近些，然后开始滔滔不绝地说起来。奥哈迪阿布·塔赫尔不带任何情绪地仔细听着，没过几分钟，他便下达命令：“叫那群人解散！让他们每个人抄最快的捷径回家。”然后他又对那些攻击者说：“你们也回家吧！明天之前我不会做出任何决定。今晚就让被告留在这里，我的守卫会看着他。”

“疤痕脸”完全没想到奥哈迪会这么快就要他们离开，他错愕地试图表示一些虚弱的抗议，但又立刻觉得还是服从比较好，于是他乖巧地拎起衣袍的尾端，躬身退下。

现在只剩下奥哈迪阿布·塔赫尔和卡亚姆了。其实对阿布·塔赫尔来说，卡亚姆是一位他十分钦佩的人，然而他却以一句令人捉摸不定的话作为开场白：“能接待名满天下的尼夏浦尔的奥马尔·卡亚姆，可真是一种荣幸啊！”

他不露声色，语气平静，既不嘲讽，也不带温情。卡亚姆这才仔细观察他，只见他头上戴着郁金香形状的缠头巾，浓密的眉毛，灰色的胡子，嘴上无髭，意味深长地看着自己。

这样的开场白实在叫人困惑，因为衣服被扯破，几乎衣不蔽体的卡亚姆已经杵在那里忍受被的观看和嘲笑一个小时了。

经过几秒精心计算过的静默后，阿布·塔赫尔接着说：“卡亚姆，你在撒马尔罕可谓无人不知、无人不晓，年纪轻轻，却学识渊博，我听说连学院里的人都在讨论你的天赋异禀。据说你在伊斯法罕[1]把一本伊本·西那的重量级著作读过七遍后，回到尼夏浦尔就能全文默出，这可是真的？”

---

[1] 伊斯法罕是今日伊朗的第三大城，位于伊朗中部。在公元 1050 至 1722 年间曾经繁荣一时，先后被塞尔柱突厥帝国和萨伐维王朝（公元 1501 年 –1736 年）定为国都，成为当时的世界第一大城。

这确是事实，没想到都传到了河中地区，卡亚姆有些自豪，但却不敢掉以轻心。这番提及伊本·西那的话出自一位沙斐仪法学派[1]的奥哈迪之口，不知是福是祸，更何况，他并没有请他坐下。阿布·塔赫尔继续道："人们口耳相传的不只是你的非凡学识，还有那些据说是你做的令人好奇的四行诗。"

这些话依旧不带一丝情感，虽没有责骂，但也没有打算将他无罪释放的意思，只是一味地试探他。卡亚姆大着胆子回答道："'疤痕脸'所引用的那首鲁拜诗不是我做的。"

奥哈迪不快地打断他的抗议，他用与刚才不同的口吻正色说道："那首诗是不是你写的并不重要。我早就接到关于这种渎神诗的报告，但我认为引用和传播这些诗的人同样有罪。我不是要处罚你，但我也不能任凭这些关于炼金术士的指控如同耳边风般从我左耳进、右耳出。现在就只有我俩，我们都是有学问的人，我只想知道真相。"

这些话还是没有解除卡亚姆的疑虑，他只觉得这是一个圈套，迟疑着该如何回应，他似乎已经看到自己被带到刽子手面前，等待被肢解、砍头或钉在十字架上。看他还在犹豫，阿布·塔赫尔提高了声音，近乎吼叫般地咆哮道："卡亚姆，尼夏浦尔做帐篷的易卜拉欣的儿子，你难道分辨不出谁是你的朋友吗？"

这句话流露出的诚意令卡亚姆[2]心头为之一动。

"分辨朋友"，他认真地思考这句话，同时凝视奥哈迪的脸。他观察到奥哈迪张着的嘴，颤抖的胡子，慢慢地，他觉得自己被征服了，脸上的五官也放松了下来。在奥哈迪的示意下，守卫们放开了卡亚姆，而他也未经奥哈迪许可径自坐了下来。奥哈迪友善地报以微笑，毫不放弃地继续他的问题："你是那些人所声称的多神论者吗？"

这绝不是一个简单的问题！卡亚姆立刻大声否认道："我看不起那

[1] 逊尼伊斯兰有四大法学派，沙斐仪是其中一派。

[2] "卡亚姆"这个词在波斯语里即是"缝制帐篷者"的意思。

些狂热的虔诚信徒，但我没说神有两个。”

“你可曾这么想过？”

“从来没有，真主明察。”

“你的回答已经告诉了我我想知道的，我相信‘造物主’也是这样。但民众就不是如此了，他们监视你的一言一行，一举一动，他们对我和那些贵族们也是这样。他们说你曾说：‘我有时去清真寺，因为那里凉快很适合打盹。’”

“只有与‘造物主’和平共处的人才能在礼拜的场所入睡。”

尽管奥哈迪不快地皱了皱眉，但卡亚姆的情绪已完全被激发了出来，他热切地继续说道：“我和那些一味害怕审判的信徒不同。我是怎么做礼拜的？我研究玫瑰，我数星星，我对造化之美，对其完美的运作，对‘造物主’最美的作品——人，对人脑对知识的渴望、人心对爱的渴求以及人的感觉，人的渴望或心满意足，都感到惊叹不已。”

奥哈迪站了起来，若有所思地看着卡亚姆的双眼，然后走到他的身旁坐下，如同父亲般把手放在他的肩膀上。守卫们惊愕地彼此交换着眼神。

“听着，我年轻的朋友。‘全能之神’已经赐予你阿丹的后代所能拥有的最宝贵的东西——那就是智慧、口才、健康、俊美、求知欲，以及对生命的渴望、对人的钦佩，还有，我想还包括对女人的怜惜。但我希望他还没剥夺你沉默是金的智慧。倘若你无法保持缄默，那我上面提到的你那些优点不但不会受到别人的欣赏，而且无法保存下来。”

“难道我必须等到垂垂老矣才能畅所欲言吗？”

“在你可以畅所欲言之前，你孩子的孙儿们都已经老了。我们生活在一个充满秘密和恐惧的时代，你必须拥有两副面孔：一面向一般大众显示，另一面则保留给你自己和你的‘造物主’吧。如果你想要保住你的眼睛、耳朵和舌头，就忘记你的另一面吧！”

奥哈迪突然不再言语，但他并非要让卡亚姆有机会说话，而是为了使自己的劝诫产生更大的效果。卡亚姆垂着眼皮，等待奥哈迪接下来要说的话。

然而，阿布·塔赫尔只是深深地吸了一口气，简短地命令他的部下离开。那些部下一关上门，他便立刻走向邸苑的一角，掀起一张挂毯，打开一个锦盒，拿出一本书，然后郑重其事地交给卡亚姆，他的脸上露出一丝如同父亲般的温蔼微笑。

这就是我——班杰明·欧·雷萨吉，在日后有幸亲手拿在手里的那本书。我认为我拿到的就是这一本，粗厚的皮制书面装饰着类似孔雀尾毛的斑纹，纸的边缘已然磨损，呈现不规则状。不过，当卡亚姆在那令人难忘的仲夏之夜打开这本书时，他看到的只是两百五十六页白纸，上头没有任何诗文、图画、边饰或图案。

为了掩饰自己的激动情绪，阿布·塔赫尔以商人的口吻说："这本书用的是中国人发明的卡个兹[1]。这也是撒马尔罕目前所能制造出的最好的纸，最初是由一个来自玛突利德区的犹太人按照古老的配方制作出来的。完全是用桑树做的。你摸摸看，它的质感和丝差不多。"

他清了清喉咙，继续道：

"我有一个哥哥大我十岁，他在你现在这个年纪就死了。起初是因为他写了一首诗触怒了当权者，于是被流放到巴里黑。他最后遭到指控的罪名是煽动异端邪说。我不知道这个指控是否属实，但我恨他把青春岁月搭在这么一首诗上，那首可怜的诗比鲁拜诗还短。"

他的声音颤抖着，激动地继续说："留着这本册子吧！不管何时，只要有诗句流过你的心头，或者来到你的舌尖，让你不吐不快时，就

---

[1] "卡个兹"（波斯语的正确音译为 kaghaz）这个词在波斯语中是"纸"的意思。关于波斯语中这个词的来源，有几种说法，其中一说称其来自于中文的 kok-dz。kok-dz 是汉朝对一种"谷纸"的称呼。

忍住，把它写在这些纸上，偷偷地保存下来。而每当你写的时候，就会想起阿布·塔赫尔。”

奥哈迪不曾想到，正是他的这个举动和这番话，促成了文学史上保守最严密的奥秘文字的诞生，直到八百年后，这部撒马尔罕手稿才公诸于众，世人才得以见识奥马尔·卡亚姆的精湛诗学，《鲁拜集》才被奉为有史以来最具原创力的作品之一。

3

阿布·塔赫尔巨大的花园里有一座光秃秃的小丘，上头矗立着一座木头建造的眺望楼，那一晚，卡亚姆便住在那阁楼里。他试图让自己入睡，却无法办到，在他身旁，有一张低矮的桌子，上头搁了一支鹅毛笔、一个墨台、一盏未点燃的灯，以及他的书，那本书的第一页早已打开，但仍空白着。

当第一道曙光在天边出现时，一位如花似玉的女奴带着一盘切好的瓜果、一套新衣裳和一条由赞丹[1]丝制成的缠头巾出现了，她附在他耳边轻轻说道："晨礼[2]之后，大人要见你。"

房间里早已挤满了上访者、乞丐、溜须拍马的人、朋友以及各式各样的访客，"疤痕脸"也在其中，显然他是来等卡亚姆的消息的。卡亚姆一踏入门口，奥哈迪的声音便把众人的目光与评论转移到他身上。

---

[1] 赞丹位于今日乌兹别克斯坦的布哈拉附近，向以产丝闻名。

[2] 伊斯兰规定其信徒——穆斯林每天要做五次礼拜，分别为晨礼（日出后约一小时内）、晌礼（约中午时分）、晡礼（下午时分）、昏礼（日落后到天色全黑之间）及宵礼（晚上）。

“欢迎！奥马尔·卡亚姆伊玛目[1]。在先知[2]传下的传统知识中，没有人能与他分庭抗礼。”

此话一出，所有访客纷纷起身向卡亚姆鞠躬致意，接着才又坐下。卡亚姆望了望躲在角落里笑得颇为尴尬的“疤痕脸”。

阿布·塔赫尔挥退其余坐在自己身边的人，毕恭毕敬地请卡亚姆坐到自己的右边，然后郑重其事地说：“我们尊贵的访客昨晚遇到了不幸。他在呼罗珊、法尔斯及马赞达兰[3]地区备受礼遇，每个城市的人都盼望他能大驾光临，每个国王都巴不得他能来到自己的宫廷，但是他昨天却在我们撒马尔罕的街道上受到了惊扰。”

语毕，惊异之声此起彼落，奥哈迪特地让骚动持续了一阵子才示意大家安静下来。

“更糟糕的是，惊扰几乎酿成市集里的一场大乱。就在我们景仰的国王——‘国家之阳’纳赛尔汗[4]，即将从布哈拉来访的前夕，竟发生这场大乱，真主保佑，我真不敢想象，假如人群没被控制或被驱散，会有什么后果？我告诉你们，我们的脑袋可能会因此搬家！”

他故弄玄虚地停顿了一会儿，吁了一口气，任凭刚才那番话继续惊吓众人，然后话锋一转，说：“所幸我昔日的一位学生认出了这位尊

---

[1] “伊玛目”的原意是“领袖、表率及率领者”，后来衍生出许多意思。在此是对伊斯兰教义学、教法学、圣训学、经注学等领域和各教派、学派的思想、理论奠基者和权威人物的尊称；简言之，就是对伊斯兰的高级学者的称呼。本书之后还会出现其他不同意思的伊玛目。

[2] 伊斯兰有许多先知，但对穆斯林来说，当提到“先知”这个词时，往往指的是伊斯兰最后的先知穆罕默德。

[3] 法尔斯为对今日伊朗南部地区的称呼，伊朗人的主要民族——波斯人即来自此区，故伊朗的官方语言波斯语即是法尔斯语。马赞达兰地区位于今日伊朗北方靠近里海的地方。

[4] 这里的“国家之阳”纳赛尔汗（公元 1068 年 –1080 年）是西黑汗王朝的第三任汗王。黑汗王朝为突厥人于公元 840 年所建的中亚王国，于 1041 年分裂成东西两部，其中西黑汗王朝以布哈拉为首都。

贵的访客，专程来通知我。他现在也在这里。”

他指着“疤痕脸”，请他站出来。

“你怎么认出卡亚姆伊玛目的？”

“疤痕脸”嘴里咕哝了几句。

“大声一点，这里的老先生们听不见。”奥哈迪指着一位花白胡子的老人大声说。

“我是根据他能言善道认出这位尊贵的访客的。”“疤痕脸”艰难地从嘴里挤出这几个字，“在带他来尊敬的奥哈迪这儿前，我也问过他从哪儿来。”

“你做得很好，否则只怕那乱子会一发不可收拾，甚至会血染市集，你应该坐到我们客人的旁边来。”

当“疤痕脸”一步步走近卡亚姆时，人们几乎可以从空气中嗅出他勉强屈从于奥哈迪的不甘心，阿布·塔赫尔在卡亚姆耳边轻声说道：“他也许不会成为你的朋友，但也绝不敢再当众为难你。”

接着他又抬高声音说：“现在，我希望无论卡亚姆伊玛目经历过什么，都不会对撒马尔罕有太坏的回忆。”

“我早就忘了昨晚发生什么事了。”卡亚姆说，“以后，只要想到这个城市，我的脑海里只会出现一个卓越者的形象。我指的不是阿布·塔赫尔，我们对奥哈迪的最高赞美，并非是赞扬他个人的品格，而是去歌颂他所管辖的民众的正直与诚实。在到达这里前，我骑着骡子吃力地爬上小山坡，朝着克许门前进。正当我的脚要踏上这块土地时，有个人主动过来与我攀谈：

‘欢迎来到这个城市！’他说，‘你在这里有家人或朋友吗？’

我说没有，但随即害怕他搞不好是个骗子，或是乞丐，一个烦人的家伙。但那人继续说：‘高贵的客人，请不要对我感到怀疑，是我的主人让我在此守候，对所有来访的旅人恪尽好客之道。’

那个人虽然看起出身贫寒，却穿着干净的衣服，而且显然熟悉待客之道。我跟着他走了没多远，他领我进入一道厚重的大门，穿过一条拱顶长廊。此时，我发现我来到一家客栈的庭院，庭院中间有一口井，人畜热闹非凡，四周是三层楼的客舍。那人说：‘只要你愿意，就可以一直待在这里，一个晚上或三个月都行。这里会供你床和食物，也会给你的骡子粮秣。’

当我问他一天要多少钱时，他却拒绝回答，只说：

‘你是我主人的贵客。’

‘请告诉我这位慷慨的东道主是哪一位，我好向他表示谢意。’

‘我的主人在七年前便已过世，他把所有的钱都留给了我，要我好好接待来撒马尔罕的旅人。’

‘你的主人叫什么名字？我要把他的好意和善行宣扬出去。’

‘你只需感谢那全能真主。他知道是谁以他的名义行善的。’

于是我在那里住了几天。每当我出去闲逛回来时，盘子里总是堆满美味可口的食物，我的骡子也得到很好的照顾，甚至比我自己照顾得还要好。”

卡亚姆看着听众，试图找到一些回应。然而这个故事却没有引起任何赞叹或疑问。奥哈迪看出了卡亚姆的困惑，于是解释道：“许多城市都喜欢自诩为整个伊斯兰土地上最友善的地方，然而只有撒马尔罕才是真的名副其实。就我所知，来到本地的旅客从来都不需要支付膳宿。我知道许多家庭竭心尽力地招待访客或乞丐，但他们从未自吹自擂。每个街角都能看到满溢甘甜之水的泉池，过往的人们可以任意取水一解干渴之苦；全城共有超过两千个这样的瓷砖或陶瓷饮水池，全是撒马尔罕的居民提供的，但是你以为有谁会为博得感谢而把自己的名字刻在上头吗？”

“我必须承认，我从没在任何地方看到这么慷慨的行为。您能准许我再问一个困扰我许久的问题吗？”

奥哈迪当即说道：“我知道你要问什么，你一定很纳闷这么好客的居民，为何却会对像你这样的访客拳打脚踢？”

“或是欺负一个像杰伯尔那样的可怜人？”

“答案只有一个，那就是恐惧。这里发生的所有暴力都是因为恐惧。我们的信仰正承受来自四面八方的攻击，像巴林地区的嘎尔马特派[1]、贡木地区的十二伊玛目派[2]，以及‘七十二派’[3]，此外还有君士坦丁堡[4]的罗马人，以及其他异端；其中尤以埃及的伊斯玛仪派[5]

---

[1] 嘎尔马特派为什叶伊斯兰中的伊斯玛仪派的一支。当伊斯兰的最后先知穆罕默德去世后，其门徒为了谁能继任穆罕默德成为穆斯林社群之领袖而分裂成两派。一派是逊尼，承认阿布·巴克尔、奥马尔·卡亚姆（也译作欧麦尔·哈塔卜）、欧斯曼以及“先知”的堂弟兼女婿阿里为先后继任穆罕默德的四位哈里发。而另一派是什叶，则认为只有“先知”的族裔才能继承穆罕默德的穆斯林领袖地位，什叶派称这位领袖为“伊玛目”，并以阿里为其第一个伊玛目，而伊玛目的地位和权力都是神所指定的。不过什叶派后来又分了好几支，伊斯玛仪派即为其中一支。而这里的嘎尔马特派又是伊斯玛仪派的分支之一；该派由于不履行一般穆斯林所看重的伊斯兰基本功课：礼拜、朝觐、斋戒，故被逊尼派斥为“叛教者”。该派于十二世纪遭执政者镇压瓦解后又融入伊斯玛仪派。巴林位于波斯湾西岸之岛屿，今为海湾六国之一。

[2] 贡木为距离伊朗德黑兰西南 156 公里处的城市，是什叶伊斯兰的圣地，也是什叶派的最大学术中心。十二伊玛目派为什叶派的主要派别，一般人通称的什叶派往往指的就是十二伊玛目派。该派尊奉阿里及其直系后裔中的十一人为先知穆罕默德去世后的穆斯林正统领导者——伊玛目。此外，遵奉古兰经和“四大圣训集”（逊尼派所尊奉的是“六大圣训集”），履行教法所规定之宗教功课。目前该派主要分布于伊朗、伊拉克、阿塞拜疆、黎巴嫩、巴林等国。

[3] 有一则“圣训”（先知穆罕默德的言行记录）传述先知曾说：“我的社群会分裂成七十三派，其中七十二派都会下火狱。”关于到底是哪七十二派会下火狱，一直是穆斯林争论的焦点。

[4] 君士坦丁堡即现在的土耳其伊斯坦布尔。在历史上，这座古城曾先后为罗马帝国（公元前 27– 公元 476）、东罗马（拜占庭）帝国（公元 330 年 –1453 年）、十字军东征时期的拉丁帝国（公元 1204 年 –1261 年）、以及奥斯曼帝国的首都（公元 1299 年 –1923 年）。该城在整个中世纪时一直是欧洲最大且最富裕的城市。1930 年始更名为伊斯坦布尔。

[5] 伊斯玛仪派是什叶伊斯兰中的一个极端派。八世纪时，什叶派的第六任伊玛目嘉法尔·萨第格去世后，什叶派信徒大多拥护其第二个儿子为继任之伊玛目，但少部分信徒认为其第一个儿子伊斯玛仪才是真主所任命的伊玛目；尽管当时伊斯玛仪已死，但他们认为他没有死，他将以“隐遁伊玛目”的身份重回世上（关于隐遁伊玛目［马赫第］，可参见 99 页注）。因此伊斯玛仪派只承认阿里以下到伊斯玛仪共七位伊玛目，故又称“七伊玛目派”。目前伊斯玛仪派的信徒约有七百多万，主要分布于伊朗、伊拉克、阿富汗、叙利亚、巴基斯坦、印度、黎巴嫩、巴勒斯坦等地，其现在的精神领袖为阿格·汗。

影响最大，他们在巴格达，甚至在撒马尔罕都拥有大量信徒。我们不要忘记我们的伊斯兰城市，像麦加[1]、麦地那、伊斯法罕、巴格达、大马士革[2]、布哈拉、木鹿[3]、开罗、撒马尔罕等等，它们都是绿洲城市，如果稍有疏忽，它们很快就会被沙漠吞没，它们一直都只是沙漠手下留情的产物。”

奥哈迪透过其左侧的窗子巧妙地计算日影。他站起身来，说道：

“该是去晋见我们的汗王的时刻了。”

他拍拍手，吩咐下人准备好路上吃的东西。接着众人齐齐上路。

奥哈迪习惯一边赶路一边津津有味地嚼葡萄干，他身旁的人以及他的宾客们也都模仿他，于是一个巨大的铜盘被端了上来，盘里堆满了葡萄干，每个人各自抓取一把放在口袋里。

轮到“疤痕脸”时，他抓了一小把，举到卡亚姆面前说：“我想你一定更喜欢我把这些葡萄当作美酒敬献给你吧！”

他并没有说得很大声，然而神奇得很，在场的每个人都突然静了下来，他们屏息等待卡亚姆的回应。卡亚姆说：

“当一个人想喝葡萄酒时，应该小心地选择为他倒酒的人和陪他饮酒的同伴。”

“疤痕脸”稍稍提高自己的音量：

“我连一滴都不会喝！我希望能在天堂里占有一席之地。看来你并不打算和我一同上天堂啊。”

---

[1] 麦加位于今日的沙特阿拉伯，为穆斯林的第一大圣城，每年一次的大朝觐就是在麦加举行。

[2] 大马士革为现今叙利亚的首都和最大城，自古即为地中海东岸肥沃月湾的主要文化和宗教中心。

[3] 木鹿位于今日土库曼，是古丝路上的重要绿洲城，也是政治和文化的交流中心。但古木鹿城现已不存。

“难道连在永恒的国度里，都还得和那些警醒世人的乌拉玛[1]生活在一起吗？不，多谢啦。真主已应允我其他东西了。”

谈话到此结束，卡亚姆快步跟上正在呼唤他的奥哈迪。

“民众必须看到你和我走在一起，这样他们才会忘记昨晚的事。”

卡亚姆隐约在人群中看见那个分享他杏仁的女人，女人躲在一棵梨树的树荫里，于是他放慢脚步，想看得更仔细些，但是阿布·塔赫尔催促他道：“快点！假如汗王比我们早到，那我们就麻烦了。”

[1] 在阿拉伯语里，学者的单数名词是“阿利姆”；“乌拉玛”则是学者的复数形式，指称伊斯兰宗教知识上的大学者。

4

“历史上，占星学家们一直宣称撒马尔罕、麦加、大马士革及巴勒莫[1]四个城市将在叛乱中诞生，他们的话果然一一应验！唯有通过武力，才能令这些城市屈服；唯有当刀光剑影找上它们时，它们才会走上正道。先知以宝剑挫伤了麦加人的傲气，而我也将用宝剑削平撒马尔罕人的傲气！”

纳赛尔汗——河中地区的霸主，只见他身材巨大，皮肤被太阳晒成古铜色的，身着绣工精致的长袍，威风凛凛地站在他的宝座前。他的声音足以震慑手下和访客，目光在所有在场者中来回扫视，倘若有人敢动一下嘴唇，或者看起来不够谦卑，或者透着某些不恭顺，他便会毫不留情地把他揪出来。在场的每个人都出于本能地缩着肩、紧贴着旁边的人，恨不得这场风暴赶快过去。

既然找不出任何可以下手的目标，暴躁的纳赛尔汗一把抓起一堆袍服，一件件丢到脚下，用他带着浓重的喀什噶尔[2]腔的突厥语叫嚣、

[1] 巴勒莫为意大利南方西西里岛的首府，最早是由腓尼基人所建，是一历史极为悠久的文化古城。

[2] 喀什噶尔即现在新疆南部的大城——喀什，自古即为丝路北、中、南线的西端总交汇处，故为中西交通枢纽和商品集散地，贸易非常发达，有“市集王国”之称。

辱骂着。按照惯例，汗王会穿上三、四层，有时甚至七层绣袍，然后在一天当中，庄重地将身上的绣袍一件件脱下来，赏赐给自己打算奖赏的人。然而看纳赛尔汗此刻的心情，无疑告诉大家他今天不打算给面见他的宾客任何奖赏了。

每当汗王来到撒马尔罕，全城便会充满狂欢的喜庆气氛，在最初的几分钟，欢呼必须被压抑着，当汗王走进城门时，民众才能爆发出猛烈的欢呼。纳赛尔汗沿着丝阿柏河边的石板路上行，终于来到城北的布哈拉门。他本来面带微笑，一双小眼睛因笑容陷得更深，拉得更长，颧骨在阳光下闪耀着琥珀色的光芒。突然间，他失去了好心情，他走近簇拥在阿布·塔赫尔身边的两百多名当地名流，用锐利的目光梭巡着人群，当然奥马尔·卡亚姆也在其中。

然而，汗王似乎没有找到他要寻找的人，他猛地一拉缰绳，策马立起前蹄，然后一边嘟哝着一边走远了。

汗王直挺挺地坐在他那匹黑色母马上，再没露出一丝微笑，也没再理会那些天一亮就赶来的数千名民众的欢呼声。这些民众有些挥舞着请公共书记官帮忙写成的诉愿书，但没有人真的敢把诉愿书呈给汗王，他们只敢把诉愿书交给汗王身旁的侍卫，那些侍卫嘴里总是含糊不清地承诺会尽力。

四个骑士高举着象征王朝的棕色旗帜走在汗王前头开路，一个裸着上身的奴隶则撑着一把巨伞亦步亦趋地跟在汗王身后，众人马不停蹄地穿过两旁尽是盘根错节的桑树的大道。汗王的队伍避开市集，沿着被称为阿利克斯的主要灌溉河渠来到阿斯菲札尔区，因为他在那里搭建了一座行宫，毗连阿布·塔赫尔的居所。以前汗王们总是住在城堡里，然而近年来征战连连，城堡早已倾颓不堪使用，如今仅剩突厥佣兵不时在那里安营扎寨。

卡亚姆早已发觉汗王情绪不佳，不禁踌躇着是否要去行宫拜见，然而奥哈迪却在一旁催促他。无疑，奥哈迪希望这位卓越的友人可以扭转汗王的心情。途中，阿布·塔赫尔简略地向卡亚姆叙述了不久前发生的事。在汗王到来前，这个城市的宗教领袖们已经决定抵制他，他们指控汗王烧毁了布哈拉的大清真寺，全副武装的反对派在那里负隅顽抗。“在汗王和宗教机构间，”奥哈迪解释道，“战争从未平息过，有时会演变成公开的血腥对抗，但多半时间是在暗中秘密行动。”

关于乌拉玛和许多官员们串谋的谣言已经袭卷了整个城市。官员们说汗王的先人们经常和士兵同食，从未忘记那些让他们得天下的人民勇士，但是随着世代交替，突厥汗王却沾染了昔日波斯帝王们令人失望的恶习，甚至自诩为神的化身，宫里的繁文缛节常令他们摸不清头脑，甚至感到屈辱，于是许多官员转而向宗教领袖表达不满。这些宗教领袖自然乐于听到官员们抱怨纳赛尔，指控他偏离伊斯兰之道。与此同时，为了震慑军队和官员，汗王也严加提防乌拉玛，他虔诚的父亲不就是藉着砍掉一颗德高望重的乌拉玛的脑袋来奠定自己的政权的吗?

在1072这一年，阿布·塔赫尔是少数虔诚的高官中还愿意和王室保持密切关系的人之一：他经常去布哈拉的城堡（亦即汗王的主要居所）拜见汗王；而每当汗王驾临撒马尔罕时，他也必定隆重地款待。自然而然地，有些乌拉玛非常反感阿布·塔赫尔的中间路线，但他们中的多数人对于出现这么一位居中者还是持欢迎的态度的。

奥哈迪再度巧妙地扮演起调解者的角色。他避免触怒纳赛尔汗，小心翼翼地试探着，企图缓和他的情绪，耐心等待最艰难的时刻过去。等汗王总算回到宝座上，舒舒服服地倚在柔软的靠垫上时，他就开始以不易察觉的方式慢慢拿回场上主控权，卡亚姆把这一切看在眼里，松了一口气。在奥哈迪的示意下，侍卫召来了一位年轻的宫女，让她收拾弃置在地的、如同战后尸身般的长袍。气氛不再那么沉闷，人们小心地伸了伸僵直的手脚，轻声细语地交头接耳。

奥哈迪大步走到房间中央，站在汗王面前，低着头一言不发。这个策略再次证明了奥哈迪的心机，在一段很长时间的静默之后，纳赛尔汗终于带着些许疲惫地下达谕令："告诉这个城市的乌拉玛，让他们在天亮时到这里跪在我面前。谁的头没有低下，我就砍谁的头。谁都别想逃，无论逃到天涯海角，都休想躲过我的怒火！"此话一出，所有人都明白风暴已经过去了，问题的解决指日可待，只要教士们改过自新，汗王就不会采取极端手段。

第三天，当卡亚姆再次随奥哈迪来到宫廷时，周围的气氛已与前日大不相同。纳赛尔汗坐在宝座上，宝座其实是一个覆盖着黑色毛毯的高台，旁边站着一位宫女，手里拿着一盘糖渍玫瑰花瓣。汗王会拿起一片放到自己的舌头上，让它在口中融化，然后他不紧不慢地把手伸到另一个宫女面前，让她先把香水喷洒在手指上，然后仔细地擦拭，这样的仪式一连重复了二、三十次。与此同时，所有代表鱼贯而入，他们分别代表城里的每个区，如阿斯菲札尔、盼吉金、札格里玛赫、玛宊利德，还有代表市集会社以及包括铜匠、造纸师傅、养蚕人以及挑水人等各行各业的行会，而受到保护的社群如犹太人、祆教徒以及景教徒也都在参见之列。

代表们首先亲吻地板，然后站起身来，弯下腰鞠躬，直到汗王要他们起身为止。每个群体的代表都会发表讲话，全部发言完毕后，一行人才能倒退着离开，任何人在尚未离开觐见厅前，是不准先行把背转向汗王的。这个仪式颇令人玩味，它的发明者，不知是一位对恭敬礼貌吹毛求疵的汗王，还是一位谨小慎微的朝拜者呢？

接着，轮到宗教领袖们上场了，他们共有二十多人，人们怀着好奇而又忐忑的心情等着他们。阿布·塔赫尔不费吹灰之力就说服了他们前来，既然他们已经充分表达了自己的不满，若要再继续纠缠下去，恐怕就是自寻死路，谁都不愿意冒这个险。

现在，他们站在汗王的宝座前，每个人都在自己的年纪与膝盖力所能及的范围内，尽可能地弯下腰，等待汗王的起身令。然而，起身的命令却一直没有下达，十分钟过去了，此刻就连最年轻的人都无法继续保持这个不舒服的姿势。但他们能怎么办呢？假如擅自起身，就等于是给汗王责骂的借口。于是他们一个接一个跪下了，坐在膝盖上，这是一个同样表示尊敬但却不太累的姿势。直到最后一个人的膝盖骨也碰到了地面，汗王这才下令他们站起来，不再为难他们。没有人对这个转折感到惊异，这就是应付的代价，也代表着一个王国的秩序。

接下来是突厥官员和一群群的高官，以及一些地荷杆[1]和来自邻近村落的首领。他们按照等级，分别亲吻汗王的脚、手或肩膀，然后一位诗人走上前来，大声地歌颂汗王的丰功伟业，不过汗王显然很快便对这种虚情假意的谀词感到厌烦，他作势打断诗人，要侍从躬身传令。

“我的主人希望在场的诗人们知道，他已经厌烦了听这类千篇一律的诗文了。他不希望自己再被比作狮子、老鹰或太阳。如果没有别的话要说，大家可以离开了。”

[1] “地荷杆”（正确波斯语音译应为 dihqan）为“农夫”之意，但通常是指拥有土地的小地主。

5

侍从的话令原本等待上场歌功颂德的二十几位诗人窃窃私语起来，他们之中甚至有些已向后退了两步，打算偷偷溜走了。只有一位女士从行列中站了出来，迈着沉静的步伐走向汗王。卡亚姆好奇地看着她，这时奥哈迪对他耳语道：“她是布哈拉的女诗人，自称佳涵，意为‘大世界’。她是一个善变的年轻寡妇。”

他的语调带着些责备的意味，但这更加深了卡亚姆的好奇心，他无法转开视线。佳涵早已掀开面纱，露出脂粉未施的嘴唇，开始朗诵一首她的旧作。耐人寻味的是，诗中居然只字未提汗王的名字，只是赞美粟特河——那条孕育了撒马尔罕，蜿蜒至布哈拉，最后因为没有可容纳其水量的海洋而消失在沙漠之中的河流。

“你朗诵得很好。让你的金口装满金子吧！”纳赛尔汗用他一贯的口吻说道。

女诗人接过一大盘金币，开始一枚枚地将金币放进她的嘴里，而一旁的观众也跟着大声地数起来。当佳涵因为嘴里满是金币而作势要呕吐时，整个宫廷，包括在她面前的汗王都爆出了笑声。侍从示意女诗人返回她的位子，此时众人已将金币数到了四十六。

只有卡亚姆没笑，他的眼睛牢牢锁定在佳涵身上。她的诗如此纯洁，口才如此高贵，大步向前的步伐又是如此勇敢，但现在她却自己往嘴里塞满金币，屈服于这种污辱人的赏赐。放下面纱之前，她向卡亚姆投去一个眼神，而卡亚姆也捕捉到了。尽管投去这个眼神只不过是转瞬的事，旁人极难觉察，然而对于心意相通的两个人而言，这个眼神却别具深意。时间具有两个维度，卡亚姆对自己说，它的长度由太阳来决定，它的深度却由情感来决定。

发生在他们二人之间的美妙时刻却被奥哈迪打断了，他轻拍卡亚姆的手臂，将他拉回现实。女诗人走了，只留下面纱，好时光总是这样短暂。

阿布·塔赫尔想把他的朋友介绍给汗王，他开口道："您威严的顶盖已庇荫了呼罗珊地区的伟大知识分子。这是奥马尔·卡亚姆，他上通天文，下知地理，对百草也知之甚详。"

奥哈迪特意强调卡亚姆在医学和占星术上的卓越成就，他深知王室极爱此道，因为医学可保他们健康长寿，而占星术可保他们富贵长久。

汗王的态度让塔赫尔很高兴，因为他说卡亚姆是值得尊敬的。然而，此刻的氛围实在是不适合与知识分子谈天论地，加上汗王显然误会了来者的意图，他再次下达了他最喜欢的那道命令："让他的嘴里装满金子吧！"

刚回过神来的卡亚姆努力克制着想要呕吐的感觉，阿布·塔赫尔也留意到这点，不禁开始担忧。

他怕他的朋友会拒不听从汗王的命令，从而触怒汗王，于是赶紧递给卡亚姆一个让他顺从的眼神，并用肩膀推他向前。然而这些都是徒劳，卡亚姆已下定了决心，站在原地纹丝不动。

"仁慈的汗王请原谅我，我正在斋戒，所以没法把任何东西放进嘴里。"

"如果我没记错的话，斋月[1]在三个星期前就结束了。"

---

[1] 伊斯兰历法的第九个月为拉玛丹月，也就是斋月。穆斯林在这个月中必须封斋，亦即从日出到日落中间不得饮食。

“斋月的时候我正从尼夏浦尔赶来撒马尔罕，所以不能封斋，但我发愿之后会补齐我所应封的斋。”

奥哈迪听到卡亚姆的回话惊恐地倒抽一口气，而一旁聚集的所有人也都开始坐立不安起来。不过汗王的脸色实在看不出任何喜怒，他转而询问阿布·塔赫尔。

“你对信仰的一切了如指掌，你能告诉我如果把金币放入卡亚姆大师的嘴里然后很快地拿出来，会破坏他的斋戒吗？”

奥哈迪以最诚肯的语调说：“严格来说，只要有任何东西进入嘴巴，就可能会破坏斋戒。假如不小心把一枚钱币吞下去的话，那斋戒就坏了。”

纳赛尔汗接受了这个意见，却心有未甘，他问卡亚姆：“可以告诉我你拒绝的真正原因吗？”

卡亚姆迟疑了下，然后说道：“对，坏斋并不是唯一的原因。”

“说吧！”汗王说，“你不用怕我。”

于是卡亚姆念出以下诗句：

“驱使我走向您的不是贫穷，
我不穷，因我的欲望简单。
我只向您寻求荣耀，
一个坚忍和自由之人的荣耀。”

“但愿真主使你的日子黯淡无光，卡亚姆！”阿布·塔赫尔喃喃自语道。他的脑中一片空白，深感恐惧，他的耳边还回响着汗王前不久暴跳如雷的怒吼声，他实在没有把握还可以再次安抚这头猛兽。

汗王仍然静默着一语不发，仿佛被冻结在深不可测的沉思中。那些靠近汗王的人则正在等待汗王发声，假如他所发出的是一道无可更改的裁决令，那些阿谀献媚的廷臣便会在暴风雨到来之前逃之夭夭。

就在众人屏息以待的紧张时刻里，卡亚姆反而得暇偷偷寻找佳涵。但见她背倚着一根柱子，脸埋在双手里，难道她正在为他担心颤抖吗？

终于，汗王站起身来，果断地走向卡亚姆，给了他一个强而有力的拥抱，他先用手将卡亚姆抱离地面，然后才放下。

据史书记载："'河中地区的主人'对奥马尔·卡亚姆推崇备至，并邀请他和自己一起坐在宝座上。"

"所以你现在成为汗王的朋友了。"当他们离开王宫后，阿布·塔赫尔如此对卡亚姆说道。

他快活的程度和适才令他几乎透不过气的苦恼不相上下，然而卡亚姆却冷静地答道：

"您忘了有一句俗语叫'大海不识邻居，国王不识朋友'？"

"不要嘲笑那扇开启的门。对我来说，这代表你的事业已在宫中缓缓展开了！"

"宫廷生活并不适合我，我只有一个雄心壮志，那就是有一天，可以拥有一座玫瑰花园里的天文台，自由自在地徜徉在星空里，手里拿着高脚杯，身旁有一位美女陪伴。"

"就像刚才那位女诗人一样漂亮的美女？"阿布·塔赫尔揶揄道。

卡亚姆满脑子都是她的身影，但嘴上却不再回话，唯恐不小心溜出的只字片语会泄露什么。趁着这轻松的氛围，奥哈迪话锋一转，以不同的语调说道：

"我想向你请求一个恩典。"

"别这么说，您给了我那么多恩典！"

阿布·塔赫尔直入正题："这么说吧，我想和你作个交易。"

此时他们已来到阿布·塔赫尔住所的门口，他邀请卡亚姆坐在一张满是食物的桌子前，继续他们的谈话。

"我已经替你想好一个计划，一个和书有关的计划，让我们先暂时忘掉你的《鲁拜集》，在我看来，那只不过是一个天才一时兴起的奇思异想罢了，而你真正擅长的领域是医学、天文学、数学、物理及形而上学。如果我说自伊本·西那死后，再也没有一个人在这上面超越你，可有说错？”

卡亚姆沉吟不语。阿布·塔赫尔继续说道：

“我期待你写作那些领域的书，我要你把那些书题献给我。”

“在这些领域，的确还没有一本书可以称之为至高无上的。正因为如此，到目前为止，我仅仅满足于阅读、学习，而并没有自己动笔去写。”

“能说说你的想法吗？”

“让我们想想古人吧！那些活在我之前的希腊人、印度人和穆斯林们，他们已经写了许多关于各种学科的著作，如果我重复他们已经写过的，那我的作品只是老调重弹，但如果我驳斥他们，就像我一直在尝试的，后代的人也会驳斥我。知识分子的著作到了明天还可以维持什么？人们对前人所写的东西往往只有负面的评价。人们总会记得他们曾推翻哪些人的理论，但他们自己所建立的理论也会被后来的人所推翻，甚至成为笑柄，这就是科学的游戏规则。但诗歌却没有类似的规则，前人所写的不会被后人所写的否定，诗歌在时间的长河中永远不朽。这正是我创作《鲁拜集》的原因。您知道为何科学能让我神魂颠倒吗？那是因为我在其中找到了绝世之诗：数学里令人眼花缭乱、迷失其中的数字，天文学中宇宙的低喃秘曲。在您离开前，请不要和我谈论什么是‘真理’。”

他停了一会儿，继续说：“当我漫步在撒马尔罕时，我看到人们已经不再想要破解那些刻在断垣残壁上的铭文，我为此而叹息：‘这个城市曾存在过的东西，如今还剩下多少呢？’我们先别谈人类，因为他们只是拥有短暂生命的造物。他们的文明还剩下多少呢？这里曾经存在过什么王国、科学、法律及真理呢？什么都没有。我在那些断垣残壁中四处寻找，却徒劳无功。我在那所有东西中只找到一个刻着脸的陶器碎片，以及一个建筑上的带状装饰碎片。我的诗可以千古不朽，但陶瓷破片、建筑碎片、残破遗址都将永远淹没在时间里。在一名醉眼昏花的诗人眼中，一个城市所遗留下来的尽是些支离破碎的景观。”

“我懂你的话。”阿布·塔赫尔结结巴巴地说，显然他不甚明白。“可是，你总不能献给沙斐仪法学派的奥哈迪一首散发葡萄酒香的诗吧！”

终于，卡亚姆表现出和解与感激的态度，他答应稀释其满溢葡萄酒香的写诗时光，在接下来的几个月里，着手编纂一本关于三次方程式的旷世巨著。在这本专著里，卡亚姆使用 shay 来表示代数中的未知数，在阿拉伯语中，这个词的意思是“东西、事件”。后来这个字在西班牙语的科学著作中被拼作 xay，之后，xay 的第一个字母 x 渐渐成为未知数的通用符号。

卡亚姆在撒马尔罕完成这本著作，然后将它献给他的保护人，他写道：

> “我们是这个时代的牺牲者，因为这个时代的科学家不被信任，他们之中只有少数人可以投注毕生心力研究科学。今日的知识分子所拥有的浅薄知识，仅被用来追逐物质目标，要在这世上找寻一位如同迷恋世俗般醉心于科学的人，或是一个不受限于人类宿命的人，我对此已感到灰心绝望。直到真主赐予我恩典，让我遇上伟大的奥哈迪——阿布·塔赫尔伊玛目。我能专心著述，全赖其恩德。”

那晚，卡亚姆回自己临时的居所眺望楼时，并没有拿灯，因为他想时辰已晚，并不适合阅读或书写回屋的路上，只有微弱的月光映照着他的路，时当夏瓦勒月末[1]，月亮只剩一轮弯弯的新月。他穿过奥哈迪的花园，独自摸黑前进，好几次他几乎绊倒，只能扶着旁边的矮树

[1] 夏瓦勒月为伊斯兰历法的第十个月，也就是斋月结束后的那个月。

或是抓着拂上脸颊的垂柳树枝缓缓前行。

他刚一走进房间，突然听到有人说话，那声音温柔地责备道：“我原本期待你早点回来。”

莫非是他过于思念那女子，竟以为自己听到了她的声音？他慢慢地合上门，站在门前，试图寻找那发出声音的一抹倩影，但哪儿也寻不着。这时，那声音再度打破寂静，依旧模模糊糊：

“你正在保持沉默，你拒绝相信一个女人胆敢如此踏入你的房间。在王宫里，我们的眼神曾经相遇，迸出了火花。但是汗王在那儿，奥哈迪和王室的人也在那儿，你转开了你的眼睛，像许多男人一样，你选择放手。区区一个妇道人家，一个寡妇，她能为你带来的嫁妆不过是一张伶牙俐齿的嘴巴、破败的名声，何苦为了这样一个女人去挑战命运招惹王室呢。”

卡亚姆觉得有一股莫名的神秘力量把他压得无法动弹，连嘴唇都无法放松。

“你没说话。”佳涵带着礼貌却讥讽的语气说道，“那我就继续说我自己的，反正我是那个大老远找到这儿的人。当你离开宫廷时，我问别人你住在哪里。我来到这个城市，原本要去一位嫁给撒马尔罕富商的表姊家住，但我放弃了，我睡在汗王的后宫里，那里有一些朋友喜欢我的陪伴。她们开心地听我讲故事，没有把我看成敌人，因为她们知道我并不想嫁给汗王。我本可诱惑汗王，但我和他的妻妾们待在一起太久了，这样的命运对我来说毫无吸引力。对我来说，生活比男人重要多了。正因为我是别人的妻子，又或者我不是任何人的女人，汗王才会乐于让我带着诗文和笑声出现在他的邸苑里。一旦他想娶我，他会先把我锁起来。”

卡亚姆完全无法表达自己的意见，他变得迟钝，佳涵的话无法进入他的耳朵。等他终于能够吐出第一句话时，他倒像是在自言自语，或是在对着影子讲话，而不是在对她说话：

“当我还是少年或年纪更大时，不知多少次，我遇见一个眼神，一个微笑。到了午夜时分，我会梦想着那个眼神化成一个实体，一个有血有肉的女人，一个在黑暗中明艳动人的影像。突然之间，在这个夜晚，在这间不真实的阁楼里，在这个不真实的城市中，你出现了，一位如花似玉的女子，更何况还是一个女诗人，触手可及。”

她笑了。

“触手可及！你怎么知道？你还没碰到我，也还没看到我，或许你不会看到我的，因为不等到日出我就会离开。”

在伸手不见五指的黑暗中，仅闻丝绸衣裳沙沙作响，空气中弥漫着阵阵芳香。卡亚姆屏住呼吸，他身体里的欲望被唤醒了，他像一个情窦初开的小男孩般情不自禁地问道：

“你还戴着面纱吗？”

“我唯一的面纱就是夜色。”

6

孤男寡女，不知名的画家想像他们在黑暗中如何缠绵，他去掉了阁楼的墙壁，为他们画了一张以玫瑰花作为边饰的草床，又在他们的脚下添上一条闪着银色波光的小溪。画家笔下的佳涵如同印度女神般有着丰满匀称的胸部，卡亚姆一手爱抚着她的秀发，另一只手端着高脚杯。

每个白天，他们都会在王宫相遇，却默契地避开彼此的眼神；每晚，卡亚姆都会急切地奔回居所，等待他的至爱。然而，命运究竟可以眷顾他们多少夜晚，一切都掌握在汗王的手里。只要汗王一拔营，佳涵就必须跟着离开，而汗王也从不事先告知何时动身。总有一个早上，这位草原之子会跳上他的坐骑，前往布哈拉、克许、或彭吉肯特，而整个行宫人马就得慌慌张张地追上他。卡亚姆和佳涵无时无刻不担心这一刻的来临，也因此，他们的每次亲吻都带有道别的意味，每次拥抱都仿佛气喘吁吁的逃亡。

一个夜晚，空气中的燥热和沉闷令人窒息，卡亚姆走到眺望楼的露台上，佳涵已经到了。他听到奥哈迪的侍卫们的笑声似乎离他们很近，开始深觉不安，佳涵再三向他保证她来时没有人注意到她。他们首先轻轻地互吻对方，然后又情不自禁地热烈长吻一次。整个白天都不属于他们，他们必须各行其事，装作彼此陌生，只有夜晚，才是他们属于彼此的时刻。

“在这个城市里，你认为有多少爱侣可以像我们这样相聚呢？”佳涵调皮地在卡亚姆耳边低喃。

卡亚姆调整了一下自己的睡帽，喘着气，鼓动着两颊，若有所思地说：“我们得好好想一想，除去那些毫无情趣的夫妻、只能唯唯诺诺的女奴、在街头兜售或打工的女孩、在深闺叹气的处女，还剩下多少女人可以和她们自己选择的男人相聚呢。同理，又有多少男人是睡在自己钟爱的女人身边，他身旁的女人是为了爱情自愿把自己交给他，而非别无选择。天晓得今晚的撒马尔罕也许只有一对这样的男女，那就是我们。你会说：为什么是我们俩？因为真主要我们俩相爱，就如同他令某些花朵有毒。”

他笑着，而她流下了泪水。

“我们进去吧，把门关上，他们会听到我们的欢笑声。”

在数不清多少次爱抚和亲吻之后，佳涵坐了起来，她用衣服盖住一半身子，轻轻地挣脱爱侣的拥抱。

“我必须告诉你一个秘密，那是汗王妻子中最年长的一位告诉我的。你知道他为什么来撒马尔罕吗？”

卡亚姆阻止她继续往下说，他猜想她要说的可能是后宫秘辛。

“我对王室的秘辛不感兴趣，它们只会让听到的人耳朵发烫。”

“你只听着就行了，这个秘密也会影响到我们，它可能会把我们拆散。纳赛尔汗是来巡查防御工事的，他觉得等到夏天一结束、暑气消散后，塞尔柱的军队就会打过来。”

塞尔柱人，卡亚姆知道他们，他自有记忆以来的第一个印象就是他们。他们成为亚洲穆斯林的霸主前曾入侵他出生的城市，当时所造成的“大恐慌”成为当地人世世代代挥之不去的恐怖记忆。

那还是发生在他出生十年前的事，尼夏浦尔人在某一天早晨醒来时，突然发现自己被一支突厥军队包围了。那支突厥军队由两个兄弟率领："猎鹰"突格鲁勒·贝格与"飞鹰"察格里·贝格。他们二人都是塞尔柱之子米卡伊勒的儿子，这几个人俨然是当时草原的霸主，才刚刚皈依伊斯兰教不久。那时城里的贵族们都听到一个传言："听说你们的男人很骄傲，你们的地下水道流着甘美之水。如果你们企图抵抗我们，那你们的水道就会曝露于光天化日之下，而你们的男人则会深埋于土下。"

在获得了围城者对城里居民生命及财物安全的承诺后，尼夏浦尔的贵族们很快就投降了。然而一个侵略者的承诺又有什么价值呢？当塞尔柱军队蜂拥入城时，察格里想将他的人马撒到街上和市集里，但突格鲁勒却不同意，他希望斋月得到应有的尊重，在斋戒时期，伊斯兰城不应受到掠夺。因为如此，尼夏浦尔人争取到了一些时间，但是察格里并未解除军备，他只是暂时按兵不动，等待斋月结束，城里的居民休想逃出他的掌心。

市民们知道了两个兄弟的争论，知道自己在下个月月初时仍难逃被奸淫掳掠及杀戮的命运，心中产生极大的恐惧，更糟的是，那种镇日等待无法逃避的屈辱感。街上的店铺全都空无一人，男人们都躲到地下，他们的妻女看着他们为自己的无能而哭泣。但他们能怎么做呢，能逃到哪儿，从哪条路逃，到处都是侵略者。编着辫子的士兵埋伏在大广场的市集，还有城里城外的每个区域以及布尔恩特门附近，他们喝得醉醺醺的，伺机勒索或掠夺，毫无军纪的大批军队还经常跑到邻近村落骚扰村民。

通常人们总是盼望着斋月赶快过完，可以自由自在吃喝的欢庆日子早些来临，但那一年恰恰相反，人们希望斋月永远不要结束，而开斋节永远不会到来。因此，当人们瞥见新月[1]时，没有一个人欢欣鼓

---

[1] 开斋节的日期是以斋月的第二十九号傍晚是否见到新月来决定：如果见到，隔日三十号即为开斋节；如果未见到，则再晚一天——即夏瓦勒月一号——为开斋节。

舞地撕开羊肉大快朵颐，反之，整个城市恰似一头待宰的肥羊。

在开斋节到来的前一晚，那本是一个所有愿望得到应允的夜晚，然而，在那一年的那个夜晚，上千个家庭却交织着悲伤和泪水，他们在不堪一击的清真寺收容所里，以及圣人的墓前不停祷告。

在城堡中，塞尔柱的两兄弟也吵得不可开交，察格里咆哮是因为他的手下已经有好几个月没有发饷了，这些手下之所以愿意跟着打仗，全是因为自己应允他们可以在这座富饶的城市里为所欲为，而现在他们已经开始蠢蠢欲动，想要叛变了，他察格里本人只怕也驾驭不了他们太长时间。

但突格鲁勒却坚持另一个想法：

“我们才刚开始征战，还有许多城市要攻下，像伊斯法罕、设拉子、瑞邑[1]、大布里士[2]等等。如果我们在尼夏浦尔投降后，不顾承诺地掠夺他们，那以后就不会再有城市向我们打开城门，也没有任何驻军会向我们示弱了。”

“如果我们失去我们的军队，我们的人马离开我们，那我们还能征服你这些梦想中的城市吗？现在连最忠诚的士兵都开始抱怨和威胁我们了。”

在两兄弟身旁围绕着许多副官和部落头领，他们全都无异议地赞成察格里的论调。此举鼓舞了察格里，他决定为这番争吵作出结论：“我们已经讲太多了，我要去告诉我的手下，在这个城市里，他们想干什么都可以放手去干。如果你想要约束你的手下，那请便吧！我们各做各的。”

陷入两难的突格鲁勒一言不发，一动不动，忽然他一跃而起，手

[1] 瑞邑位于伊朗北部的德黑兰地区，曾经是塞尔柱突厥帝国的首都，为历史名城，但后来毁于蒙古西征。现在的瑞邑已为大德黑兰所辖。

[2] 大布里士为今日伊朗的第四大城，位于伊朗西北。那里的居民主要是阿塞拜然突厥人。

里抢过一把匕首。

察格里不屑一顾。没有人知道该怎么做，又或许按照习俗，就让塞尔柱兄弟以血来解决他们的分歧吧！突格鲁勒叫道：

“兄弟，我不能强迫你服从我，我也不能约束你的士兵，但是如果你下令这么做，那我就把这把匕首插入我的心脏。”

他在说话的同时，双手按住匕首的柄，让刀身向下指住自己的胸膛。他的弟弟迟疑片刻，终于走向他，张开双臂，深深地拥抱了他的兄长，他承诺不会违反他的意志。

就这样，尼夏浦尔得以保全，但那个斋月的“大恐慌”从此烙印在人们的脑海中，永难磨灭。

7

“这就是塞尔柱人，”卡亚姆总结道，“既是未受过教育的强盗，又是开明君主；既能干出令人不齿的卑鄙勾当，又能成就崇高的举止。突格鲁勒·贝格具有开国之君所必需的不凡气度。当我三岁时，他攻下伊斯法罕；当我十岁时，他征服了巴格达，自封为哈里发[1]的保护者，并以‘苏丹——东西方之王’自居。他在七十岁时还娶了‘信士之王’唯一的女儿。”

卡亚姆在讲述这些往事时，不自觉地流露出一种钦佩之情，甚至是肃然起敬，但是佳涵却自顾自地爆笑出声。卡亚姆觉得被冒犯了，不太高兴地投给她一个严厉的眼神，不明白她为什么突然这么开心。于是她歉然解释道：“当你提到那场婚姻，我想起我在后宫时听到的一些故事。”

卡亚姆只依稀听到一些片断，因为佳涵并未全盘说出她曾听到的事情。

---

[1] “哈里发”在阿拉伯语的原意为代理人或继位人。后被逊尼派穆斯林用于指称先知穆罕默德去世后继任穆斯林社群之政教合一的领袖，因此也常被穆斯林称为“信士之王”；信士是指有信仰的人（即穆斯林）。在本书中，作者有时以“哈里发”；有时又以“信士之王”作指称。

当获悉突格鲁勒想要和自己的女儿撒伊妲结婚时，哈里发怒不可遏。苏丹的密使尚未离开，他便大发雷霆："这个不知天高地厚的突厥人，他的父辈甚至在昨天还在崇拜什么鬼知道的偶像。他们还把猪鼻子画在他们的军旗上！他怎敢要求娶我的女儿，我的女儿可是'信士之王'的千金，出身最尊贵的族系！"

尽管如此，他的威武之躯却不由自主地颤抖，因为他知道自己其实根本没法改变突格鲁勒的决定。接下来的几个月里，哈里发一直犹豫不决，突格鲁勒接连两次派人前来追问。最后，哈里发终于有了决定，他派遣一位顾问前往瑞邑城，突格鲁勒的王宫就在那里。时至今日，我们还可以在德黑兰周边地区看到突格鲁勒王宫的遗址。

首先接待哈里发密使的是宰相，他一见到密使就开门见山地说："苏丹的耐心就快用完了，他正在对我发牢骚。我很高兴你终于带来了回复。"

"你听到回复只会更不高兴的。'信士之王'请求你们原谅他无法从命。"

宰相似乎并未因为这个答案而震惊。他一边摆弄手中的玉器玩物，一边说道："这样吧，"他说，"你沿着这个走廊走下去，走进那扇大门，向那伊拉克、波斯、呼罗珊及阿塞拜疆的主人、那亚洲的征服者、那以宝剑捍卫真正宗教的人、那阿拔斯宝座[1]的保护者说：'不行，哈里发不会把他的女儿给你的！'很好，就这样。这个侍卫会为

[1]　"阿拔斯宝座"是指当时伊斯兰世界的阿拔斯哈里发朝。阿拔斯哈里发朝为伊斯兰历史的第三个哈里发政权（第二个世袭哈里发朝），由先知穆罕默德的叔父阿拔斯·伊本·阿布杜勒·穆塔里卜的后裔所建，以巴格达为首都。因其旗帜尚黑，故中国史籍称之为"黑衣大食"。其在前两百年内国势达于鼎盛，曾于公元751年与中国发生怛罗斯之役，打败中国，导致中国造纸术西传。但后来由于叛乱四起以及突厥人的崛起，国势日衰，其哈里发成为各强权的傀儡，最后亡于蒙古西征——旭烈兀攻进巴格达，杀了最后一个哈里发。

你带路。”

那侍卫在前方带路，而那密使跟在后头。此时宰相不动声色地补上一句："我猜，像你这么有智慧的人，一定早已还清债务，把财产分给儿子们，而且也把女儿们都嫁掉了！"

那密使回转身，重又坐下来，委顿地说：

"您有何高见？"

"难道哈里发没有给你其他指示吗？难道没有其他解决之道吗？"

"他跟我说，如果真的没法推掉这桩婚事，他希望得到三十万金币作为补偿。"

"这就是个好办法啊。然而，我认为他要求补偿金是不合理的，因为苏丹曾经帮哈里发很多忙，多亏了苏丹，他才能重回什叶派将他驱逐出境的都城，并助他恢复财富和领土[1]。其实，我们可以在不冒犯突格鲁勒·贝格的情况下获得相同的结果。你要告诉他，哈里发会把女儿嫁给他，而我会利用他心满意足的时机，建议他为达成这样一桩门当户对的亲事，以金钱相赠，作为酬礼。"

后来事情就这样发生了。苏丹果然在龙心大悦之下，安排了阵容强大的求亲队伍，包括宰相、好几位王族成员、几十位高官显贵及年长的女性亲戚，再加上数百名侍卫和奴隶，大队人马浩浩荡荡前往巴格达，送上价值连城的大礼，如樟脑、没药、锦缎、成箱的珠宝和十万金币。

哈里发接见了代表团的主要成员，场面不冷不热，却又不失礼貌。接着，他私下会晤苏丹的宰相，直言不讳地告诉对方他并未同意这门婚事，倘若强迫他接受，他就离开巴格达。

---

[1] 当时阿拔斯哈里发朝的哈里发是嘎伊姆。1058 年时，一位奴隶巴萨西里在什叶派的法惕玛哈里发朝的协助下，夺取了巴格达。嘎伊姆哈里发因此被迫离开巴格达，直到塞尔柱的突格鲁勒进兵巴格达，打败巴萨西里后，嘎伊姆哈里发才得以重回巴格达。

“假如‘信士之王’真的丝毫不想同意，为何又提出以金币作为补偿呢？”

“我只是不能简单地说‘不’。我希望苏丹可以从我的态度了解我的决定，那就是他决不会从我这里得到这样的牺牲。我可以告诉你，无论是突厥人或波斯人，从来没有一位苏丹会向哈里发要求这样的事，我必须捍卫我的尊严！”

“几个月前，当我感觉到您的回应可能是否定的时候，我就试图劝阻过苏丹。我向他解释，在他之前没有人提出这样的要求，这样做有违传统，人们会觉得莫名其妙。但我决不敢跟您说他是怎么回答我的。”

“你说，不要怕！”

“请‘信士之王’饶恕我。就是死，我也不会让那些话从我口中说出来。”

哈里发失去了耐性。

“说啊，我命令你。不许隐瞒！”

“苏丹先是臭骂我一顿，并指责我和‘信士之王’站在同一边反对他……他甚至威胁我要把我上镣铐……”宰相故意结结巴巴地说。

“说重点。告诉我突格鲁勒怎么说的。”

“苏丹吼叫道：‘阿拔斯是多么奇怪的民族啊！他们的祖先征服了一半的世界，建立最繁荣的城市，但是看看今天的他们！我拿下他们的帝国，他们竟然容忍；我攻下他们的首都，他们居然很快乐地献礼物给我。而那‘信士之王’还跟我说：‘我把真主给我的所有领土都给你，我把所有信士都交在你手上，他们的命运原是真主交托给我的。’他乞求我保护他的王宫、他本人和他的后宫，然而，当我要求娶他女儿时，他却跳起来希望捍卫他的尊严。难道苏丹唯一愿意为之奋战的领土竟是处女的大腿？’”

这番话说得哈里发为之语塞。于是宰相说出了最后的结语：

“苏丹最后说：‘去告诉他们，我抢走那个女孩，就像我夺走这个帝国和巴格达一样！’”

8

佳涵绘声绘色地讲述着这个让人心碎的婚姻故事，尽管心里略有罪恶感，却仍讲得兴高采烈。至于卡亚姆，正在细细咀嚼她的故事，当她淘气地威胁要闭上嘴巴不再说话时，他会连哄带抱，恳求她继续讲下去，即使他早就知道这个故事的结尾是什么。

最后“信士之王”心灰意冷，不得不答应了这桩婚事。突格鲁勒一接到哈里发的回应就立刻前往巴格达，且在尚未抵达前便派他的宰相打前站，迫不及待地想要了解，为了这场婚礼，哈里发已经做了哪些准备。

当宰相到达哈里发的王宫时，他听到人们言之凿凿地在说婚约虽然可以签定，但男女双方若要同房，那是绝对不可能的，“重要的是联姻的荣誉，而非双方的结合。”

这番话令宰相颇为恼怒，但他按捺住自己，“就我对突格鲁勒·贝格的了解，”他解释道：“我可以明白无误地告诉你们，他非常看重夫妻结合的事实。”

事实上，为了表明决心，苏丹毫不迟疑地下令军队保持警戒状态，并将之部署在巴格达和哈里发王宫的周围。哈里发不得不让步，“会见”如期举行。

公主坐在一张铺满黄金的床上，突格鲁勒走进房间，亲吻她面前的地面。“然后，他宠幸了她，”史家记载，“但她没有把面纱拿下来，也没有说任何一句话，或对他的出现表示出任何关切。”

他每天都带着价值不菲的礼物来看她，宠幸她，但她从未让他看她的脸。每一次“会见”后，都有许多人等着苏丹接见，因为那时的苏丹一般都处于亢奋的好心情，总是有求必应，并大方地赏赐厚礼。

这段由失败与骄傲交织而成的婚姻并未留下任何子嗣。六个月后，突格鲁勒一命呜呼。众所周知，他无法生育，但他休了前两位妻子，并指控她们不能生孩子。然而随着突格鲁勒与女人的关系越来越多，无论是他的妻子还是女奴，他应该认清了一个事实，那就是说如果果真有谁有错的话，一切的错误都在于他。虽然占星家、医生以及萨满巫师们都要他在每个月的满月时分吞下初生婴孩割礼后的包皮，但这个处方完全无效，他不得不认命。

为了避免体弱多病的形象有损他在士兵中的威望，他将自己塑造成一个沉溺于后宫，纸醉金迷的贪得无厌的情人形象。他的旺盛的雄风成为随从之间茶余饭后的话题，官员们、甚至国外的访客经常问起他床上的英勇，赞美他夜间惊人的活力，争相打听他所吃的壮阳配方或回春药，这些都已经见怪不怪了。

撒伊妲从此成了寡妇，她的黄金床总是空荡荡的，但她未曾想过抱怨，权位的空悬似乎才是更严重的问题。帝国才刚建立，即使含糊不清地借用了祖先的名字——“塞尔柱”，但突格鲁勒才是真正的建立者。现在他的消失会使东方陷入无政府状态吗？他的兄弟、侄子及堂兄弟们都拥有军队，而且突厥人并未承认任何长子权或继承法。

不过很快就有一个人展露头脚，他就是察格里之子阿勒普·阿尔斯兰[1]，他藉由征战、谋杀以及宠络，在短短几个月内即成为帝国的统治者。在他的臣民眼中，他是一位坚决、公正的伟大君主。不过，

[1]　阿勒普·阿尔斯兰在突厥语里意为“强壮的狮子”。

这位接替不育的突格鲁勒的继承者，却拥有极强的生殖能力，他可是九个孩子的父亲呢！然而阿勒普·阿尔斯兰的行为举止却让他无法摆脱对手制造的流言，他的娘娘腔形象使他的男性特质黯淡无光，敌人戏称他为“假娘儿们”，而朝臣们也避免在对话中提及这件令人颜面尽丧之事。无论是否名副其实，总之这样的名声对他不是好事，也提前预告了一个灿烂繁盛的帝国的命运。

佳涵和卡亚姆当然无法知道此事。当他们在阿布·塔赫尔的眺望楼里闲话世事时，阿勒普·阿尔斯兰正当三十八岁，如日中天，俨然是大地上最有权势的人。他的帝国横跨了从喀布尔到地中海的广大地域，他的权力无可分割，他的军队忠心耿耿，他的宰相——尼札姆·穆勒克[1]是最有能力的政治家。

更值得一提的是，在安纳托利亚的一个小村庄——曼拉兹嘎尔特，他刚刚打败了拜占庭帝国——不但击垮了拜占庭军队，还俘虏了他们的皇帝，这样的佳绩可谓前无古人，轰动四方。清真寺的讲道者在大肆歌颂他的丰功伟业，讲述战争时，他是如何身披白色的裹尸布，搽上给尸体做防腐处理的师傅所用的香精，亲手替马尾巴编辫子，他如何在营地附近抓获拜占庭派来的俄罗斯侦察兵，并下令把他们的鼻子割掉，还有他后来如何把成为阶下囚的拜占庭皇帝给放了。

毫无疑问，那是伊斯兰的伟大时刻，但对撒马尔罕而言，却是一件令人忧心忡忡的事。阿勒普·阿尔斯兰时时刻刻都在盘算着撒马尔罕，他甚至曾经尝试发兵进攻，尽管之前两国藉由联姻关系来维持彼此间的和平：苏丹的长子马立克夏娶了纳赛尔汗的妹妹黛儿肯王后，而汗王也娶了苏丹阿勒普·阿尔斯兰的女儿。

然而这些安排骗不了任何人，现在唯一能让苏丹休战的只有他和拜占庭之间的冲突。当汗王知道他的儿女亲家战胜了基督徒时，不可

---

[1] “尼札姆·穆勒克”并非名字，而是一个称号，意思是“国家的纲纪”。其本名为阿布·阿里·哈桑·图西（公元 1018 年 –1092 年）。

避免地开始害怕可能降临到他的城市上的最坏状况。他没有错，事情正朝着他所担忧的方向发展。

二十万塞尔柱骑兵正准备渡“河”——此河古代被称为乌浒水，未来将被称作阿姆河，而在当时则称为杰浑。他们花了二十天，搭了一座摇摇晃晃的浮桥，终于成功地渡过了杰浑河。

撒马尔罕的觐见厅里经常是人头密密麻麻，但却寂静得像无人区。这次严峻的考验反而让汗王变得安静而温和，他既没有表现出愤怒的情绪，也没有暴跳如雷地吼叫，朝臣们全都噤若寒蝉。

他的愤怒是他们的定心丸，即使他们随时有可能成为牺牲品，但现在他的沉默却让他们忧心忡忡，因为他们觉得汗王可能已经认命了，已经被打败了。于是他们也开始为自己的安危打算，他们是应该现在就逃走，还是再等一等，或者祈祷。

汗王每天会出巡两次，他会在随从的陪同下走出王宫，去视察一段城墙，接受士兵和老百姓的欢呼。有一次，一些年轻人想要靠近他，却被侍卫拦下来，他们大喊着准备加入军队参战，誓死保卫城市、汗王及国家，然而汗王却没有因为他们的举动而欢欣鼓舞，反而被激怒了，当下终止巡视，折回王宫，并命令士兵粗暴地驱散他们。

他在返回王宫后对文武大臣说：

“当我的祖父，愿真主把他的智慧保存在我们的记忆里，希望攻下巴里黑城时，那里的居民没有国王的命令便拿起武器杀死我们的许多士兵，迫使我们的军队撤退。于是我的祖父写了一封信给巴里黑的主人——穆罕默德，他在信里指责他：‘我希望双方军队真刀真枪打一仗，但愿真主把胜利赐予他所属意的一方，可是如果平民百姓开始搅和到我们的战争中，这仗要怎么打呢？’穆罕默德赞成他的说法，于是惩罚了自己的臣民，禁止他们拿武器，并且罚他们支付罚金，补偿战斗所造成的破坏。这些撒马尔罕人和巴里黑人一样桀骜不驯，我宁可手无寸铁只身去见阿勒普·阿尔斯兰，也不会把自己的安危交到市民手上。”

所有朝臣都被他的这番言语打动了，他们承诺会压制百姓的热情，并重申自己对国家忠诚的誓言，发誓会像受到攻击的猛兽般奋勇战斗。

事实证明，他们的话并非虚言，河中地区的军队勇敢善战，比起塞尔柱人不相上下。阿勒普·阿尔斯兰的军队只是在人数和年龄上占了优势，但这并非他本人的优势，而是他的王朝的优势，他属于第二代国君，尚处于野心勃勃的开国君主四处征战的时期，反观纳赛尔汗，他已是第五代君主，此时的他对于坐享荣华比开疆拓土更感兴趣。

在这个动荡的时代，卡亚姆想要和这个城市保持距离，但他必须偶尔在宫廷或奥哈迪的居所露面，以表示自己并非对他们陷入的困境坐视不顾。然而大部分的时间，他都呆在瞭望楼中沉浸在自己的钻研中，或继续写他的秘密之书。他在那空白的页面上奋笔疾书，仿佛战争只存在于其文思泉涌的超然智慧里。

只有佳涵能把他拉回现实，拉回到他们周遭上演的事情中。每晚，她都会带来前线的最新消息，向他描述宫里的情形，卡亚姆总是有一搭无一搭地听着。

苏丹阿勒普·阿尔斯兰的军队在渡河后，前进得相当缓慢，他为涣散的军纪和庞杂的大部队伤透了脑筋，此外还需与疾病、沼泽以及不时爆发的小规模抵抗作斗争。其中有一个人尤其令苏丹如坐针毡，他就是河边城堡的指挥官。苏丹的军队原可以绕过城堡继续前进，但那样做就无法顾及后方，因为后方所遭遇的骚扰也经常不断，但若要撤退却又得冒着极大的风险。阿勒普·阿尔斯兰决定快刀斩乱麻，自从他十天前下达攻击城堡的命令后，战事日益频繁。

在撒马尔罕，人们密切关注战局的发展。每三天，前面守城的士兵就会以信鸽传回消息；他们并非为了存粮或人员不足想请求援助才传回消息，他们是为了传递振奋士气的消息，如攻城的敌人在战事上失利，敌营中瘟疫肆虐等等。于是，来自花剌子模[1]的城堡指挥官尤锡夫便在一夕之间成为河中地区的大英雄。

然而实际上，守城者正在节节败退，敌人一面挖掘城基，一面不断攀登城墙，尤锡夫一直奋战到最后一刻才受伤被俘。苏丹命人把他带来，他早就迫不急待地想看看这个令他苦恼万分的人物，没想到拖到自己面前的却是一个身材瘦小、满脸胡须、全身污泥的人。尤锡夫倨傲地抬着头，两臂被一左一右两个彪形大汉抓着。苏丹阿勒普·阿尔斯兰坐在铺着软垫的高台上，睁大双眼看着他，两个人就这样互不畏惧地瞪视着对方，最后胜利者下达了命令：

"把他五马分尸！"

尤锡夫以不屑的语气骄傲地叫道："难道你们就这样对待一位如男子汉般奋战的勇士吗？"

苏丹阿勒普·阿尔斯兰没有回答，他转开了脸。那囚犯继续叫道："你这个'假娘儿们'，我在跟你说话呢！"

苏丹仿佛被蝎子螫到般跳起来，他抓起身旁的弓，搭上箭，但在箭还未射出前，他命令侍卫放开那囚犯，因为他不能对一个手无寸铁、被限制自由的人放箭，他根本不担心自己会失手。

也许因为正处在极端恼怒之中，也许因为他动作太匆忙了，又也许因为要在如此短的距离射箭不太顺手，总之，箭居然没射着尤锡夫。苏丹还没来得及搭上第二支箭，毫发无伤的尤锡夫立时发起反攻，高台上的阿勒普·阿尔斯兰完全无法防御，他被软垫绊住摔到在地，尤锡夫立刻跳到他身上，拔出一把预藏在衣褶里的小刀，在他被一棒击毙之前，已然刺中了苏丹的胁部。士兵们一拥而上，将他碎尸万段，但他的嘴角依然挂着死前凝固的冷笑。他很快也将大仇得报，因为苏

[1] 花剌子模地区名，亦有用于国名，在今天中亚西部，阿姆河下游，咸海南方，东部及南部为沙漠环绕，古代受阿姆河灌溉，农业发达，人文荟萃。中国史多所记载，谓之"花拉子模"、"花剌子模"、"回回国"、"火寻"等。

丹并没有比他活得更久。

实际上，阿勒普·阿尔斯兰临死之前连续四个晚上陷入极端的痛苦和昏迷中。史书记下了他的话：有一天，我从高处视察我的军队，我感觉到他们脚下的地在震动。我告诉自己：我是世界之王，谁能比得上我由于我的骄傲和自负，真主派了一个最卑鄙的人、一个失败者、一个囚犯、一个被判受刑的人来，证明了他比我更强而有力，他把我从宝座上拉了下来，取走了我的生命。

这个故事落幕后，奥马尔·卡亚姆在书上写下：

一度，一个人自立于世；
他炫耀财富，并宣布："那就是我！"
他的荣耀不及一场破碎的梦长久；
死亡已然降临，并宣布："那就是我！"

9

撒马尔罕全城上下一派喜气洋洋的节日气氛，一个女人竟然胆敢哭起来——那就是赢得胜利的汗王的妻子，最重要的是，她也是被刺苏丹的女儿。诚然，丈夫向她表示了慰问之意，他已命令后宫所有人都要穿丧服，还惩罚一个表现得过度开心的廷臣在她前面受鞭刑。然而，当他返回邸苑，他却毫不迟疑地告诉所有人："真主应允了撒马尔罕所有居民的祈祷。"

我们可以想象，一座城市的居民其实没有理由偏爱任何一位突厥君主，他们之所以祈祷，是因为他们害怕城市一旦易主，残酷的杀戮、痛苦和无可避免的劫掠就会随之到来。除非统治者做得太绝，强迫他们缴纳难以负荷的高赋税，或是无穷无尽地骚扰他们，他们才会希望被另一位君主征服。但纳赛尔汗并不属于这种情况，就算他不是最好的君主，也不会是最差的，他们可以和他一起生活，他们相信全能真主的大能会约束他过激的行为。

人们在撒马尔罕庆祝战争的结束，宽阔的拉斯·塔克广场上，烟雾蒸腾，人声鼎沸，流动摊贩靠墙摆好摊位，每盏街灯下，都有一个女歌手和一个鲁特琴师合作唱着即兴的歌曲。人群时而围住说书人、看手相的人或者玩蛇的人，时而又各自散去。

广场中央，一个匆忙搭建好的晃晃悠悠的讲台上，一场传统的诗人竞赛正在举行，参赛的诗人竞相歌颂撒马尔罕的无上荣耀。民众的评判总是准确而迅速的，一旦有新星冒出，其余的参赛者便随之黯淡。时当十二月，天气入夜即会转冷，因此广场的每个角落都生着柴火。王宫中觥筹交错，一坛坛葡萄酒被喝得底朝天，也不知有多少酒坛被醉醺醺的酒徒们打碎了。带着醉意的汗王更是高谈阔论、兴致高昂。

隔日，他下令清真寺为死者诵念祷文，并接受众人对自己岳父的哀悼。同样一批人，前一天还迫不及待地向他恭贺，今天却立刻换上了丧服以示哀悼。奥哈迪在诵念完应景的祷文后，也邀请卡亚姆和他一样诵念祷文，他悄悄地对卡亚姆说：

"无需大惊小怪，事实的真相有两面，人也有两面。"

就在同一个晚上，纳赛尔汗召阿布·塔赫尔前来，要求他加入吊唁苏丹的代表团，而卡亚姆也在一百二十人的代表团中。

吊唁地点位于河北岸的旧塞尔柱军营，几千顶帐篷和蒙古包一字排开，不像军营，倒像是座临时搭建而成的城镇。神情肃穆的河中地区代表们与留着长辫子的草原武士们摩肩擦踵，后者是借吊唁的机会来表示对新君主的忠心的。

年方十七的马立克夏人高马大，脸上却稚气未脱，他全身裹在一件喀拉库勒羊毛大氅里，衣袍随风飘动。他坐着的王座就是他父王阿勒普·阿尔斯兰摔下来的那个高台，站在他前面几步远的地方的是宰相，一位五十五岁的帝国铁腕人物，马立克夏尊称他为"父亲"，以表达对他的至高敬意。

尼札姆·穆勒克——"王国秩序的订立者"，从来没有一个人得到过这个封号。每逢有访客到来，年轻的苏丹就会用眼神询问宰相，而宰相也会以极难察觉的方式暗示新苏丹该以何种态度——热情抑或冷淡、和蔼抑或怀疑、专心抑或随意来接待来客。

撒马尔罕的代表团跪在马立克夏的脚下，而苏丹只是倨傲地点头示谢。随后，几位贵族脱离队伍向尼札姆走去，这位宰相只是面无表情地注视着他们，听着他们的呈报，不作任何回应。

他不应被视为在王宫里发号施令的人，但他的影响力无处不在，他更像是一位操纵木偶的师傅，用无形的绳线操纵人们去推行他所要执行的计划。宰相的沉默寡言是众所皆知的。除了基本的寒暄与道别，他基本不和宾客们有更多对话，所以极少有宾客可以和他谈话超过一个小时。不过他们来拜见宰相也不是为了聊天，而是为了表示忠心，化解猜疑，还有避免被遗忘。

来自撒马尔罕代表团的十二人获得了向这位帝国舵手握手致敬的殊荣。卡亚姆紧跟着奥哈迪阿布·塔赫尔，后者的嘴里正咕哝着许多客套话，尼札姆微微颔首，和奥哈迪握握手，并停留几秒钟以示尊敬。当轮到卡亚姆时，宰相忽然俯身对他耳语道：

“明年此时，在伊斯法罕，我们聊聊。”

卡亚姆非常意外，不确定自己有没有听错，只觉得心里好像一下悬了空。这个人令他惶恐不安，这个仪式令他印象深刻，他在混乱中感到迷眩，哀恸的哭声令他不知所措，他不太信得过自己的感觉，希望可以再次确认自己听到什么，但他却已被人潮隔开。宰相已经看向其他地方，再次沉默地向其他宾客点头致意。

在回程中，这个意外不停地盘旋在卡亚姆脑中，他是唯一一位宰相对他说了话的人吗？他没有认错人吗？为什么那场会见要约在遥远的一年后？

他决定和奥哈迪谈论谈论这事，既然奥哈迪当时就在他前面，他一定听到、感觉到、观察到或是猜到了某些事。阿布·塔赫尔听他讲述完当时的情景，轻松地承认道：“我确实注意到宰相跟你耳语，但我听不到他说什么，不过我能确定他没把你错认成别人。你看到在他身旁的那些人了吗？他们的工作就是调查每个代表团成员的身家背景，然后当每个人靠近他时，他们就会向他耳语报告这个人的姓名和职位。

他们曾问过我你的名字，再三确认你就是尼夏浦尔的卡亚姆——那位大学问家和天文学家。他们并没有弄错你的身份，如果其中有什么误会的话，也是尼札姆·穆勒克故意制造的。”

沿途都是平坦的石头路，右边远方座落着连绵不绝的雄山峻岭，那是帕米尔高原山系的一支。卡亚姆与阿布·塔赫尔并辔骑行。

“他想要从我这里得到什么？”

“为了找到答案，你得等一年。在那之前，我劝你别让自己陷入整日疑神疑鬼的猜测之中。等待是漫长的，你会累坏自己。最重要的是，不要向任何一个人提及此事！”

“我难道常常信口开河吗？”

卡亚姆的语调透着不悦，但奥哈迪依旧不依不饶地说：

“我希望，真得希望，你不要跟那个女人提起这件事！”

卡亚姆早该想到佳涵频繁的拜访已经引起注意了。阿布·塔赫尔继续说道：

“在你们第一次相会时，守卫就来通知我了，我编了一个复杂的故事来解释她的到访。我命令他们不要监视她，并禁止他们每天早上去叫醒你。那座眺望楼是你的家，请你千万不要有任何疑虑，我希望你无论今天，还是将来都要记住这一点。接下来我必须跟你谈谈那个女人。”

卡亚姆觉得很羞愧，他并不喜欢奥哈迪称佳涵为“那个女人”，也不打算讨论自己的情事，虽还没开口但奥哈迪的脸色已明显严厉起来。

“我知道我要说的话可能会让你生气，但我还是要说，直到我一股脑儿地全都说出来为止。假如我们才开始不久的友谊还无法赋予我这份权利，那凭我的年龄和地位，应该有这资格。当你第一次在王宫看到那女人时，你看她的眼神就带着欲望，她是如此年轻貌美，你喜欢她的诗，她的勇敢更令你热血沸腾。然而，她对金银财宝的态度与你不同，她把金子填满嘴的举动令你感到恶心，她的表现是一个宫廷女诗人，而你的表现是个哲人。从那以后，你跟她谈论过此事吗？”

答案是没有，即使卡亚姆不发一语，阿布·塔赫尔却仿佛听得清清楚楚一般，他继续说：

“在男女恋情刚开始时，大家通常会避开敏感的问题，害怕破坏这栋千辛万苦才刚刚建起的大厦。但是就我了解，你与那个女人有着本质的不同，你们看待生命的方式截然不同。”

“她是一个女人，而且是一个寡妇，她正在努力地自食其力而不去依靠任何一个男人，我钦佩她的勇气，我们怎能责备她用自己的文采换取金子是错的呢？”

“我了解。”奥哈迪说，他对终于把他的朋友拉到讨论中感到满意。“但你必须承认，这个女人从没想过要离开宫廷生活吧！”

“也许是！”

“你也必须承认，对你来说，宫廷生活简直令人作呕，难以忍受，只要不必要，你不会多留一分钟。”

接下来是一阵令人尴尬的静默，阿布·塔赫尔决定为这段对话划上句号。

“我已告诉过你，你必须听一位真心朋友的劝告。从今往后，除非你自己提起，我不会再主动和你谈论这个话题。”

10

抵达撒马尔罕时，他们早已累得人仰马翻。严寒的气候，长途跋涉的颠簸，以及他们俩之间的别扭，都令人筋疲力竭。卡亚姆没有用餐，直接躲回他的阁楼，他在旅途中已做好三首四行诗，此刻正在房里大声朗读，十次，二十次，他字斟句酌地推敲、修改每个文句，直到最后将它们书写在他的秘密手稿里。

佳涵意外地比平常来得更早，她溜进半掩的门，无声无息地卸下披肩，然后蹑手蹑脚地站在卡亚姆身后，此时卡亚姆还完全沉浸在自己的世界里，冷不防地，佳涵裸露的手臂圈上他的脖子，将他的脸扳过来，任由自己芬芳袭人的长发拂上他的眼睛。

卡亚姆理应欣喜若狂才对，一个情人所热望的不就是这种温柔的侵犯吗？惊讶过后，难道不应该轮到他一把将至爱抱住，压在她的身躯上，让所有苦痛随风而逝，仅留下重逢的温馨，然而，卡亚姆第一个反应却是觉得自己被侵犯了。他有些恼火，他的书还摊在面前，而他不想有人看到它，所以他的第一个动作就是挣脱她。他马上感到有些后悔，佳涵立即感受到他的不快与冷漠，她疑惑地瞪着那本书，仿佛那是她的敌人一般。

“对不起，我迫不及待地想见到你，没想到我的到来会让你不高兴。”

一阵巨大的静默降临在他们中间，卡亚姆赶紧打破沉默。

“是因为这本书，没什么别的。我还没想过要让你看到它，当你在这里时，我总是把它藏得好好的，因为给我这本书的人要我承诺秘密地保存它。”

他把书递给她，她翻阅片刻，假装对散落在几十页白纸中的零星几页上的字句不屑一顾。她将书还给他，故意撇撇嘴问道：

“你为何要给我看？我没向你要求什么，反正我也不会读，我所获得的知识都是从 别人那里听来的。”

卡亚姆并不惊讶，在当时，最好的诗人不识字并不是什么稀罕的事，而且几乎所有的女人都不识字。

“这本书有什么好神秘的，难道它有炼金术的公式？”

“这是我闲暇时写下来的诗。”

“是被禁止的异教诗，还是具有破坏力的诗？”她怀疑地看着他。

他笑了起来，解释道：“不是，你胡思乱想什么？我像是一个阴谋家吗？它们只是一些关于葡萄酒、美女和生命无常的鲁拜诗。”

“你！你写鲁拜诗？”

她充满怀疑地喊道，语气近乎嘲笑。

鲁拜诗是一种小众的文学体裁，向来只有民间的平民诗人，才会创作这种平庸甚至粗糙的诗体。对于像奥马尔·卡亚姆这样的大学问家而言，在无聊时写写此类娱乐、不经意的鲁拜诗，调剂调剂生活，本也无可厚非，但令这位将毕生心力奉献给诗赋和口才的女诗人感到惊讶忧心的是，他居然如珍宝般把这些诗慎重地抄写下来，而且还收藏起来不让人看到。

卡亚姆感到不好意思，这反而激起了佳涵的好奇心。

“你可以念几行诗句给我听听吗？”

卡亚姆并不想继续这个话题。

“等到有一天我觉得它们足可以读出来时，我就会全部念给你听。”

她不再坚持，也不再继续追问，而是劝诫他说：

“当你写好后，千万不要给纳赛尔汗看，他不太重视写鲁拜诗的作家，他会要你别再踏入他的宫廷追随左右。”

“我没打算把这本诗集给任何人看，也没打算借由它获得什么。我对成为一位宫廷诗人压根没兴趣。”

她伤害了他，而他也伤害了她。两人沉默着，心中暗自寻思自己是否越了界，是否还来得及收回刚才的话，去挽回还可以挽回的东西。此时此刻，卡亚姆怪的不是佳涵，而是奥哈迪，都是奥哈迪说了那番话，他才会反应过激。在那之前，他们本相处愉快，从没想过要去提及一个可能会导致他们分手的话题。卡亚姆无法确定是奥哈迪的话使他大梦初醒，看清了事实，还是只是令他的幸福乌云罩顶。

“你变了，卡亚姆，尽管我说不出你什么地方变了，但你注视我、和我说话的方式，都令我无法捉摸。你好像怀疑我做了什么，又或是因为某些原因痛恨我。我不了解你，我忽然觉得很悲哀。”

他试图把她拉回身边，但她却奋力挣脱了。

“你不能用这种方式使我安心，身体会延伸我们说的话，却无法代替或掩饰它们。告诉我到底是怎么回事！”

“佳涵，到明天之前我们都别再谈论这事了吧！”

“明天我就不会在这里了。汗王明早便会离开撒马尔罕。”

“他要去哪里？”

“去克许、布哈拉、提尔密兹，我不知道，全宫廷的人都会跟着他，包括我。”

“你不能留在撒马尔罕和你的堂姐在一起吗？”

“那不过是个借口罢了！我在宫廷拥有一席之地，为了赢得这个地位，当初我不得不像十个男人那样去拼去抢。我不会为了一个在阿布·塔赫尔的眺望楼里闹着玩的游戏就放弃这一切。”

没有多想，卡亚姆说：“这不是闹着玩的问题。你不想分享我的生活吗？”

“分享你的生活？没什么好分享的！”

她毫无恶意地说出这番话来，这不过是一句回话罢了，而且不失温柔。然而，当她发现卡亚姆像被打了一拳般垂头丧气时，她恳求他原谅她，并开始啜泣。

“我知道我今晚会哭，但却没想到会流下这么痛苦的眼泪。我知道我们将分开很长时间，也许是永远分开，但没想到我们会用这样的话和眼神分手，我不希望从我曾经拥有的最美恋情里带走的却是如同陌生人般的眼神。看着我，卡亚姆，最后一次看看我吧！记住，我是你的爱人，你爱过我，我爱过你，你记住我了吗？”

卡亚姆温柔地用手臂抱住她，叹息道：

“如果我们还有时间解释，这个愚蠢的争吵就会被清除掉，可惜时间催促着我们在短短混乱的几分钟内规划出我们的未来。”

他感到一滴泪水已悄悄滑下自己的脸庞，他想隐藏这滴眼泪，佳涵却野蛮地抓住他，将他的脸压向自己的脸。

“你可以把你的作品藏起来，但却藏不住你的泪水，我要看它们，摸它们，把它们和我的混在一起，我要保留它们在我脸颊上的痕迹和我舌头上的咸味。”

他们紧紧相拥，仿佛要把对方撕碎般，又似要在彼此的怀抱里窒息而亡。他们的手狂乱地舞动，衣裳散落一地，两具躯体因决堤的泪水而炽烈燃烧，任何一个夜晚的缱绻爱恋都比不上此时。爱火点燃，将他们吞噬；灼伤他们，令他们迷醉；把他们融化成一体，肌肤相贴，将他们带往至高的欢愉。

桌上的沙漏，一粒接着一粒，就快要落尽了。爱火的光辉渐褪，终于熄灭，只残存着余温。他们俩带着精疲力尽的微笑，慢慢喘息着。卡亚姆像是对她，又像是对他们各自即将开始的命运低语道：

“我们的战争才刚开始。”

佳涵紧抓着他，闭上双眼。

“黎明前别让我睡着。”

隔日，手稿本上出现了两行新诗，书写的笔法潦草、扭曲，且不太顺畅。

> 在你的至爱旁，卡亚姆，你是多么孤独啊！
> 现在她走了，你却能寻求她的庇荫。

11

喀山，位于大盐漠边缘的一个绿洲，是一个座落在丝路上的由许多低矮房舍构成的小城镇。这里是所有商队在穿过秃鹰山前享受最后一丝轻松气息的歇脚处，盘踞在山里的强盗向来是伊斯法罕地区的心腹大患。

整个喀山是一个由黄泥和黏土打造而成的单调世界，凡来到此地的旅人，绝对无法在这里找到任何一处雕饰华丽繁复的建筑立面或围墙。然而，用来装饰从撒马尔罕到巴格达整个区域成千上万座清真寺、王宫或经学院的瓷砖，却是在喀山生产的。那些瓷砖在阳光下闪耀着青绿色和金色光芒，令人目炫神驰。相对于波斯和英国把瓷器称为“中国”，在东方世界的穆斯林地区，瓷器则被称为喀饰或喀山泥[1]。

城外，棕榈树的树荫下有一间由长方形围墙围成的客栈，围墙上还建了一座眺望塔。外院是歇牲口和堆放货物的地方；内院由数间小客房围成。卡亚姆想在此住一晚，然而客栈的主人却抱歉地告诉他已经没有空房了。因为在他到达之前，刚刚有些从伊斯法罕来的富商也

[1] 喀山位于今日伊朗中部靠北的伊斯法罕地区，为绿洲古城。“喀山泥”在波斯语里即为“喀山的”之意。

在此投宿，他们不只携家带眷，还有许多仆众随行。卡亚姆毫不怀疑他的话，因为整间客栈热闹喧嚣，行李、牲口塞满了院落。已是初冬时节，卡亚姆曾想在星光下露宿，但喀山的蝎子比起这里著名的瓷砖也是毫不逊色。

“难道连一个让我铺草席的角落都没有吗？只呆到明天天亮就行。”

客栈主人为难地挠着前额，天色已晚，他不能拒绝一位要投宿的穆斯林的要求。

“我有个小耳房，现在有一个学生住着，我们可以去问问他能不能让你合住一晚？”

他们走到那间房前，发现房门已关，客栈主人没敲门便迳自推门进去。但见屋里烛影摇曳，一本书“啪”地一声被合上了。

“这位尊贵的客官是在三个月前离开撒马尔罕的，我想他或许愿意与你同住这间房？”

尽管受到冒犯，年轻人却掩饰得很好，依然保持礼貌，只是不怎么热络。

卡亚姆走进了房间，向他打声招呼，简短地介绍自己是“尼夏浦尔的奥马尔”。

有那么一个电光火石的瞬间，那个年轻人眼里闪过一抹兴致盎然的光芒，他也立刻介绍自己作为回应：

“哈桑，阿里·萨巴赫之子，贡木人，在瑞邑当学生，现在要去伊斯法罕。”

如此详细的介绍令卡亚姆有些不安，因为这无异于邀请他多介绍自己、自己的职业以及自己旅行的目的，然而他并不想这么做，因此只是保持缄默，背靠着墙坐了下来。他悄悄打量屋内这位皮肤黝黑的年轻人：他面容瘦削，显得憔悴而虚弱；还有似乎留了不少天的胡子、齐整的黑缠头巾以及凸出的双眼。

年轻学生微笑着继续对他说道：

“在喀山，对于名字叫卡亚姆的人来说，出门或逛街都是一件不智之举。”

卡亚姆故作惊讶，但他非常明白这位年轻人话里的意思。他的名字是先知穆罕默德归真后第二位继承人——卡亚姆哈里发的名字，而这位哈里发向来被什叶派视为眼中钉，因为他是什叶派第一位伊玛目——阿里的最大敌人。即使时间已过了好几百年，波斯地区的大部分人口都属于逊尼派，但是有几块小区域却是什叶派的天下，如贡木和喀山就是其中最有名的什叶派绿洲城。

那两个地方流行着一些奇怪的传统，如每年卡亚姆哈里发遇刺之日，他们都会举行荒谬的狂欢庆典，彼时妇女们浓妆艳抹，准备甜点和烤开心果，孩童们则趴在阳台上，一边把一桶桶水泼在来往的行人身上，一边高兴地呼喊“愿真主诅咒卡亚姆”。

人们会手拿一串用羊粪球穿成的念珠和卡亚姆的肖像，举着肖像游街，高声喊着：“你的名字是卡亚姆，你的居所是火狱，你是最大的坏蛋，你是恶名昭彰的篡位者！”

贡木和喀山的鞋匠向来有个惯例，就是在自己制作的鞋底上写上“卡亚姆”三字。此外，赶骡的骡夫也会把他们的牲口取名为卡亚姆，每抽牲口一鞭，便叫一声这个名字。而当猎人出外狩猎时，他们往往在射出最后一支箭时嘴里叨念着：“让这支箭射中卡亚姆的心脏。”

哈桑不着痕迹地表述着这些事实，卡亚姆盯着他，最后以坚定的口吻说道：

“我不会因为我的名字而改变我的道路，也不会因为我的道路而改变我的名字。”

一段漫长、冰冷的静默顿时笼罩住整个房间，他们两人都互相避开对方的眼神。卡亚姆脱下鞋子，躺直身子，准备睡觉，可哈桑又开口说道：

“也许我讲述那些习俗触怒了你，但我只是要你在这个地方提自己的名字时小心一点，请不要误会我有什么企图。我小时候住在贡木，自然也曾参与过这些庆典，但成人之后，我就用另外一种眼光看待它们了，并且懂得这种过激的行为是有学问的人所不齿的，有悖于先知的教诲。同样的，在撒马尔罕或其他地方，面对一座镶着喀山什叶派工匠制造的闪闪发亮的瓷砖的清真寺，人们会为它的精美而赞不绝口，可是与此同时，就在这同一座清真寺里，传道者正在发表长篇大论，诋毁诅咒‘该死的阿里异端派’，那也与先知的教诲背道而驰。”

卡亚姆稍微坐起身来，说道：

“现在这番话才是个明理之人所讲的话！”

“我知道怎么表现明理，就像我也知道怎么装疯卖傻。别人可以喜欢我，也可以反对我。但是，当一个人走进来分享你的房间，却连放下身段自我介绍的谦卑都没有时，我又怎能对他友善呢？”

“我把名字告诉你，就让你用语言攻击我许久，如果我真的告诉你我全部的身份，天知道你还会说出什么。”

“也许我什么都不会说呢。一个人可以憎恨卡亚姆哈里发，对他不屑一顾，但也可以尊敬几何学家卡亚姆、代数学家卡亚姆、天文学家卡亚姆，甚至哲学家卡亚姆。”

卡亚姆完全坐直了身子，哈桑继续滔滔不绝地说道：

“你以为人们仅凭名字辨认身份吗，人们可以从一个人的容貌、仪态、举止或谈吐认出他来。当你走进我房间的那一刻，我就知道你应该是个博学多识的人，习惯受人尊敬，却又视荣誉为浮云；你是那种不用问路就可以到达终点的人。等到你说出你名字的第一个部分时，我就知道你是谁了。我的耳朵所能认出的‘尼夏浦尔的卡亚姆’只有一个。”

“如果你试图要让我对你印象深刻，那我必须承认你成功了。但是，你又是谁？”

“我已经把名字告诉你了，只是那个名字对你完全没有意义。我是贡木的哈桑·萨巴赫，我没什么好夸耀的，除了我十七岁时便已遍读群籍，举凡科学、宗教、哲学、历史、天文学皆有涉猎。”

“每天都有新知识诞生，没有人可以读完所有东西。”

“那你就考考我吧。”

于是卡亚姆试探着问了问他对柏拉图、欧几里德、柏菲利、托勒密等人的思想及理论；还有戴奥斯科瑞迪、盖伦、拉吉以及阿维西那等人的医学理论；以及《古兰经》的法律和解释，想不到他的室友竟然都能精确透彻地对答如流。破晓时，两人都还没睡，只觉时间流逝得未免太快。哈桑直呼畅快，而卡亚姆则对他的学问啧啧称奇，他向哈桑坦言：

“我从未遇过一个像你这样上通天文、下知地理的人。你如此饱学，未来打算做什么呢？”

哈桑不太信任地看着他，仿佛在保守自己灵魂深处某个不为人知的秘密。不过，他很快便恢复常态，垂下眼睛答道：

“我想要在尼札姆·穆勒克身边工作，他或许可以给我一个职位。”

卡亚姆险些被这位室友迷惑住，脱口说出自己正是要前往拜见那位宰相，但他终究压了下来，最后一丝不信任感依然没有消除。

两天后，他们加入一支商队，并辔前行，沿途相互引用自己最为钦佩的波斯或阿拉伯作家所写的美丽诗文谈天论地，有时他们会争辩，但很快就又平息下来。当哈桑谈及“确定性”时，不禁抬高了声音，赞颂“不容置辨的真理”，并要求他的同伴表示赞同，但卡亚姆仍维持一贯的怀疑态度，他不急于对不同观点评头论足，很少做出选择，宁愿显得自己无知。他口中不断地在重复一句话：“你到底要我说什么？这些东西都是尚被遮掩还未揭露的，你和我都站在幕布的同一边，等到幕布被揭开时，我们早就不在这个世上了。”

一个星期后，他们抵达了伊斯法罕。

12

“伊斯法罕，内斯夫贾汗”[1]！

今天的波斯人这样说，意思是：伊斯法罕，相当于世界的一半。不过这样的说法是在卡亚姆之后的时代才出现的。

然而即使是在 1074 年，这个城市依旧享有极高的赞誉：那里的石头全是方铅矿，蜜蜂成群，草地上长着蕃红花；那里空气纯净，健康怡人，五谷丰登，四季不虞匮乏，那里的肉制品永不腐败。

的确，伊斯法罕位于五千尺的高地上，地处高远，市容繁盛。这里拥有六十间商旅客栈、两百处银行和汇兑所，还有连绵不绝的室内集市。城里的工坊生产丝、棉，地毯、布匹及挂锁等畅销海内外的知名商品。这里盛开的玫瑰品目繁多，有千种之多。伊斯法罕的丰饶和财富向来远近驰名，这个在波斯世界里最繁华最鼎盛的城市，自然吸引了无数想要争权夺利、发财致富或求取知识的人。

我一直说“这个城市”，但确切地讲，这并非一个城市，人们经常讲述这样一个故事：

[1] “内斯夫”是波斯语的一半的意思；“贾汗”是波斯语的世界的意思；“内斯夫贾汗”就是“世界的一半”之意。

有一个来自瑞邑的年轻旅客，他迫不及待地盼望早日一睹伊斯法罕的繁华热闹，于是在前往伊斯法罕的旅程的最后一天，他脱离大队人马，快马加鞭，想提早到达伊斯法罕。几小时后，他来到“札样德入的”（“给予生命之河”）[1]岸边，一堵土墙赫然出现在他的眼前，尽管整个城市看起来也颇具规模，但比起他的家乡瑞邑却还小了些。他走到城门口询问守卫这是哪里，守卫告诉他：“这里是杰邑。”

他没兴趣进城，于是调转马头，沿路向西边走去，尽管坐骑已经疲惫不堪，他却依旧策马向前。不久，他发现自己来到另一座城池的城门口，这座城池比刚才经过的那座更为宏伟，但比起家乡瑞邑却仍大不了多少。他又向一位路过的老者询问。

“这是雅胡迪叶[2]——犹太城。”老者告诉他。

“城里有很多犹太人吗？”

“有一些，但多数居民像你我一样，是穆斯林。这个城叫雅胡迪叶，是因为尼布甲尼撒二世[3]原本想要在此安置被他从耶路撒冷驱逐出来的犹太人。另外也有人说，在伊斯兰时期之前，波斯国王的犹太妻子曾把家族成员带来此地，因此得名。到底是何缘故，只有真主知道！”

这位年轻旅客决定原路返回，他想自己是走错方向了，尽管他的坐骑已经累得快瘫倒在地了。这时，那老者问他：

“孩子，你这么急匆匆地是想去哪里？”

“去伊斯法罕。”

那老者大笑道：“难道没人告诉你伊斯法罕根本不存在吗？”

“您这话是什么意思，伊斯法罕不是波斯最大、最美的城市吗？很

[1]　“入的”是波斯语的河流之意；“札样德”是给予生命之意。

[2]　“雅胡迪”即犹太人之意。

[3]　尼布甲尼撒二世（公元前630年–562年），是位于巴比伦的伽勒底王国（公元前626年–539年）最伟大的君主，并在他的首都巴比伦建成著名的空中花园。他曾征服犹太王国（公元前930年–586年），将犹太人流放，故后世对他也有暴君之称。

久很久以前，它不是帕提亚帝国[1]阿尔塔班国王引以为傲的首都吗？书上都盛赞它繁华热闹无比。”

“我不知道书上怎么说，但我出生在这里，今年六十岁了，至今只有一些外国人曾经和我提过伊斯法罕，而我从没见过这个城市。”

这个故事一点都不夸张，很长一段时间，伊斯法罕这个名字并非指的一座城市，而是指称一个绿洲地带，而在那个绿洲地带，有两个相距约莫一个小时路程的城市——杰邑和雅胡迪叶。直到 16 世纪，这两个市镇的人才和其他村镇联合起来，建立了真正的城池。因此在卡亚姆的时代，那个城池尚未出现，只有一道十二里长的围墙用来保护整个绿洲。

卡亚姆与哈桑很晚才抵达，他们投宿在杰邑的一个靠近提拉赫门的客栈。他们刚躺下，还来不及互相说句话，便齐齐发出鼾声进入了梦乡。

第二天，卡亚姆去拜见宰相，只见在汇兑广场上，来自安达卢西亚、希腊、中国的旅客和商贾们以及其他各色人等，把汇兑员团团围住。那汇兑员面前堂皇地摆着标准化的天平，一会儿刮刮克尔曼[2]、尼夏浦尔或塞维利亚的第纳尔[3]；一会儿闻闻德里的坦喀；一会儿掂掂布哈拉的迪拉姆的重量；一会儿又扮着鬼脸瞅着君士坦丁堡已经贬值的诺米斯玛。

---

[1] 帕提亚帝国（公元前 247 年 – 224 年 ）即中国《汉书》里所称的安息，为伊朗高原的古国，疆域最大时曾包括今日伊朗、伊拉克、亚美尼亚全境，以及土耳其、阿塞拜疆、土库曼斯坦、塔吉克斯坦和阿富汗的部分地区。后亡于萨珊帝国（公元 226 年 –650 年）。

[2] 克尔曼为位于今日伊朗略靠东南方的城市。

[3] 塞维利亚，西班牙原文叫 Sevilla，是西班牙南部大城，在当时应为穆斯林的穆拉比特王朝所统治（公元 1040 年 –1147 年）。大航海时代，探险家哥伦布从那里出发，现为西班牙第四大城市，安达卢西亚首府。公元 1992 年，为纪念哥伦布发现美洲五百年，在此举办了盛大的万国博览会。

议事邸苑，即政府所在地，离尼札姆·穆勒克的官邸大门不远。“奴巴”[1]乐师们正在那里待命，他们每天奏三次乐，以此向伟大的宰相尼札姆·穆勒克致敬。尽管排场奢华，但议事邸苑巨大的谒见厅却是对每个人都开放的，连最卑微的寡妇也能获准进入，向这位帝国的伟人倾吐心中的悲伤或不快。在那里，卫兵和内侍们在尼札姆周围围成一圈，他们负责询问访客，也负责打发闹事之徒。

卡亚姆伫足在门口，审视着这个大厅，厅中的墙壁没有任何装饰，地上铺着三层地毯。他略微迟疑地向所有在场者打了打招呼，众人对他的到来并不太在意，各自低头寻思自己的事情。被人群围住的宰相正在和一位突厥官员谈话，但他的眼角显然已瞟见新进来的卡亚姆，他向卡亚姆示以友善的微笑，示意他坐下。五分钟后，他走过来，亲吻他的两颊和前额。

“我一直在等你，我知道你一定会准时前来，我有很多话要跟你说。”

语毕，他携着他的手离开人群，进入旁边的一间小接待室。他们并肩坐在一张巨大的皮垫上。

“我说的某些话可能会让你震惊。但我希望，无论如何，你不会后悔答应来见我。”

“有人走进尼札姆·穆勒克的大门却感到后悔吗？”

“那样的事的确曾经发生过。”宰相喃喃自语道，嘴边泛起一丝残忍的微笑。

“我曾把某些人捧上天，也曾让另一些人狠狠掉落在地，我每天行使生杀予夺的大权，我是裁判真主意愿的法官，也是一切权力的来源。真主将至高的权威赋予阿拉伯的哈里发；之后哈里发又把权力让给突厥的苏丹；而现在，苏丹已把权力交给他的波斯宰相。对于其他人，我要求他们尊敬这个权威；但是对于你，卡亚姆大师，我要求你尊重我的梦想。没错，我梦想着把落入我手中的这块巨大疆土变成宇宙中

---

[1]“奴巴”是阿拉伯人的一种套曲音乐，但最初应该是源自伊朗。

最强大、最繁荣、最稳定、最文明的国度。我梦想这个帝国的每个省份和城市都由一位公正、敬畏神、愿意倾听哪怕是最卑微的臣民的倾诉的人来治理。我梦想在这个国家，羊和狼可以和平安宁地共饮同一条河川的水。然而，我并非只是梦想，我正在大兴土木，你可以去伊斯法罕的各区走走，你会看到成群的劳工正在埋头挖掘和建筑，工匠繁忙不堪，收容所、清真寺、客栈、城堡，以及政府的办公建筑拔地而起。不久之后，每个重要的城市都会有一所大型学校，学校将以我的名字命名：尼札姆学院。巴格达的那一所已经运行，我亲自为它绘制设计蓝图，为它规划课程，为它选择最好的老师，为每个学生颁发奖学金。你看，这个帝国就是一个巨大的建筑工地，它正在起步、扩张、日渐繁荣。老天赐我们恩典，让我们生活在这个备受赐福的年代。”

此时一位发色不深的仆从躬身走进来，手里端着一个镶银托盘，上面放了两个高脚杯，杯里盛着冰玫瑰露。卡亚姆拿起一杯，杯身上凝着一层沁凉的水珠，他把杯子举到唇边，决定慢慢啜饮。尼札姆却一饮而尽，然后继续道：

“你的到访让我既高兴又荣幸！”

卡亚姆正想回应这亲切的表态，尼札姆却作势制止他道：

“别以为我在奉承你，我的权力遮天，我唯一需要歌颂的只有造物主。然而你看，卡亚姆大师，一个帝国纵然疆域辽阔，人口众多，物产丰富，却难免人才匮乏。虽然街上人群熙熙攘攘，人头攒动，但是当我校阅军队时，观察礼拜时的清真寺时，视察市集时，甚或反观我自己的邸苑时，我不禁提出这样的疑问：一旦我向这些人要求智慧、知识、忠诚或正直，我难道不会面临这样一种境况，那就是每当我举出一种品质，人群就会变得稀疏、减少，直至消失。我赫然发现天地间只剩我一人，卡亚姆大师，只剩我一个人。我的邸苑空空如也，我的官邸也是如此，这个城市和这个帝国全都空无一人，我总有一种孤掌难鸣的感觉。因此，像你这样的人，我不仅要派人去撒马尔罕接来，我甚至乐于亲自去撒马尔罕请来。”

卡亚姆的嘴里咕哝了一句：“但愿不要！”但是宰相并未停下来。

“那就是我的梦想和烦恼。我可以日以继夜地向你倾吐这些，我想听听你的意见。我迫不及待地想知道这些梦想有没有感动到你，你是否愿意在我这里觅得一席理应属于你的位置？”

“您的计划的确令人振奋，您对我的信任也让我深感荣幸。”

“如果要你为我工作，你有什么要求？请坦白地说出来，这也是我跟你说话的方式。你会得到任何你想要的，不要怕，也不要轻易错过我近乎疯狂的慷慨，这样的机会并不多。”

他说着便笑了，卡亚姆也勉强挤出一丝笑容来掩饰他的窘态。

“我唯一的渴望就是在解决温饱的情况下，继续我卑微的研究。有吃、有喝、有住、有穿，我的贪念不过于此。”

“关于住所，我可以给你一间伊斯法罕最漂亮的房子，现在这座官邸在建的时候，我自己就在那里住过，今后它就是你的了，里头有花园、果园、地毯、仆从和女侍。至于你的开支，我会给你一万皇家第纳尔作为津贴，只要我活着，就会在每年年初把钱拨给你，这样够吗？”

“这远远超出了我所需要的，这么大笔钱，我不知该如何处置。”

卡亚姆的这番话的确出自肺腑，但尼札姆却面露愠色。

“如果你不知如何处置，那么等你买了所有的书，把所有酒坛子都装满了，你的家眷各个都穿金戴银了，就把钱施舍给穷人，资助去麦加朝圣的旅客，还可以盖一间以你的名字命名的清真寺！”

当察觉自己的超然和谦卑反而惹恼了宰相，卡亚姆便不再顾忌，大胆地说：

“我早就想要建一座天文台，里面设有一个大的石制六分仪、一个星盘，以及其他各种仪器。我想要测量太阳历一年的精确长度。”

“准！从下星期开始，相关资金就会拨发给你。你可以选择地点，几个月内，你的天文台就会拔地而起。告诉我，还有什么东西能让你高兴呢？”

“感谢真主，我没有更多需求了。您的慷慨不仅将我填满，甚至已然将我淹没。”

“那么，也许，现在可以换我向你提出请求了？”

“您刚刚给予我那么多恩宠，若能借机聊表感激之情，我将荣幸之至。”

尼札姆毫不迟疑地说：

“我知道你为人谨慎，不喜嚼舌根；我也知道你是一个有智慧、公正不阿、明辨是非的人。我知道你是值得信赖的，所以想把最棘手的一件差事交给你。”

卡亚姆暗暗盘算着最坏的情况。的确，等待他的的确是一件最棘手的事。

“我要任命你当撒希卜－哈巴尔[1]。”

“撒希卜－哈巴尔，我？间谍头子？”

“是帝国情报长官。不要那么快回应，你的工作并非监视善良百姓或渗透信士们的家，而是要确保每个人都能安安稳稳地过日子。在一个国家里，即使再微不足道的敲诈勒索或不公不义，统治者都必须了如指掌，然后杀一儆百，无论涉案者是谁。藉由情报，我们能够知道是否有些奥哈迪或省长滥用职权、损公肥私，因为有些受害者往往不敢申冤！与此同时，必须确保情报收集员不被奥哈迪、政务官或将军收买，不与他们狼狈为奸！你的角色，撒希卜－哈巴尔的角色，恰恰就是找到足以承担这些责任的清廉之人，我希望能委以重任。”

“假设这些清廉的人果真存在，委派他们担任政务官或奥哈迪不是更简单？”

一个天真的观察者所说的这句话，在尼札姆的耳朵里听来，却无

---

[1] “撒希卜”是阿拉伯语的主人之意；“哈巴尔”则是阿拉伯语的消息之意。

异于一种嘲弄。他变得不耐烦，提高声音道：

“我不希望再争论这个话题，我已经跟你说了，我会给你什么，我对你的期待又是什么。去吧！想想我的提议。冷静地评估利弊，明天再来回复我。”

13

那天，卡亚姆无法思考、评估或衡量任何事。离开邸苑后，他走进市集里最狭窄的巷子中，漫步于熙熙攘攘的人群和牲口间，在灰泥拱顶下堆积如山的香料摊间徘徊。每踏出一步，小巷似乎都变得更加阴暗，人群移动的速度也更为缓慢，连他们的谈话声也变得仿佛窃窃私语一般。商贩和顾客宛如戴着面具的演员，也似正在梦游的舞者。

卡亚姆独自摸索前行，时而走左边，时而走右边，深怕自己步履不稳跌倒在地，甚而晕厥过去。突然间，他来到一个小广场，刺眼的光线一扫市集丛林里的阴霾，炽烈的阳光洒在他身上，他伸展伸展手脚，深深地吸了一口气。

究竟发生了什么事？他得到了天堂，但那天堂却与地狱捆绑在一起。怎么答应，又怎么拒绝？他该如何面对宰相，又该怎么离开这个城市？

在他的右方，有一间客栈的门正半掩着，他推开门，走下几级灰扑扑的台阶，来到里头一间光线昏暗、天花板甚低的房间，地上的泥土泛着潮气，几张板凳看来不甚牢固，桌面也褪了色。他点了贡木的葡萄酒。当酒被送上来时，连那装酒的酒坛都是缺了一角的。他闭着双眼，久久地嗅闻、品尝。

我蒙福的青春时光已然逝去，
为了忘却，我借酒买醉。
苦涩的酒浆，令我欣喜。
这份苦涩正是我生命的滋味。

突然，他灵光一现，没错，非得来到这个污秽脏乱的地方，才能找得到答案！答案就在这里等着他，在那张桌子上。当第四杯酒喝到第三口时，他放下酒钱，慷慨地留下巴克细细[1]，走出户外。夜幕已然低垂，人潮早已散去，广场变得空荡荡的，市集里每条巷子口的厚重大门也已经关上，卡亚姆只得绕路回到客栈。

当卡亚姆蹑手蹑脚地走进房间时，哈桑已经睡了，他的面容严峻，好似正在忍受某种痛苦。卡亚姆端详了他好一会儿，千百个问题在脑海里闪过，他驱散疑问，不再思索。他已有了决定，这个决定是不容改变的。

我们常听到这样一种说法：有三个好朋友，都是波斯人，他们各自以其独特的风格，为人类的第二个千禧年揭开序幕。奥马尔·卡亚姆观察这个世界；尼札姆·穆勒克管理这个世界；哈桑·萨巴赫则使这个世界恐慌，据说他们三位曾一起在尼夏浦尔求学。

但这不可能是事实，因为尼札姆比卡亚姆年长三十岁，而哈桑主要是在瑞邑求学，也许他在其家乡贡木也曾研读过一段时间，但他从未在尼夏浦尔求学却是千真万确的事。

在《撒马尔罕手稿》里可以找到相关的记载吗？手稿边缘的编年史说，在卡亚姆——这个命运的盲目学徒的提议下，他们三个人第一

[1] “巴克细细”为波斯语的小费之意。

次在伊斯法罕的宰相邸苑会面。

尼札姆正在宫殿的一间小厅里埋头处理堆积如山的案卷，当他看到卡亚姆出现在门口的脸时，立刻就猜到他的回答必然是不同意。

“所以，你对我的提议不感兴趣。”

卡亚姆面有窘色，但却语气坚定地说：

“您的梦想非常宏伟，我希望它们可以早日成真，但是我可以贡献所长的并非您提议的工作，如果您要我在保密和揭露两者之间做出选择，我会选择保密。一旦有个情报收集员来向我报告，我一定会命令他保持缄默，跟他说这与我无干，也和他无涉，我会把他逐出我的家。我对人对事的好奇心是用另外一种方式表达的。”

“我尊重你的决定，而且我认为你的决定对帝国来说并非毫无用处，这个国家总得有些全心把精力奉献在科学上的人。当然，你还是会得到我所承诺的每样东西——年金、房子、天文台等。凡是我心甘情愿给予的东西，我向来不会出尔反尔地再把它们要回来，尽管我希望你能与我共担大任。不过历史会告诉我们的后代：生活在尼札姆·穆勒克时代的奥马尔·卡亚姆备受尊崇，获得庇荫，甘冒大不韪向宰相说不，却并未因此失去恩宠。能在历史上留下这样一笔，我也足感欣慰。”

“您的宽宏大量，我真不知该如何感谢。”卡亚姆突然停口，他迟疑片刻，继续说：

“也许，如果我向您推荐一位我刚认识的同道，您就可以忘记我对您的拒绝。他是一位聪明绝顶之人，上通天文，下知地理，学识渊博，锐气凌人，正所谓天纵英才。撒希卜－哈巴尔这个位置好像是专为他而设的。我敢保证他会欣然接受您的提议，因为他曾告诉我说，他之所以从瑞邑来到伊斯法罕，正是为了能为您效力。”

“一个野心勃勃的人。”尼札姆嘴里叨念着，“看来这就是我的宿命。当我找到一位值得信任的人，他却缺乏野心，对政治权势不屑一顾；而另一个在我看来，这个随时准备接受重用的家伙，他跃跃欲试的急切样子又难免令我忧心忡忡。”

他显得疲惫不堪，无可奈何地说：

“那个人叫什么名字？”

“哈桑，阿里·萨巴赫之子。但我必须警告您，他是在贡木出生的。”

“他是什叶派的？我不担心这个，虽然我对所有异端或走偏了的教派都不太喜欢。但有些和我合作得好的人属于阿里宗派，我军队中最好的战士是亚美尼亚人，帮我掌管官邸财务的是犹太人，我并不会因他们信仰不同而不信任他们，不保护他们。但是我唯一不相信的是伊斯玛仪派，你的朋友该不会是那个教派的吧？”

“我也不知道，不过哈桑和我一起来了，他正在外面等着。只要您允许，我就叫他进来，您可以当面问他。”

卡亚姆离开了一会儿，回来时带着他的朋友，尽管哈桑看起来毫无惧色，但卡亚姆还是可以透过他的胡须，隐约感觉到他脸部肌肉的紧绷和抽搐。

“我把哈桑·萨巴赫带来了。从来没有一位缠头巾包得这么紧的人可以如此才高八斗。”

尼札姆微微一笑。

“我这里挤满了学富五车之人。不是有句话说：有学者们常伴左右的君主是最好的君主？”

哈桑答道：

“也有句话说：常伴君主的学者是最差的学者。”

一阵真心而短暂的笑声把他们二人的距离拉近了。尼札姆表情严肃，他想尽可能避免引经据典，三言两语地告诉哈桑他的期许。但说来奇怪，刚交谈了几句，他们便感到心灵契合、观点一致，现在卡亚姆反倒成为多余的人了。

哈桑·萨巴赫很快成为宰相不可或缺的得力助手。他成功地建立起严密的情报网络，在整个塞尔柱帝国布下天罗地网，情报员们乔装成商人、吟游行者或朝觐者，无论王宫、民宅或市集都逃不过他们的监视。他们或秘密、或公开地揭发了一件件阴谋、谣言及丑闻。

刚开始，尼札姆对于能操控这个人人闻之丧胆的情报机构感到心满意足。不仅如此，哈桑他们的成绩也引起了苏丹的关注，原先苏丹是对此持保留态度的，他的父亲阿勒普·阿尔斯兰曾经告诫他要抵制这种政策。

“当你在各地布满眼线时，”老苏丹曾警告道，“你真正的朋友不会心存芥蒂，因为他们自知对你忠心耿耿。可是那些心怀鬼胎的人就会警惕起来，想方设法收买情报收集者。渐渐地，你会得到一些对你真正朋友不利，但对你敌人有利的报告。美言与恶言都与利箭无异，一旦你把箭射出，总会射中一个人。于是你会对你的朋友逐渐硬起心肠，反倒把那些小人恶徒留在身边。届时，你的权力会受到什么影响就很难说了。”

直到有一天，某个后宫的女人被逮到图谋下毒，苏丹便从此不再怀疑情报机构的作用了，一夜之间，哈桑一跃成为苏丹的“近宠”。然而尼札姆却对哈桑与马立克夏之间的友谊感到不悦，这两个年轻人经常愉快地在一起聊天，却对老宰相不理不睬，尤其是在星期五——秀伦之日时，因为苏丹每每都会在这天举行宫廷盛宴款待近臣。

宴会的前半部分极为庄严肃穆，尼札姆坐在马立克夏的右侧，他们的四周坐着许多满腹经纶的文人和学者，大伙儿高谈阔论，从印度和也门的宝剑哪个更锋利，到亚里士多德的作品，全都是大家兴致盎然的话题。苏丹虽然刚开始表现出浓厚的兴趣，但很快便会分心，眼睛四处游移。宰相心领神会，是时候该离开了，于是所有高官便会跟着他退场。

紧接着取代他们上场的是乐师和舞者，现场的气氛立即转为热络，一坛坛酒被抬了出来，根据苏丹的心情，或浅斟慢酌，或纵情豪饮，通宵达旦。在宴会中，歌手们会伴随着雷贝克琴[1]、塔儿琴[2]的弦音，即兴演唱歌曲，他们最热衷的歌曲主题就是歌颂尼札姆·穆勒克。至于苏丹，由于不能没有宰相辅政，只能以恣意大笑作为一种报复。任何人只要看到他如何带着孩子气的疯劲拍手，就会明白总有一天，他一定会设法除去这位视如“父亲”的宰相。

哈桑对于如何加深君主对宰相的怨恨自是驾轻就熟。宰相到底有什么好引以为傲的，他的智慧，抑或他的学识？哈桑难道没有宰相保卫帝国和王权的能力吗？哈桑很快表现出同样的能力。难道是宰相的忠心不贰吗？可是再也没有比假装忠诚更容易的事了。忠诚这种东西，从来就不比一个骗子嘴里说出来的话更值得相信。

最致命的一点是，马立克夏的吝啬可是出了名的，而哈桑深知如何刺激他的吝啬。他不断地向苏丹报告说宰相花钱如流水，要苏丹留意宰相的新衣袍，以及与他合作共事的人的穿着打扮。尼札姆喜欢权力和奢华，但哈桑独好权力，在这一点上，哈桑是一个严格的禁欲者。

当哈桑感到马立克夏已完全被他左右，且已经准备好对他这位心腹老臣发动致命一击时，便精心策划了一场偶发事件。地点就安排在觐见厅，时间是一个星期六。

那天苏丹睡到中午才醒，醒来时头痛不休，此时的他正如乌云罩顶般烦躁不堪。加上刚刚听到宰相把六万第纳尔的金币赏给了亚美尼亚卫队的士兵，他顿时怒不可遏，而这个消息自然是来自哈桑及其情

---

[1] “雷贝克”是一种用弓拉奏的三弦乐器，琴身如船形，演奏时可以抵在臂上，或如小提琴般放在下巴下拉奏。

[2] “塔儿”原是波斯语的“弦”的意思，后来成为一种对重要的波斯传统弹拨乐器的称呼。该乐器为长颈、葫芦形身，有三对弦。此外，从印度到中亚地区的许多乐器名称都是由“塔”这个字衍生出来的，如兜塔儿（‘兜’[do]为波斯语二的意思，故该乐器为双弦的弹拨乐器）、塞塔儿（‘塞’[se]为波斯语三的意思，该乐器原为三弦的弹拨乐器，但在两百五十年前被加上第四根弦，故现今的塞塔儿有四弦）、吉他、西塔琴等。

报网络。

尼札姆耐心地解释说自己这么做是为了使军队中不出现一丁点儿不服的声浪，因此他必须喂饱他们，多给他们一点油水，否则一旦军队造反，恐怕国家得花十倍的代价才能平息。但马立克夏却驳斥道："这么大把大把地乱花金币，最后一定会导致付不出军饷，到时军队叛变就更加不可避免了。一个好的政府不是应该把金币留到最后的困难时刻才用吗？"

尼札姆的十二个儿子中有一位也在场，他想到一个自以为聪明的方式来解释，于是开口道：

"在伊斯兰时代之初，卡亚姆哈里发也被人指控说他把所有征服麦加后积累下来的金币都花光了。卡亚姆就问那位指控者：'难道这些钱不是那全能的真主厚赐给我们的吗？如果你认为真主无法再赏赐我们更多，那就一毛钱都别花。对我来说，我相信造物主的慷慨是无穷无尽的，所以只要我花的钱是为了造福穆斯林，我就不会在库房里保留任何一毛钱。'"

然而马立克夏显然对效法卡亚姆哈里发没有任何兴趣，他的脑海中只盘旋着哈桑所"耳提面命"的那个主意。

"我命令你给我一份关于国库里所有财产进出的详细账册。你什么时候可以做好？"

尼札姆登时委顿下来。

"我可以提供这份帐册，但那需要时间。"

"需要多久，大师？"

他没有称他阿塔[1]，却称他大师——一个极尽尊敬的称谓，但此时此刻却暗示着他们二人之间的遥远距离，听起来倒更像是恩断情绝或失宠的故事的前奏曲。

尼札姆有些慌乱地解释道：

---

[1] "阿塔"即突厥语里的父亲之意。

“我必须派专人到各个省份做长期的审查核算。感谢真主的恩典，我们的帝国如此强盛广阔，因此两年之内不太可能完成。”

然而，此时哈桑却郑重其事地走上前来，说道：

“陛下，我保证，如果能为我提供所必需的条件，把邸苑里的所有档案也交给我，我可以在四十天之内交出一份完整的报告。”

宰相还想回话，但马立克夏却站起来，大步走向门口，抬高声音说：

“非常好，就把哈桑安排在邸苑里，所有秘书的工作都由他指挥，任何人未得他的允许皆不可擅自进入。四十天后，我要了结这件事。”

14

很快整个帝国便陷入动荡不安之中，行政瘫痪，军队蠢蠢欲动，人们镇日谈论内战，谣传尼札姆已经在伊斯法罕的部分区域分发武器。市集里，商品被隐藏起来，重要商户的大门，尤其是珠宝店的大门，待下午一到便早早关上。

而邻近邸苑的区域更是草木皆兵，弥漫着肃杀之气。宰相不得不把他的办公场所移交给哈桑，但他的官邸紧连着那片已落入竞争对手之手的邸苑，中间仅隔着一座小花园。如今，这座小花园成了名副其实的“兵营”，尼札姆全副武装的私人侍卫在那里密集巡逻。

这之中，就属卡亚姆的处境最尴尬，他想过出面安抚双方的情绪，让水火不容的两个人和解。即使尼札姆仍然继续接见他，但也不放过任何一个机会指责他送给他这么一个“歹毒的礼物”。另一方面，哈桑则足不出户，把所有心思和时间都放在准备向苏丹呈递的报告上。只有夜深时，他才在一小撮贴身亲信的团团包围下，在邸苑偌大的地毯上躺下休息片刻。

在那决定命运的日子到来三天前，卡亚姆还在作最后的努力调停。他来到哈桑的住所，坚持要见他，但是侍从却要他一小时后再来，因为撒希卜－哈巴尔正在和财务官开会。卡亚姆决定到外头遛达一下，他才刚跨过门槛，一位身着红衣的皇家内侍就对他说：

“卡亚姆大师，请您跟我来，有贵人恭候。”

随着那个人穿过迷宫般的通道和楼梯，卡亚姆发现自己来到一座花园，他完全没想到世上竟有这样一座花园，说它美仑美奂也丝毫不嫌夸张。但见孔雀趾高气昂地在园中自由穿巡，杏树上满是盛开的花朵，喷泉轻吟浅唱。他们走到喷泉后一道镶着珠宝的矮门前，内侍开了门，邀请卡亚姆进入。

门内是一个巨大的厅堂，墙壁装饰着织锦图案，厅堂尽头有一个拱顶壁龛，垂着一道飘动的帘幕，暗示后头有人。卡亚姆刚进去，身后的大门便闷哼一声关上了。过了一分钟，等待的一分钟，困惑的一分钟，忽然间，一个女人的声音划破寂静。卡亚姆只听出那个声音有点突厥口音，它既低，速度又快，只有几个词仿佛湍流中的小石子一般传到他的耳际，但说话的内容他却完全听不懂。他真想打断她，要她改用波斯语或阿拉伯语说话，或是说慢一点，但隔着一道帘幕对一个女人说话并非易事。突然间，另一个声音接着说：

“我的女主人，苏丹的妻子黛儿肯王后，感谢您大驾光临。”

这次说的是波斯语，但那个声音，即使是审判日时在嘈杂的市集上，卡亚姆也不会听不出来，他好想大声叫喊，但他的叫喊随即变成快乐却又忧伤的呢喃：

“佳涵！”

她拉起帘幕的一角，掀起她的面纱，微微一笑，却示意他不要靠近。

“王后，”她说，“正为邸苑里公然进行的斗争而忧心。不安的气氛弥漫了整个王宫，刺激得人血脉贲张。苏丹自己也深受影响，变得焦躁易怒，后宫中处处回响着他暴怒的狂吼。这种情况不能再继续下去了，王后知道你想挑战不可能，调停那两个针锋相对的主角，她祝愿你能马到成功，可是这一切似乎是遥不可及。”

卡亚姆完全同意地点点头，佳涵继续道：

“鉴于目前的事态，黛儿肯王后认为最好把这两个人隔开，然后另派高明之士担任宰相之职以安抚人心。照她说，她的丈夫，也就是我们的君主，身旁尽是一群惹是生非的家伙，但他真正需要的是一个没有低级野心、能做出稳健判断和睿智建议的人。既然苏丹对你极为推崇，她想建议他任命你为宰相，你的上任必能化解朝廷的不安。不过在正式向苏丹提出建议前，她想先确定你是否同意。”

卡亚姆花了些时间来消化她们要他做的事，他不禁叫道：

“真主保佑！佳涵，你要害我吗？你可以想像我指挥帝国大军，斩首敌军或平定奴隶造反吗？放过我吧，还是把我留给我的星星吧！”

“你听我说，卡亚姆，我知道你完全没兴趣管政府的事，但你的角色只是挂个名而已！至于决策，则会由其他人来决定和实施！”

“换句话说，你是真正的宰相，而你的主人才是真正的苏丹。你盘算的是那样吗？”

“那样对你有什么不好？你所拥有的只有尊荣，没有烦恼。你还奢望什么？”

黛儿肯王后此时插进来，欲作进一步的解释。佳涵帮她翻译道：

“我的女主人说，只有像你这样的人，才可以扭转局面，改变这个管理得糟糕透顶的政府，她认为你具有一位优秀宰相的特质。”

“请告诉她，管理政府所需要的特质和接掌权力所需要的特质不同。若要治理世事，一个人必须忘我，只为他人着想——尤其是为那些不幸之人着想。但要得到权力，一个人必须成为天下最贪婪的人，只为自己着想，甚至不惜毁掉最亲近的朋友。而我不会毁掉任何人！”

此时此刻，这两个女人的计划彻底落空，因为卡亚姆不愿听从于她们的要求。再说尼札姆和哈桑间的对决越来越无可避免，任何计划也只是徒然！

那一天，觐见厅就像一座悄无声息的竞技场，在场的十五个人静观事态发展。精力充沛的马立克夏正轻声细语地跟他的侍卫说话，一边轻捻胡子——这是他的癖好，一边不时斜眼偷觑那两位敌对者。哈桑站立着，身穿有褶皱的黑色袍子，头戴黑色缠头巾，胡子比平日略短，脸颊凹陷，只有他的一双眼睛，尽管因为连日睡眠不足而布满了血丝，但仍闪着锐利的光芒，准备迎接尼札姆的目光。在他身后，一个执事秘书拿着一叠用哥多华皮带绑好的文卷。

按规矩，资深年长的宰相享有特权，他端坐在椅子上，更准确地说，应该是被圈在那椅子里。他身穿灰色袍子，胡须斑白，前额已起了皱纹，唯有他的眼神，依旧散发着年轻的活力和机警，目光称得上炯炯有神。他的两个儿子陪伴在他左右，脸上满是愤愤之色。

站在苏丹旁的是卡亚姆，他的神情阴郁委顿，在心里盘算着呆会儿该如何缓和局面，不过也许他今天根本没有机会插嘴。

“今天是你承诺要公布国库详细收支帐册的日子。都准备好了吗？”马立克夏问。

哈桑向前微微欠身：

“我遵守了承诺，这就是报告。”

他转向他的秘书，那秘书来到他身边，小心翼翼地解开绑着那堆文卷的皮带，萨巴赫开始朗读。第一页是例行的开篇词，表达自己的感谢，保证此份报告真实可靠，同时藉由精僻的语句来展现自己的博学和雄辩。然而在场人士期盼听到的可不是这些，终于，重点上场了：

“我已经仔细核算了每个省和市镇缴给国库的税额。”他宣读道，“同时，我也计算了得自敌人的战利品，现在，我知道这金子已经被用在……”

哈桑煞有其事地清清喉咙，大声公布一项项支出，每一页念完后交给一旁的秘书，然后继续公布下一页支出。忽然，他的嘴唇才刚张开，很快就又闭上了，大厅内立时陷入了静默。他翻开眼前的一页，去看后面一页，而后又愤然将前一页放回原处。大厅内仍旧一片静默。

苏丹焦躁起来，不耐烦地说：

“接下来怎样？我们都在听你说。”

“陛下，我没法再继续念下去了。我本来已经排好这些文卷的顺序，但我要念的那页一定是掉了，我必须找到它。”

他手忙脚乱地翻找所有文卷，尼札姆适时地表示愿意帮忙，他用一种宽宏大量的语调说：

“谁都可能会弄丢一张纸，但我们不该为此为难我们年轻的朋友。与其浪费时间寻找，我建议我们继续听剩下的报告吧。”

“你说的没错，阿塔，让我们继续听报告吧！”

大家都注意到苏丹再次称呼宰相“父亲”了，这是否意味着宰相再次受宠？当哈桑还陷在烦恼的漩涡中时，宰相继续乘胜追击：

“让我们忘了这丢失的一页吧！与其让苏丹空等，我建议我们的兄弟哈桑向我们报告几个重要城市或省份的财政数字。”

苏丹迫不及待地表示赞同。尼札姆继续道：

“让我们先以尼夏浦尔为例，那是奥马尔·卡亚姆的出生之地，他现在也在这里。我们可以知道那个城市及它所在省份缴给国库多少钱吗？”

“我马上告诉你们。”哈桑回答道，试图重新扭转局面。

他熟练地翻开文卷，想要抽出第三十四页，他在那页写明了关于尼夏浦尔的所有收支情况，然而却又一次出乎意料。

“那一页不在了。”他说，“它不见了，被偷走了……有人偷走了我的文卷……。”

尼札姆站起来，走到苏丹身边，对马立克夏附耳道：“如果我们的君王连他最能干的仆人，也就是那些知道事情的难度，知道哪些可做，哪些不可做的人，也不信任，那就难免连疯子、江湖骗子或无知者都胆敢嘲弄、侮辱君王了。”

马立克夏毫不怀疑自己刚刚掉进了一个精心设计的圈套。史书上记载，尼札姆·穆勒克成功地收买了哈桑的秘书，命令他把几页藏起来，并弄乱其他页的顺序，结果他的对手费尽功夫完成的大工程就此化为乌有。

哈桑试图为自己辩白，他声称自己是这场阴谋的牺牲者，但他的声音完全淹没在众人的喧哗之中。至于苏丹，他感到失望至极，一方面觉得自己被愚弄了，另一方面他眼睁睁地看着自己想要撼动宰相的权位、脱离宰相掌控的大计全盘失败，于是将所有的怒火都发作在哈桑身上。他命令侍卫抓住他，并当场宣判他死刑。

卡亚姆终于开口讲话了："但愿我们的君王能够仁慈一些，哈桑·萨巴赫也许犯了错，但他错在过于赤诚和狂热，对于他的不当行为，我们只要把他免职即可，他的罪并未对您本人构成严重的伤害。"

"那把他弄瞎吧！把方铅块拿来，把它们烧热。"

哈桑默不作声，似乎已经认命。卡亚姆再一次开口，他不能允许一个自己推荐的人惨遭杀害或失明。

"主人，"他恳求道，"请不要把这种刑罚加在这位年轻人身上，对他来说，阅读和写作是唯一可以平复他心灵的方式。"

终于，马立克夏宣布道：

"看在你的面子上，卡亚姆大师，你是最睿智、最纯洁的人，我同意收回成命。把哈桑·萨巴赫流放到一个遥远的地方，终生不得再踏进帝国的土地一步。"

但是，这位贡木人日后还是回来了，而且以出乎意料的手段报了这一仇。

Ⅱ 阿煞星的天堂

天堂与地狱都在于你。

——奥马尔·卡亚姆

15

时光荏苒，七年转眼即过。对卡亚姆和帝国而言，那是最后的一段国泰民安的好时光。

葡萄架下的桌子上摆着一个长颈玻璃瓶，里面装的是天下最美味的琼浆——设拉子的白葡萄酒，酒中微微带点麝香味儿，酒瓶周围是大大小小的菜碟，这就是六月的一个晚上，在奥马尔家阳台上举办的宴席。就从最清淡的开始[1]，他建议道，先来点葡萄酒、水果，然后再尝尝各式菜肴，有葡萄叶填饭、榅桲填肉。

徐徐的微风从远山吹来，穿过花朵盛开的果园。佳涵拾起一把鲁特琴拨弄着，缓缓的琴音在风里漫游。卡亚姆举起高脚杯，啜了一大口，佳涵正凝视着他，她从桌上选了一颗最大、最红、最软的枣子给她的爱人，用水果的语意来说，意思是“吻我吧”。他靠向她，

---

[1] 蔬菜填饭是一种奥斯曼帝国时期的填塞菜肴。dolmak 即土耳其语的填充、填塞之意，dolma 是其动名词。这种菜类常见于奥斯曼帝国所统治过的地区——包括土耳其、塞浦路斯、巴尔干、一些中东国家，以及周遭地区——包括伊朗、高加索、中亚及南亚。最常见的一种蔬菜填饭是葡萄叶填饭，其他像青椒、节瓜、茄子、蕃茄也都可以用来填饭。（不过土耳其人通常对葡萄叶填饭有另一种称法：sarma，但土耳其以外的地方如伊朗或希腊，则一律称为 dolma。）

他们的嘴唇互相厮磨着，分开，聚拢，又分开，又再度接合。他们十指交扣，此时，一个女仆来了，他们不慌不忙地分开来，一同举起酒杯。

佳涵微笑着低声道：“如果我有七条命，我愿花一条命每晚来这天台上，慵懒地躺在这长沙发上，一边喝着葡萄美酒，一边用手指在这个碗里搅和，享受这单纯的幸福。”

卡亚姆回道：“无论我有一条、三条或七条命，我都会把它们花在像现在这样，在这个天台上，抚摸你的秀发。”

相恋九年，结婚四年，相知相守的两人，志向却南辕北辙。佳涵积极进取地利用时间，而卡亚姆却慢条斯理地享受时间。她想要掌控世界，当王后的心腹（而王后又是苏丹的心腹）。白天时，她在宫中为王后出谋划策，拦截消息和谣言，探听什么人获得珠宝赏赐，什么人又被下了毒——所有这一切无不牵动她的神经，令她感到兴奋或焦虑。夜晚时，她卸下白天的一切，全身心沉浸在被爱的欢愉中。然而生命对卡亚姆而言却完全不是这回事。生命是由求知的欢愉和对享乐的认知所构成的。他总是起得很晚，空腹喝下一杯传统的“晨酒”，然后坐在工作台前写作、计算、绘图、把诗抄写在他的神秘大书里。

夜晚，他会前往建在他家附近小山丘上的天文台，只需走过花园，就能马上置身于各种仪器中间。卡亚姆对那些天文仪器极为珍惜，不时地亲自为它们上油、上光。经常也会有一些天文学家穿过花园来跟他一起探索。卡亚姆在伊斯法罕的前三年全都贡献在这个天文台上，他不仅亲自监督天文台的建造和仪器的设置，更重要的是，他制定了新历法，并正式从 1079 年 3 月 21 日（波斯历法的 458 年法瓦尔丁月[1]）开始实施。波斯人是不会忘记这一天的，根据卡亚姆的计算，神圣不

[1] 法瓦尔丁月是波斯历法中的第一个月份的名字。

可侵犯的波斯新年日期被变更了，从双鱼座运行的中旬改到白羊座的第一天，这意味着波斯的月份从此按照黄道带的星座来确定，于是法瓦尔丁月变成了白羊座月，而阿斯梵德月[1]变成了双鱼座月。1081年6月，伊斯法罕的居民和整个帝国已进入新纪元的第三年。官方以苏丹的名字为新纪元命名，但街头巷尾，甚至在某些资料中，却说“奥马尔·卡亚姆纪元某某年”。试问，有谁可以在有生之年获此荣耀？三十三岁的卡亚姆成为整个塞尔柱帝国远近驰名、备受尊崇的人物！尽管有些人对他产生莫名的畏惧，那是因为他们根本不知道卡亚姆内心深处是多么厌恶暴力和权威。

究竟是什么让他与佳涵再次走到一起呢？有一个很细微却重要的原因，那就是他们两个都不想要孩子。佳涵早就下定决心不让自己背负生儿育女的重担。至于卡亚姆，他则将自己尊敬的叙利亚诗人——阿布·阿拉[2]的格言奉为座右铭：“我眼下所受之苦皆乃先人之谬，莫再让他人因我而遭难。”

我们千万别误解了这种态度，卡亚姆绝不是所谓的厌世者。他不是曾写道：“当怏怏向你袭来，当你希冀世界沉入永恒的黑夜，想想倾盆大雨后的盎然绿意，想想孩子睡醒时的清新单纯”？倘若他拒绝父亲的角色，那是因为生存之于他，似乎是个不可承受的重担。他不断宣称：“最快乐之人为未降生之人。”

显然他们俩拒绝生孩子的原因并不一样，她从不掩饰自己的野心勃勃，而他表现的却是不世出的超脱。然而，他们的这种态度却招致所有波斯男女的谴责，关于他们其中一人不孕的谣言也四处流传，但他们不愿对此作出任何回应，凡此种种反而使他们二人的关系更加密切。

---

[1] 阿斯梵德月是波斯历法中的第十二个月份的名字。

[2] 阿布·阿拉·马阿里（公元973年–1058年）为阿拔斯哈里发时期的盲眼诗人和作家，生于叙利亚。他推崇理性和知识，著有四行诗集《燧火》、《宽恕书》等。

然而，万事总有限度。一般来说，佳涵和卡亚姆在一起时，是在听取一个毫不贪图世俗的男人的意见，而极少会把自己在外面的活动告诉他，她知道卡亚姆并不赞同她的行为。对那些永无休止的争端火上加油到底有何好处？这是卡亚姆始终质疑的地方。

当然，卡亚姆从未远离宫廷，即使他不让自己卷入是非之中，鄙视一切阴谋权术——尤其是那些长久以来针对宫廷医生和天文学家的阴谋，他更是避之唯恐不及，但依然有些义务和场合是他避不掉的，如出席每周五的宴会，为生病的将军检查身体，以及最重要的，每个月为马立克夏提供星象运势表。

就像所有人一样，苏丹极为依赖这类建议，并且一丝不苟地按照它来决定每天该做什么，又不该做什么。“五号时，有颗星星会等候您，所以不要离开王宫。七号时，不要放血治疗，也不要服用任何药物。十号时，反向包裹缠头巾。十三号时，不要接近您的任何一位妻子……。”

苏丹从没想过要违反这些指示，而尼札姆也是如此，他在每个月结束前从卡亚姆手中接过他的运势表，热心地研究，然后一字一句地照着做。渐渐地，其他人也获得了这种特权，如宫廷内侍、伊斯法罕的大法官、帝国的司库、军队里的某些将军及有钱的商人们。这意味着卡亚姆的工作量暴增，每个月的最后十天总得耗费在这些事情上。人们对预言似乎永远都保有高度的兴致！

当然，只有最幸运的人可以向卡亚姆咨询，至于其他人，则向其他名气较小的占星家咨询，否则，每当需要做出决定时，他们就只能向宗教人员寻求帮助。后者往往会闭上眼睛，随意翻开《古兰经》，用手指着翻到的经文，大声地念给他们听，而他们便会在其中找到解忧释疑的良方。又如有些贫穷的妇女，为求能快速定夺一些事，会走到公共广场上，把自己听到的第一句话当作神降予她们的指示。

“黛儿肯王后今天问我她愓耳月[1]的运势表好了没？”那天晚上，佳涵如是问道。

卡亚姆望着远处，说：

“我会在晚上准备好。天空好清啊！没有一颗星星被云遮住。我要去天文台了。”

他不慌不忙地站起身，此时一位仆人进来说：

“门口有位托钵行者，他请求在此借宿一夜。”

“让他进来吧！”卡亚姆道，“把他带到楼梯下的小房间。告诉他可以跟我们一起用餐。”

佳涵把她的脸遮盖起来，准备与这位不速之客会面。然而那仆人却一个人回来。

“他想待在房间里礼拜。这是他给我的字条。”

卡亚姆一读过字条，整个脸倏地涨红了，他机械地站起来，佳涵担心地问道：

“是谁？”

“我一会儿回来。”

他把字条撕得极碎，大步走向那间斗室，随手关上身后的门。片刻等待，片刻犹疑，然后是一个拥抱，紧接着是一句责备：

“你来伊斯法罕做什么？尼札姆·穆勒克的手下正四处找你。”

“我是来劝你改宗我的教派的。”

卡亚姆斜看着他，他想确定哈桑是否神智正常，但哈桑笑了，那低沉的笑声，卡亚姆在喀山的小客栈就曾见识过。

“你放心，我从没想过能说服你改宗我的教派。不过我现在需要一个避难所。而天底下还有比苏丹的同伴、宰相的朋友奥马尔·卡亚姆更好的保护人吗？”

“他们对你的憎恨远比和我的友谊大。我这里随时欢迎你，但别奢

[1] 愓耳月是波斯历法中的第四个月份的名字。

望当你的行踪被发现时，我和他们的关系可以救得了你。”

“明天我就会到很远的地方去了。”

卡亚姆露出不信的神色：

“你是回来报仇的吗？”

哈桑的反应仿佛他的尊严被嘲弄了一般。

“我不图为自己报仇，我想做的是摧毁整个突厥政权。”

卡亚姆注视着他的朋友：他已经把黑色缠头巾换成白色的，上头覆盖着一层沙土，而他的粗羊毛衣服早已破旧不堪。

“你看起来自信满满！但我只能说，现在在我面前的，就是一个亡命之徒，一个被追杀的人，一个必须东躲西藏、所有家当就是这个包袱和这条缠头巾的人，但你却自以为可以和这个疆域从大马士革到赫拉特[1]、横跨整个东方的大帝国相比！”

“你说的是现在，而我谈的是将来。新的秩序很快便会与塞尔柱帝国分庭抗理。它的组织严密，强而有力，令人闻之色变，它将令苏丹和大臣们胆颤心惊。不久前，也就是在你、我出生的年代，伊斯法罕本是属于一个波斯什叶王朝[2]的，它的法律凌驾于巴格达的哈里发之上。但是看看今天，波斯人只不过是突厥人的仆人，而你的朋友尼札姆·穆勒克正是服侍那些入侵者的卑鄙小人。你怎能说过去曾经发生的事在未来不会再次出现呢？”

“时代已经改变了，哈桑，突厥人正在掌权，波斯人已经被他们征服。有些人，就像尼札姆·穆勒克，努力地与胜利者妥协，而其他人，像我，则躲在书堆中。”

“还有其他一些人正在战斗，虽然现在人数很少，但明天就会成

---

[1] 赫拉特为今日阿富汗西部的大城，自古即为中亚与西南亚、南亚交流的重要枢纽。

[2] 这里说的是布耶王朝。布耶王朝是在公元 945 年至 1055 年间统治伊朗西部和伊拉克的一个什叶王朝，由里海南部吉兰地区的德莱木人所建立，后来为塞尔柱所灭。

千上万，组成一支有胆识且无坚不摧的大军。我就是那传递‘新预言’的使徒。我会马不停蹄地走遍全国，或游说，或强迫，软硬兼施。在全能真主的帮助下，我会和这腐败的帝国奋战到底。卡亚姆，因为你在那天救了我，所以我才告诉你：这个世界很快就会目睹许多事情发生，很少人会了解这些事的重要意义，而你会了解，也会知道正在发生什么，撼动整个大地的是谁，还有这场动乱将会如何结束。

“我不想质疑你的信念和狂热，但我见过你在马立克夏的宫廷里，为了争夺突厥苏丹的宠信而和尼札姆·穆勒克针锋相对。”

“请别搞错了，我可不是你所说的那种卑鄙小人！”

“我没什么别的意思，只不过是谈一些让人不快的事实。”

“那是因为你对我的过去一无所知。我不会因为你仅仅看事情的表面来判断我而怨你。如果我告诉你我真实的经历，你一定会对我有不一样的结论。我来自一个传统的什叶家庭，从小家人就告诉我伊斯玛仪派是异端，直到我遇到一位传教士。我们辩论了很久，他动摇了我的信念。当我害怕自己会让步，会接受他的观念时，我决定不再和他说话，这时我生病了，而且病入膏肓，我几乎以为我就快不久于人世了。由此我看到一个征兆,一个来自于全能真主的征兆，于是我发誓，如果我能康复，就会归信伊斯玛仪派，结果在一夜间我就病愈了。我全家人都不敢相信我居然会突然康复。”

“当然，我信守誓言，归信伊斯玛仪派，并于两年之后获派一个任务：去接近尼札姆·穆勒克，渗透到他的邸苑里，伺机保护我们生活在水深火热之中的伊斯玛仪派兄弟。因此我离开瑞邑，向伊斯法罕出发，中途投宿在喀山的一间小客栈里。正当我独自一人在我的小房间里寻思该如何接近宰相时，房门打开了，而进来的不是别人，居然是卡亚姆，大名鼎鼎的卡亚姆。他真是上天送来、助我完成任务的大礼。”

卡亚姆已然震惊得说不出话来。

“当尼札姆·穆勒克问我你是不是伊斯玛仪派[1]的信徒时，我说我认为你不是。”

“你并没有说谎，你当时的确不知道。但现在你知道了。”

他突然打住了。

“你还没请我吃饭。”

卡亚姆打开门，命女仆送些食物来，然后继续询问哈桑：

“在过去七年，你就这样打扮成苏非行者的模样到处流浪吗？”

“我流浪到很多地方。我离开伊斯法罕后，尼札姆的爪牙们仍在后头对我穷追不舍。我在贡木甩掉了他们，那里有朋友掩护我，然后我又到瑞邑，在那里遇见一个伊斯玛仪派信徒，他建议我去埃及，去他曾经研读过的经学院。于是我从阿塞拜疆绕道至大马士革。本来是计划从那里经陆路到开罗，但马格里布人和突厥人正在耶路撒冷附近打仗，所以我只好回头，改沿着海岸线经贝鲁特、赛达、泰尔、阿卡，然后上船。当我到达亚历山大港时，受到如同国王般的待遇，经学院院长阿布·达悟德亲自带领欢迎代表团在那里恭候我。”

女仆走进来，在地毯上摆了几只碗。女仆离开后，哈桑继续进行之前被迫中断的祷告。

“我在开罗待了两年。那个经学院里有几十个我们这个教派的人，但只有少部分人被派到法蒂玛王朝疆土以外的地方去活动。”

他避免讲述太多细节，然而，许多文献都记载了那些课程其实是在两个不同的地方举行的：一是由乌拉玛在爱智哈尔大学里教授信仰

---

[1] 当时的埃及是法蒂玛哈里发朝的时代。法蒂玛哈里发朝（公元 909 年 –1171 年）为什叶伊斯兰的伊斯玛仪派所建立的王国。因其旗帜与服饰崇尚象征“先知后裔”的绿色，故中国史籍称之为“绿衣大食”。公元 909 年，伊斯玛仪派首领阿布杜拉·马赫第·毕拉赫以先知穆罕默德之女法蒂玛和阿里的后裔自居，自称哈里发，建都马赫第亚。969 年征服埃及后，即迁都开罗。领土包括今天的整个北非地区、西西里岛、马耳他岛以及地中海东岸肥沃月湾地区。后来亡于其朝臣萨拉丁（公元 1137 年 –1193 年）所建立的艾尤卜王朝（公元 1171 年 –1341 年）。

的原则；二是在法蒂玛哈里发的宫廷里教授宣教课程。担任宣教领袖的即为法蒂玛宫廷里的官员，他向学生传授游说之法、辩论的技巧以及各种说理和攻心技法，同时要他们背诵连络时所必须使用的暗语。在每堂课结束后，学生们会跪在宣教领袖面前，而他会把伊玛目[1]加持过的文件放在他们头上。之后，会有另一堂专给妇女开设的课程。

“我在埃及获得了我所需要的一切指导。”

“你有一天不是跟我说你在十七岁时就已经通天知地、博古贯今了吗？”卡亚姆揶揄道。

“我在十七岁时已经累积了所有知识，然后我学会了如何信仰。而在开罗，我学会了如何说服别人改宗。”

“你会对那些你试图说服改宗的人说什么？”

“我会告诉他们，倘若没有一个导师教导，根本谈不上什么信仰。当我们宣称‘万物非主，唯有真主’时，我们立刻补上一句：‘穆罕默德是他的使者。’为什么呢？因为如果我们没有提到最初把这个真理带给我们的那个人的名字，那我们声称‘万物非主，唯有真主’就没什么意义了。但是这个人，这位使者，这位先知，已经死了很久，我们怎么知道他曾经存在过，怎么知道现在大家所传述的就是他说的呢？我像你一样读过柏拉图和亚里士多德，我需要证据。”

“有何证据？有人能找到证明这些事情的证据吗？”

“对你们逊尼派来说，的确没有证据。你们认为穆罕默德死后没有指定继承人，他置穆斯林于不顾，任由权谋之士统治穆斯林。但这种说法是很荒谬的。我们认为真主的使者早已指定了继承人，代为保管教义的奥秘，那就是他的女婿、堂弟，或说是与他亲如兄弟的伊玛目阿里。而阿里也指定了一位继承人。公认的伊玛目的传承谱序就是这样永存下来的，也唯有透过他们，关于穆罕默德所要传达的讯息，以

---

[1] 这里的伊玛目就是法蒂玛哈里发朝的领导者（哈里发），也就是伊斯玛仪派的伊玛目。

及唯一真主存在的证据才得以传递下去。”

“从你的这番话里，我看不到你和其他什叶派信徒有何不同？”

“我的信仰和我父母的信仰是有很大不同的。他们总是教导我要耐心地臣服于敌人的权威，等待‘隐遁的伊玛目’[1]重回大地，重建公义的秩序，给予真正的信士报偿。但我自己的信念是，我们必须采取一切方式立刻行动，先在这个国家里做好我们的伊玛目即将到来的准备。而我就是那位先行者——那位铺好道路迎接马赫迪到来的先驱。你难道不知道先知曾经谈到我吗？”

“谈到你？贡木人哈桑，阿里·萨巴赫的儿子？”

“他说过：‘有个人将从贡木来。他将召唤人民走上正道。人们会在他周围聚集，坚如刀枪。狂风吹不散他们，他们战斗不息，不知疲倦，以真主为依靠。’”

“我不知道这则圣训，虽然我已读完全部的圣训集。”

“你所读过的是你想读的圣训集。什叶派有另外的圣训集。”

“那里头有提到你？”

“你很快就会了解到这是千真万确的事了！”

---

[1] 什叶伊斯兰有一个很重要的概念，即“救世者——马赫迪”的概念。什叶派的第十二位伊玛目穆罕默德·马赫迪从公元 874 年开始进入隐遁期，什叶派认为他一直活在人间，只是暂时隐匿自己的面目，直到未来某一天才会重现在这个世上，扫除一切不义。而伊玛目马赫迪的隐遁分为两期：第一期是在 874 到 914 年间，称为“小隐遁”，当时他虽然隐匿不现，但仍先后透过四位中间人传达他的话；但自 914 年他进入“大隐遁”后，就未再透过其他中间人与什叶派的穆斯林沟通了。对于在历史上长久以来一直遭受打压的什叶穆斯林来说，等待“救世者——马赫迪”的出现，是他们极其强调的一个重要信念。

16

那个双眼凸出的男人继续浪迹天涯，他是个永不喊累的传教使徒，日以继夜地四处穿梭，走遍了穆斯林世界的东部——包括巴里黑、木鹿、喀什噶尔及撒马尔罕。他不停地布道、与人辩论、劝人归信、组织信众。他在每个村镇都指派了一位代表在自己离开后担任信众代理人。这些信众中，除了对于等待和顺服不再耐烦的什叶派信徒外，还有一些逊尼派信徒——有不安于突厥人统治的年轻人，也有寻求苦修的虔诚者。

哈桑的人马每天都在扩充，外人称他们为“巴提匿斯”，意为秘密者，视之为异端或无神论者。乌拉玛一次又一次地用恶毒的话诅咒他们说：“愿灾祸降临到参与他们的人身上；愿灾祸降临到与他们一同用餐的人身上；愿灾祸降临到与他们通婚的人身上；用他们的血来浇灌我们的花园是确然合法的。”

此种情势越演越烈，暴力事件层出不穷。在萨瓦赫镇，有位清真寺的讲道者对一些在礼拜时间离开，和其他穆斯林另行聚集的人严加挞伐，要求警察严办他们，于是有十八个人遭到逮捕。然而几天后，那个以激烈言辞谴责他们的讲道者遇刺。尼札姆·穆勒克为了杀鸡儆猴，下令对一位被控谋杀的伊斯玛仪派木匠施以极刑。饱受严刑拷打之后，他被钉死在十字架上，尸体还被拖着在市集的巷子里示众。

有位历史学家认为："那个讲道者是伊斯玛仪派暗杀的第一只羔羊，而那木匠则是他们的第一位烈士。"他还补充说他们第一场伟大的胜利发生在尼夏浦尔南方的卡恩城。当时有一支骆驼商队从克尔曼来到卡恩，是由六百多名商人和朝觐者组成，载运了一批重要货物——锑。他们从卡恩出发才半日，就被一群蒙面的武装暴徒拦住去路。商队中的长者以为他们是强盗，想按照惯例交赎金让他们放行。然而，拦路者要的并不是钱，他们被带往一处建有碉堡的小村庄，遭拘留了好几天。期间有人向他们传道，并邀请他们归信。有些人接受了，这些人被释放了，但大部分人最后都被杀了。

在这场处于酝酿之中的浩大而残酷的力量角逐中，绑架商队不过是小儿科，杀戮与复仇事件接连不断发生，所有城镇、省份甚至旅道无一幸免，塞尔柱帝国的和平开始崩塌。

当时撒马尔罕也爆发了让人永难忘记的危机。历史学家明确地说："奥哈迪阿布·塔赫尔是这一切的始作俑者。"然而事情却没有那么简单。

事情发生在十一月的某个下午，卡亚姆从前的保护人没有任何预兆地出现在了伊斯法罕，他拖妻携子，带着大包小包，嘴里喋喋不休地诅咒个没完。一进入提拉赫门，阿布·塔赫尔就被卡亚姆接到府上，卡亚姆对终于有机会回报他感到欣喜不已，然而当双方客套寒暄一结束，阿布·塔赫尔即话锋一转，眼角迸出了泪水，说：

"我必须尽快和尼札姆·穆勒克谈谈。"

卡亚姆从未见过奥哈迪这个样子，于是试着安抚他道：

"我们今晚就会见到宰相。事情很严重吗？"

"我是不得已才从撒马尔罕逃出来的。"

他的声音哽咽，再也说不下去，眼泪缓缓流下。自从他们上回一别，如今的奥哈迪苍老了许多：面容枯槁，胡须花白，只有浓密的眉毛仍然是黑的。卡亚姆讲了一些安慰的话，奥哈迪终于控制住自己的情绪，整理好缠头巾，然后说：

“你还记得那个绰号叫‘疤痕脸’的人吗？”

“我怎会忘记他？他曾经想置我于死地啊！”

“你记得他那时只要闻到一点点异端的气味就会火冒三丈吧？结果三年前，他加入了伊斯玛仪派，现在正宣扬他们的信仰，那种狂热绝不输于他之前捍卫‘正确信仰’。跟随他的市民成千上万，他现在是街头上的霸王，强迫市集里的商家听从号令。有好几次我去面见汗王，你知道纳赛尔汗的脾气，他的火气来得快，去得也快，有时虽然暴戾无理，但有时又很慷慨，愿真主拯救他的灵魂，我每次祈祷时都提及他的名字。然而如今权力已经落入他的侄子艾哈迈德之手，那是个下巴没长几根毛的年轻小伙子，个性优柔寡断，难以预测，我真不知道该拿他怎么办。有几次我向他抱怨那些异端分子图谋不轨，向他解释目前的危机，但他却意兴阑珊，只是敷衍地听着。看他并不打算采取任何行动，我便集结了民兵领袖，还有一些对我忠心耿耿的军官，要他们监视伊斯玛仪派的集会，其中有三个可靠的人轮流跟踪‘疤痕脸’。我的目的是要向汗王作一个详尽的报告，让他不再对此事装聋作哑。后来，我的人通知我说：这个异端派的首领到了撒马尔罕。”

“哈桑·萨巴赫？”

“对，就是他。我的人守在阿卜大克街的两头，那是在嘎特法尔区，是伊斯玛仪派集会的地方。当萨巴赫打扮成苏非行者的样子出来时，他们就一拥而上，用布袋盖住他的头，然后带来我这里。我立刻把他带到王宫中，向汗王报告了这个好消息。头一次，他显露出有兴趣的样子，并要求见那个人。然而当萨巴赫被带到他面前时，他却下令松绑，并让他们二人独处。我虽然试图警告汗王那是一位危险的异端分子，提醒他那个人所犯过的罪行，但却徒劳无功，他声称要劝那个人改过自新。他们俩的对话进行了很久，近臣们偶尔把门打开一半看里头的状况，只看到两个男人不停地讲话。直到破晓时，忽然发现两人跪地礼拜，嘴里念着同样的词，谋士们你推我挤，争相观察他们。”

喝了一口杏仁糖浆后，阿布·塔赫尔说了几句感谢的客套话，然后继续说：

“事实证明，撒马尔罕的主人、河中地区的统治者、黑汗王朝的继承人，竟然接受了异端。当然他没有公开宣布此事，表面上仍然继续维持与真正的信仰的联系，但一切都和从前不同了。国王的谋士都换成伊斯玛仪派的人，参与抓萨巴赫的民兵首领一个个地惨死，我自己的守卫也换成了‘疤痕脸’的爪牙。除了离开，我还有什么选择？所以我跟着第一批朝觐者的商队来到这里，要向执掌伊斯兰之剑的人——尼札姆·穆勒克与马立克夏汇报这一状况。”

那个晚上，卡亚姆带着阿布·塔赫尔去见宰相。引荐之后，留下他们二人密谈。当尼札姆恭敬地聆听他的访客说话时，脸上神情闷闷不乐。等到奥哈迪说完后，他开口道：

“您知道谁应该为撒马尔罕和我们全部人的不幸负责吗？就是这个带您来这里的人。”

“奥马尔·卡亚姆？”

“还会有谁，就是卡亚姆大师。当初我要杀掉哈桑·萨巴赫，就是奥马尔·卡亚姆出来说情的。他劝阻我们不要杀他，但他现在可以劝阻他不杀我们吗？”

奥哈迪不知道说什么。尼札姆叹了一口气，双方陷入了一阵尴尬的静默。

“你建议我们怎么做？”

提问题的是尼札姆。阿布·塔赫尔早就拟好了方案，他用徐缓严正的语气说：

“现在是让塞尔柱的旗帜飘扬在撒马尔罕上空的时候了。”

宰相的脸亮了起来，但随即又暗了下去。

“你这句话值得上千金。多年来，我不断地向苏丹进言，告诉他帝国必须扩张到河中地区去，像撒马尔罕和布哈拉那样辉煌繁荣的名城，不该一直处在我们的领土之外。但我只是白费唇舌，马立克夏一个字也听不进去。”

“汗王的军队非常衰弱，将军领不到军饷，城堡也日渐倾颓。”

“这些我们都清楚。”

“马立克夏是不是担心如果越过了河，就会遭到像他父亲阿勒普·阿尔斯兰那样的命运？”

“那倒不是。”

奥哈迪不再追问，静待更进一步的说明。

“苏丹怕的既不是过河的问题，也不是敌人的军队。”尼札姆说，“他怕一个女人！”

“黛儿肯王后？”

“她发誓，如果马立克夏越过那条河，她就再也不让他上她的床，还要把他的后宫变成地狱。我们别忘了，撒马尔罕是她家族的城市，纳赛尔汗是她的兄长，艾哈迈德汗是她的侄子，河中地区是属于她家族的。如果她祖先所建立起来的王国瓦解了，她也会丧失在后宫中的至高地位。而她的儿子本有机会继承马立克夏的王位，到时也可能会一并丧失。”

“可是她的儿子才两岁！”

“确实如此。但他的年龄越小，她就越会努力保存这张王牌。”

“如果我理解得正确，”奥哈迪总结道，“苏丹永远都不会同意攻打撒马尔罕。”

“我没那样说，但必须先改变他的心意，而要找到一个比王后更有说服力的武器谈何容易。”

奥哈迪的脸涨红了，他礼貌地微笑着，努力不让自己忘了来此地的目的。

“如果我把刚刚跟您说的再跟苏丹说一次，让他知道哈桑·萨巴赫的阴谋，这样还不够吗？”

“不够。”尼札姆冷冷地回道。

有一会儿，尼札姆太专注于思考竟无法继续谈话。他心里盘算着一个计划，而他的访客正等着他下定决心。

“好吧，”宰相郑重其事地说：“你明早去苏丹的后宫门前，自行请求晋见内侍首领，并告诉他你来自撒马尔罕，希望把黛儿肯王后家人的消息传达给她。既然你在她的城市当奥哈迪，是王朝的元老，她应该会接见你。”

奥哈迪点点头，尼札姆继续道：

“去之后，你要告诉她撒马尔罕因为异端分子作恶而身陷乱局。但你不要提艾哈迈德改宗的事，相反地，要说哈桑·萨巴赫正对他的宝座垂涎三尺，所以他的性命堪忧，只有神可以救他。另外，你还要说你见过我了，可是我不愿意听你讲，不但如此，还不让你向苏丹禀报此事。”

隔天，这个计划进行得天衣无缝。当黛儿肯王后自行劝说苏丹去拯救撒马尔罕的汗王时，尼札姆·穆勒克表面上假装反对此事，心里却已做好出征的万全准备。在这场“号召正信”的战争中，尼札姆的目的既不是为了占领河中地区，也不是为了拯救撒马尔罕，他的最终目标是要重建帝国被伊斯玛仪派削弱的声威。而为达此目的，他需要一场干净利落且威震八方的大胜仗。多年来，他派出的密探每天都信誓旦旦地对他说，已成功掌握哈桑的行踪，随时都可以把他抓起来。但是就算抓了他，反叛势力仍在，而实际上尼札姆的军队在第一次与他们交手时就惨遭全军覆没。尼札姆苦苦思索，想寻找一个与他正面交锋、让军队迎战军队的机会。而撒马尔罕正是一个不期而遇的完美战场。

1089 年春天，一支二十万人的大军开拔了，随军携带着围城的工具和象群。到底士兵们是如何被说动发兵的？这其实并不重要，反正每个将领为了怂恿发兵都会用尽阴谋和谎言。他们在没有遭遇任何反抗的情况下攻占了布哈拉，出师大捷，接着就朝撒马尔罕推进。到达城门后，马立克夏送了一封情真意切的信给艾哈迈德汗王，宣称他是为了把他从异端的魔掌中解救出来才发兵的。然而汗王却冷漠地回复：

“我并未向您——我威严的兄长，请求援助。”马立克夏对这封回信深感惊愕，但尼札姆却不露声色地说：“汗王的言行已身不由己，我们只当他不存在好了。”无论如何，军队都不会回头，将军们都盼望分享战利品，他们绝不会空手而还。

没过几天，有一个变节的眺望塔守卫将攻城者放进城来。他们盘踞在西边，距离修道院门很近。防守方则退到南边克许门附近的露天市集。城里的居民各凭己意，有一部分支持苏丹的军队，负责其膳食，鼓舞其士气；另一部分则听艾哈迈德汗王的差遣。战斗进行了两星期，结果完全在预料之中，躲在拱顶区朋友家中的汗王和所有伊斯玛仪派的首领，全都成为阶下囚，只有哈桑连夜从地下的秘密通道脱逃了。

诚然，尼札姆赢了，但他将苏丹与王后玩弄于股掌的做法，无可救药地破坏了他与王室的关系。即使马立克夏并不后悔轻而易举地征服这座河中地区最有名的大城，但只要一想到自己任由别人牵着鼻子走，就觉得自尊心受损。他甚至拒绝举行传统的犒赏凯旋军队的庆功宴。“那个人心不足的贪婪鬼。”尼札姆逢人便不满地低声抱怨。

至于哈桑·萨巴赫，他从这次失败中学到了宝贵的教训，决定从此不再尝试劝说国王改宗。相反地，他要着手打造一个恐怖的战争工具，一个前无古人的暗杀集团：阿煞星。

17

阿拉穆特，一座碉堡，建在崇山峻岭间一块高达六千英尺的大岩石上，其位置之险峻，即使再庞大的军队，也只能按人头依次从它下方通过，即使威力最惊人的石弩，也连它的一片墙面都打不到。

夏赫河，一般人叫它“狂河”，是统驭那荒山野岭的霸主。当春天融雪之时，它会挟带阿勒布尔兹山脉的大量雪水冲刷而下，把沿途的所有树石卷起。谁要是胆敢走近它，只会枉送性命，而若有军队胆敢在它岸边扎营，无异于自寻死路！

每到夜里，河面上都会升起浓重的雾气，顺着绝壁向上攀升，而后停留在半空中，对那里的居民而言，这时的阿拉穆特就仿佛一座浮在云海中的小岛。若从平地向上望去，说它是精灵的居所也不会有人怀疑。

在当地的方言里，“阿拉穆特”意思是“老鹰的教诲”。据说很久以前，有个国王曾经想要建一座碉堡来控制这些山区，他把一只受过训练的猎鹰放出去，结果那只鹰在天空搜索盘旋了一会儿，就停在了这块岩石上，于是国王知道那里是最适合建碉堡的地方。

哈桑·萨巴赫想模仿那只老鹰，他寻遍整个波斯境内，想找到一个适合集合、组织及教导他的信众的地方。他已经从那次在撒马尔罕的冒险中得到教训：若想一举夺下撒马尔罕那样的大城是不切实际的，只会立马招来塞尔柱人，助长帝国的气焰。他需要其他的据点，一个建在山上、不可接近且坚不可摧的碉堡；一个可让他稳步发展、策划活动的隐蔽处。

当从河中地区夺来的旗帜飘扬在伊斯法罕的上空时，哈桑正身处阿拉穆特的近郊。那个地方给了他灵感，第一眼遥望阿拉穆特时，他就知道：是这里了！再没其他地方了！他的使命将在这里大功告成，他的王国即将崛起。阿拉穆特只是当时众多建有堡垒的村落之一，仅有少数携家带眷的士兵与一些工匠、农夫，还有一位由尼札姆·穆勒克任命的管理者住在那里。城堡主是个正直的人，名叫马赫第·阿拉维特[1]，然而实际上他所关心的只是是否有水灌溉其农田，以及坚果、葡萄和石榴是否丰收这类事，至于帝国境内所发生的动乱，则完全不影响他的睡梦。

首先，哈桑派了几位当地出身的门徒混进戍卫队，并在军中传教和劝人改宗，几个月后，他们向主人报告一切皆已准备就绪，请他过来，于是哈桑就乔装成苏非行者的模样来到阿拉穆特。他先在各处细致观察了一番，后来，城堡主接待了哈桑，问他有什么需要？

“我需要这座碉堡。”哈桑说。

城堡主笑了，以为这位苏非行者在说笑，然而他的客人却没有一丝笑容。

“我是来占领这个地方的，我已赢得所有戍卫军的支持。”

---

[1] 阿拉维派为什叶伊斯兰的分支之一，又名努赛里耶派。该派创立者穆罕默德·伊本·努赛里为什叶十二伊玛目派的第十一位伊玛目——哈桑·阿斯卡利的门徒，他先自称为伊玛目哈桑·阿斯卡利的“巴孛”（即伊玛目与信徒间的中间人，关于“巴孛”，请参见注 202 页），当公元 863 年伊玛目去世后，他又自称为“隐遁伊玛目”。阿拉维派融合了新柏拉图主义、基督教及佛教的教义，因此被逊尼派和什叶十二伊玛目派视为异端。目前主要分布于叙利亚西北部、土耳其南部及黎巴嫩山区。

无可否认，这桩交易的结果实在太不寻常，简直令人无法置信。许多遍览史籍（尤其是伊斯玛仪派的记载）的东方学学者，不得不一而再、再而三地查阅资料，以确定自己没有被愚弄。

让我们再来回顾一下这段历史吧！

11 世纪末，确切地说，是 1090 年 9 月 6 日，哈桑·萨巴赫，这个绝顶聪明的阿煞星组织的创建者，即将接管这座碉堡了，它将成为史上最叫人胆颤心惊的教派的根据地，在接下来的一百六十六年里，阿煞星将横行无阻。此时此刻，哈桑正盘坐在堡主的面前，用平静的语调说道：

“我是来占据阿拉穆特的。”

“这座碉堡是以苏丹之名赏赐给我的。”堡主回道，“我可是付了钱才得到它的。”

“多少钱？”

“三千个第纳尔金币！”

哈桑·萨巴赫拿起一张纸，写道：“请将三千第纳尔金币付给马赫第·阿拉维特，以此作为阿拉穆特城堡的售价。愿真主满足我们的需求，他是最好的保护者。”堡主将信将疑地拿着那张纸，不太确定眼前这位穿着粗布衣裳的人的签名纸就可以换到这笔钱。当他带着纸条来到达姆干城时，竟迅速拿到了这一大笔金币。

18

当阿拉穆特城堡易主的消息传到伊斯法罕时，几乎没有引起任何波澜，现在这个城市更关心的是尼札姆和宫廷之间越演越烈的冲突。黛儿肯王后还没原谅宰相设计对付她娘家属地的事，她不断游说马立克夏罢免尼札姆的宰相之职。按照王后的说法，苏丹在父亲刚去世时需要一位辅政者，因为毕竟他当年只有十七岁，而如今他已经三十五岁了，早已长大成人，不能再这样无限期地把国事交给他的阿塔，现在是时候让大家知道谁才是帝国真正的主人了！难道撒马尔罕的事还不能证明尼札姆妄图把自己的意志凌架于一切吗？他不是费尽心机玩弄他的主人，在世人面前视他如无物吗？

原本马立克夏还在犹疑着是否真要迈出这一步，但此时发生了一件事，促使他下了决心。尼札姆任命自己的孙子为木鹿城的首领，这个不知天高地厚的毛头小伙子仗着其祖父的声威，公开侮辱一位突厥老将军，受辱之后，老将军老泪纵横地来到马立克夏面前告状。马立克夏在盛怒之下写了一封信给尼札姆，信上直截了当地说："如果你还是我的左右手，那就必须服从于我，约束自己身边的人不要诽谤我的人，但如果你自认为与我平起平坐，权势与我不相上下，那我就会采取必要的决断。"

由帝国的高层显贵组成的特使团把信交给了尼札姆，读罢，他答复道："告诉苏丹，难道他不了解到现在为止，我的的确确就是与他平起平坐。如果没有我，他根本就不可能建立他的权威！难道他忘了是我在他父亲死后照管他，是我为他消灭其他觊觎王位的人、平定所有叛乱吗？多亏了我，五湖四海的人才都服从他、尊敬他！没错，去告诉他，他的王冠的命运与我的写字台的命运是紧紧联系在一起的！"

特使们都惊呆了，一个像尼札姆·穆勒克这样睿智之人，怎么会说出这番话去触怒苏丹呢？这可是会让他人头落地的啊！难道他的妄自尊大已令他失去神智了吗？

那一日，只有一个人清楚地知道该如何解释这种壮士断腕的魄力，那就是卡亚姆。尼札姆连续好几个礼拜都向他抱怨那恼人的头痛让他夜不成眠，以致他白天无法集中心思工作。卡亚姆亲手探触他的身体，并询问症状，最后诊断出他患了严重的疾患，且将不久于人世。

那天晚上，卡亚姆不得不如实告诉他的朋友病情，那可真是一个痛苦的夜晚啊！

"我还可以活多久？"

"几个月。"

"我还会继续受苦吗？"

"我会给你开鸦片以减轻痛苦，但服了鸦片后你会一直头晕目眩，再也不能工作了。"

"我也不能写东西了吗？"

"也不能讲太久的话。"

"那我宁愿受苦。"

在每一句对答之间总会有一段很长的静默，尼札姆必须坚忍地克制住长长的疼痛。

"卡亚姆，你害怕后世吗？"

"为什么要怕呢？死后的世界，如果不是什么都没有，就是宽恕。"

"那我曾经犯的错呢？"

“无论你的罪过有多大，真主的慈悯更大。”

尼札姆看起来似乎轻松了一点。

“我也曾做过好事。我不但盖了清真寺和学校，也打击异端。”

见卡亚姆没有反驳，于是他继续说：

“一百年后、一千年后的人还会记得我吗？”

“那又如何知道呢。”

尼札姆打量着他，然后继续说：

“难道不是你有一天曾经说过：‘生命如火，熊熊烈焰虽然耀眼，却即刻被过客遗忘。一起风，余烬亦散。人如此活过一生。’你认为尼札姆·穆勒克的命运也将如此吗？”

他喘了一口气，卡亚姆还是闷不吭声。

“你的朋友哈桑·萨巴赫走遍全国，到处宣传我是抱着突厥人大腿的卑鄙奴才。你想人们明天将会那么说我吗？他们会把我视为亚利安人[1]的耻辱吗？人们是否将会遗忘我是唯一一个与苏丹分庭抗礼三十年，并把我的意志强加于他们的人？他们的军队大获全胜之后，我还能做些别的什么呢？你怎么连一句话也没有。”

卡亚姆心不在焉地看着他。

“七十四个年头，七十四年在我眼前飞过，我经历了多少尔虞我诈，多少悔恨，又有多少事情我希望重新来过。”

他半闭着眼睛，嘴唇扭曲：

“大难将降临到你头上了，卡亚姆！哈桑·萨巴赫为非作歹，你难辞其咎！”

卡亚姆很想说：“你和哈桑多么像啊！无论创建帝国，还是筹备伊玛目政权，一旦某项事业引起你们的兴趣，为了达到目的你们都会不惜杀人。在我的想法里，凡是和杀人扯上关系的事我都不感兴趣，无论它曾经是多么美好，从那一刻起，在我眼中都变得丑陋、堕落、卑

[1] 波斯人是属于亚利安人种的。

鄙、龌龊。一件事一旦牵涉到死亡，就无公正可言了。”他真想一股脑儿地冲口喊出这些话，但他还是控制住自己，保持静默。他决定让他的朋友平静地慢慢滑向他的命运。

在这个难耐之夜，尼札姆终于决定向命运投降。他承认自己不会再活太久，于是从第二天开始把国事暂放一边，改将自己所剩不多的精力和时间投注在完成一本书——《政治论》上。这本与西方马基雅维利《君主论》具有同等份量的穆斯林世界专著，比《君主论》还早了四百年问世。但二者间具有一个显著的不同：《君主论》描写的是一个对政治失望、被剥夺一切权力的国王，而《政治论》则记载了一位帝国创建者无可取代的宝贵经验。

就这样，当哈桑·萨巴赫刚拿下其梦想已久、无人可破的圣殿堡垒时，那位帝国强人心心念念的只是青史留名的问题。他向来喜欢诚实地剖析事情的真相，而非以含糊的态度看待人世，因此他下定决心：到死都不改藐视苏丹的态度。又或许我们可以说，他想要一个特别的死法，一个配得上他的死法。

他即将得到他想要的。

当马立克夏接见从尼札姆那里回来的特使团时，几乎不敢相信自己所听到的。

“他真的说他和我平起平坐？”

当特使们沮丧地承认尼札姆确实那样说后，苏丹的怒气顿时如火山般爆发了。他扬言要把他的宰相钉死在柱子上，活生生地凌迟，或是把他钉在堡垒城垛的十字架上。接着苏丹立刻跑去向黛儿肯王后宣布，他决定免除尼札姆·穆勒克的所有职权，而且还想处死他，剩下的问题就是用什么办法才能既置尼札姆于死地，又能避免效忠老宰相的大批军队不发动哗变。黛儿肯和佳涵早已有了主意：既然哈桑也想看到尼札姆死，那何不把这差事交给他？马立克夏根本不用趟这淌混水。

于是在一位忠于苏丹的军官的指挥下，一个军团被派往阿拉穆特，表面上看是要围攻伊斯玛仪派的碉堡，但实际上却是要与他们密谈。为了掩人耳目，每个细节都必须详加计划，苏丹会先将尼札姆引去纳哈万德，那是一个介于伊斯法罕和阿拉穆特中间的城市。尼札姆一旦到了那里，阿煞星就可以接手了。

那个时代的文献有如下记载：

> 哈桑·萨巴赫召集人马，向他们宣布道："你们中间有谁可以除去这个国家的祸害——尼札姆·穆勒克呢？"有个名叫阿拉尼的人把手举至胸前，表示接受，于是阿拉穆特的主人就将任务交给他，并说："杀掉这个邪恶之人就是通往幸福之道。"

在这段期间，尼札姆仍闭门不出。自从失宠于苏丹之后，以往门庭若市的邸苑，如今却是门可罗雀，唯有卡亚姆和尼札姆守卫队的军官依旧在他的住所进进出出。而他把大部分时间都花在书桌前，狂热地投入写作，有时会要求卡亚姆重读他写的东西。

当卡亚姆浏览尼札姆的文字时，时而莞尔一笑，时而扮扮鬼脸。如同其他许多大人物一样，在行将赴死之际，尼札姆难免会或放冷箭，或实施清算，如他对黛儿肯王后就是如此。第四十三章的标题为《生活在幕后的女人》。"在古时候，"尼札姆写道，"国王的妻室对他有巨大的影响力时，其结果只是制造不和与麻烦罢了。我不会对此多作论述，因为任何人都可以在其他时代看到类似的戏码。"他补充道："若要成功，就要与女人所说的背道而驰。"

接下来的六章全部献给了伊斯玛仪派，其结尾道："我之所以谈论这个教派，是为了读者提高警惕……当这些异教徒处心积虑地想消灭苏丹所爱的人和政府要员时，当喧天的战鼓在四方响起时，当他们的图谋昭然若揭时，人们将会记起我的话。在即将来临的喧闹和骚乱中，但愿国王能了解我所说的每件事都确凿无疑；但愿全能的真主保佑我们的君主和帝国远离邪恶的命运。"

那一天，当苏丹的使者来邀请他陪同君主前往巴格达时，他浑然不知前面早已设下了圈套。他把卡亚姆叫来，和他道别。

“您的身体状况不该进行这种长途旅行。”卡亚姆告诉他。

“我的身体状况，什么事都无所谓了，反正要我命的不会是旅途。”

卡亚姆不再言语，尼札姆吻了吻他，友善地请他离开，然后他要去向那位曾经诅咒他的人行礼。同样高贵优雅的仪止，同样的鲁莽和刚愎自用的态度，此时的苏丹和宰相两人都正在和死神交手。

去往行刑之地的途中，马立克夏问他的“父亲”说：

“你认为你还会活多久？”

尼札姆毫不迟疑地回答：

“很久，非常久。”

苏丹被这个答复激怒了：

“你傲慢地对待我也就罢了，但面对真主呢，你怎么能这么肯定？你必须向他的意志哀求才能获得你想要的，因为他乃是生命的仲裁者！”

“我这么回答是因为我昨晚做了一个梦。我梦见先知，愿真主祝福和保佑他。我问他我什么时候会死，结果得到了一个确定的答案。”

马立克夏不耐烦地问：

“什么答案？”

“先知对我说：‘你是伊斯兰之柱，因为你合宜地对待周围之人，也因为你的存在对所有信士而言是有价值的，所以我给你一个特权，让你选择什么时候死。’我回答道：‘真主恕罪。人还能选择哪天死吗？人心不足，就算我决定到离现在最遥远的那一天才死，我还是会因为那一天而烦恼。不管那一天是在一个月后还是在一百年后，死亡的前夜，我还是会因为恐惧而颤抖，我不希望选择死亡的日子，我对至爱的先知的唯一请求，就是不要让我活得比我的主人——苏丹马立克夏还久。我看着他长大，听他叫我“父亲”。我不想经历眼看他先我而去的痛苦。’‘我应承你。’先知对我说：‘你会比苏丹早四十天。’”

马立克夏的脸倏地变得惨白，他浑身哆嗦，差点露出马脚。尼札姆微笑道：

“你看，我并不是在表示我的傲慢。现在，我确定还会活很久。”

此刻的苏丹是否已经动摇，想要放弃谋害宰相的计划呢？他早该想到的，因为即使那个梦不过是套说词，尼札姆其实早已做了防范。他在离开前夕就已召集自己侍卫队的军官们，要他们一个个把手放在《古兰经》上宣誓：倘若尼札姆·穆勒克有什么三长两短，他们不会让任何一个敌人留在这个世界上！

19

塞尔柱帝国曾经是世界上叱咤一时的强权，而一个女人，竟能将它的权势玩弄于股掌之间。她坐在幄幕之后，调度军队驰骋于亚洲各地，任命诸王、大臣、行政官及奥哈迪，口述给哈里发的信，还派遣特使去见阿拉穆特的主人。将军们对于一个女人竟能对军队发号施令常有怨言，然而，她对此的回应是："在这里，男人发动战争，但告诉他们与谁开战的，却是女人。"

在苏丹的后宫里，她的外号是"中国女人"。出生在撒马尔罕，一个从喀什噶尔迁移过来的家庭里，和她的兄长纳赛尔汗一样，她的脸有明显混血的特征——那特征既不是阿拉伯人的闪米特血缘，也不是波斯人所有的亚利安血统。

她是马立克夏的妻子中年纪最长的，当她嫁给他时，他才九岁，而她也只不过才十一岁。她耐心地等他长大成人，是她摸到他最初长出的绒绒的胡须、感受到他初次温存的青春欲望。她看着他的四肢逐渐茁壮，肌肉渐渐结实，成为一个雄赳赳、气昂昂的男子汉，然后她开始学习怎么驯服他。她一直都是他最钟爱的妻子——他努力迎合她的喜好，献殷勤，尊重她，对她简直唯命是从。当一天的活动结束，不论是从猎狮的狩猎活动回来，还是从一场比赛、一场血腥的冲突、和将军们唇枪舌战的会议回来，或者更糟糕的，刚刚结束与尼札姆枯躁乏味的马拉松式的国事商讨，马立克夏便会投向黛儿肯的怀抱，找寻一丝平静的温暖。他会脱去她半透明的轻薄绸衣，舒服地依偎在她赤裸的肌肤上，或逗弄她，或尽情吼叫，他把自己的丰功伟业讲给她听，同时抱怨令他厌倦的烦心事。“中国女人”则会用双臂环抱着兴奋的狮王，紧紧把他包住，她用自己的身体给予他最热烈的英雄式欢迎，紧紧地长久拥抱着他。而他则释放自己全身的力量征服这个女人，喘着气，沉醉在销魂之中。她亦深知如何将他引向至高的欢愉。

云雨过后，他用细瘦的手指轻轻抚弄她的眉毛、睫毛，她的嘴唇、耳垂，以及她早已湿透的颈项的线条，最后，狮王完全被降服了，他开始发出愉悦的呢喃，变得慵懒，嘴角挂着微笑。接下来是黛儿肯的讲话时间，她的话语如流水般浸润他空洞的灵魂，她会谈到他，谈到她自己，还有他们的小孩；她会告诉他一些有趣的故事，朗诵诗歌给他听，在他的耳边低喃着富有教诲含义的寓言。他在她的臂弯里从来不会感到无聊，因此他每天都待在她那里。他爱她的方式粗鲁、幼稚且近乎动物，但他决定爱她到生命的最后一刻。她知道他无法拒绝自己任何事，他的每一次攻城略地都有她在后面参谋。在整个帝国里，唯一堪称其敌手的，唯有尼札姆，而这一年，1092 年，她已稳操令他万劫不复的胜算！

然而“中国女人”是否因为这件事而欣喜若狂呢？并没有，她怎么高兴得起来呢？此时此刻，她孤零零地呆在房中，闺中秘友佳涵正陪伴着她，但她却是一个以泪洗面的母亲和王后，她咒骂上苍让不公平的命运降临在自己身上，关于这一点，没有人会去责怪她。马立克夏本已指定她最大的儿子为王位继承人，每一次远行都带着他，让他参加所有场合和仪典，他的父亲对于这个儿子是多么地引以为傲啊！马立克夏要他跟着自己出现在每一个地方，向他介绍帝国所辖的每一个省份，告诉他有一天他也会继任为王。“再也没有一个苏丹可以留给自己的儿子这么大的帝国领土了！”他这么跟他说。那时，黛儿肯每天都兴高采烈，没有任何事可以抹去她脸上的笑靥。

可是，这位年轻的继承人却被一场毫无预兆的热病夺走了生命，无论医生放血还是敷药都回天乏术，仅仅两个晚上，他就咽了气。有人说是邪恶之眼暗中作祟，也有人说是被下了不明之毒，黛儿肯强忍住泪水，让自己回到现实。等那段哀痛逾恒的日子过去后，她又令自己的第二个儿子成为王位的接班人。马立克夏很快便又喜爱上这个年仅九岁的儿子，并赐给他许多让人惊异的称号，像“王中之王、国家之柱、信士国王的保护者”等等，那真是一个波澜壮阔的繁华盛世！

然而，邪恶之眼的诅咒却如附骨之蛆般紧追着新王储，他的命运与其兄长一般，也因为一场突如其来的热病而猝死。

“中国女人”还有最后一个儿子，她要求苏丹指定他为继承人。然而这一次的情况却比之前更为复杂，因为那个孩子才只有一岁半，还在襁褓之中，马立克夏却另外还有三个年纪更长的儿子，其中两个是女奴所生，但最年长的那个名叫巴尔奇牙路克，是苏丹亲堂弟的儿子。到底可以用什么借口把他们排除在王储人选之外呢？然而实际上，这个具有双重塞尔柱身份的王子，怎么看都是最有资格成为王位接班人的人选！不过这仍只是尼札姆的看法，他想要插手突厥人的内哄，并急于建立一套世袭王朝制度，因此凭借舌灿莲花的口才坚持马立克夏的王位必须由其长子继承，然而他的提议最终没有成功。

马立克夏不敢拒绝黛儿肯，但也无法指定她的儿子为王储，于是决定行一险招：到死之前都不再指定任何继承人。这个做法也是他父亲及其家族的做法。

黛儿肯仍不死心，只要她的骨肉一日没有获得王储的保证，她就不会死心——换句话说，再也没有一件事比看到尼札姆失宠更让她期盼的了。为了确定尼札姆必死无疑，她已做好万无一失的计划，每天都与阿煞星进行磋商。她随同苏丹和宰相前往巴格达，热切地企盼阿煞星能在那里动手。

那是尼札姆的最后晚餐。时当斋月的第十天，那顿饭是标志一日封斋已然结束的开斋饭，朝臣、显贵以及将军们都不同平日地表现出朴素的一面，以示对斋月的尊敬。餐桌位于一顶巨大的帐篷里，奴隶们拿着火炬照明，好让人们选择菜色。但见六十个人宛若饿狼扑羊般地把手伸向一个个巨大的银盘，那里面装的可是最肥嫩的骆驼肉或羊肉，还有上等的松鸡腿，大伙儿撕开了肉，沾着酱汁开始狼吞虎咽。假如有人发现自己拿到的肉特别美味，便会不吝与自己所尊敬的人分享。

尼札姆却几乎没吃，那天傍晚，他的头痛较平常更为剧烈，他的胸口仿佛火烧般灼痛，好像有一个看不见的巨人正在他的身体里翻搅。他努力地想让自己坐直，马立克夏就坐在他身旁，正津津有味地大口吃着邻座传给他的食物，偶尔，他的余光会瞥到宰相身上，他想宰相大概是很害怕吧。突然，他把手伸向一盘黑无花果，从中挑了一个最饱满多汁的递给尼札姆，尼札姆礼貌地接受了，他张口咬了下去。真不知道当一个人分别遭到真主、苏丹以及阿煞星的三重判罚时，他所吃到的无花果会是什么滋味？

开斋饭直到深夜才结束。马立克夏一跃而起，迫不急待地想投向“中国女人”的怀抱，告诉她宰相今晚吃饭时的不同寻常。尼札姆在臂肘的支撑下，勉强地站起来，他的帐篷就在不远处，他的老堂姐早已为他调配了用以减轻不适的油柑子，他只需走一百步就可以到那里了。他的周围照旧挤满了皇家士兵、侍从以及满场交际应酬的商人，烟花女子窃窃的笑声不时传入他耳中。这段路看起来多么漫长啊，他形单影只地拖着沉重的步伐向前走去。以往他的身边都会有一群朝臣，然而现在，谁还会想和一个逐臣为伍呢？就连乞丐看到他都会躲得远远的——他们还会希望从这位失宠的老头子身上得到什么吗？

然而，有个人正在靠近他，一个衣衫褴褛的老实人，他低声地说着祝祷的话。尼札姆摸索着他的皮囊，取出三块金币，他要好好犒赏在这种情况下还敢走近他的陌生人。

就在那电光火石的刹那，一把剑闪了出来，每个动作都发生得如此之快，在尼札姆还未看清那只手的动作前，那把匕首已经刺穿了他的衣服和皮肤，直插入其肋骨间。他甚至连一声都来不及叫，只是愣怔在那里，最后吸了一口气。也许他在倒下的那一瞬间，才像慢镜头回放一般看清那动作，那把短剑，那只伸出来又缩回去的手，而那乞讨者颤动的嘴唇吐出了这句话：“这是来自阿拉穆特的大礼。”

接下来是众人的哭喊声，阿煞星的杀手虽已逃离现场，但经过逐帐搜查，终于被揪了出来。仓促之间，他被割断喉咙，被人拽着一双光脚拖着扔进了火里。

在接下来的数十年间，阿拉穆特派出不计其数的使者，尽管最后都会面临死亡的下场，但他们有一个与众不同的地方，就是从来不考虑逃跑。“光杀掉敌人是不够的，”哈桑这样教导他们：“我们不是谋杀犯，而是行刑者。我们的行为是要杀一儆百，每杀一人，就等于恐吓了成千上万的人。然而光是行刑和恐吓也还不够，我们也必须学习怎么死。如果说我们用杀人的方式来阻挡敌人对付我们，而用最勇敢的方式死去则能令人民崇拜我们，那他们中间就会有人加入我们。死亡比杀人更重要。我们杀人以防卫自己，我们死亡却是为了让人皈信，为了征服。征服一直都是我们努力的目标，防卫自己只是一时的工具。”

这类暗杀事件一般都发生在星期五大礼拜时的清真寺里，而且就眼睁睁地发生在最庄严肃穆的礼拜时刻。那些待宰的羔羊，包括大臣、国王或宗教导师，总会在大阵仗的侍卫围绕下抵达，群众也总是或惊叹或欣羡地注视着他们，而阿拉穆特来的密使却往往能以最令人意想不到的装扮出现在那里，例如：化身成为侍卫中的一员，他会趁众人的目光都集中在下手目标身上时发难。受害者一命呜呼，而刺客却不会逃走；他会大声叫喊着学过的口号，脸上带着轻蔑的微笑，泰然自若地等待愤怒的侍卫把他五花大绑，然后让群众把他撕成碎片，接着消息便会传开。接任被暗杀者之位的人会对阿拉穆特采取更温和的态度以安抚他们，唯恐他们报复。而目睹这类事件的群众中，也总会有那么一两个改宗成为伊斯玛仪派。

目睹这些不甚真实的场面，经常有人说哈桑的人都吸了迷幻药，否则该如何解释他们带着微笑“慷慨赴义”呢？有些证据显示是“哈吸吸”（大麻／hashish）的效力驱使他们这么做的，后来马可波罗把这个说法广为传播到西方。因此，他们在穆斯林世界的敌人不屑地称他们为“哈吸吸用”，意为抽大麻者。有些东方学学者认为“阿煞星”这个字就是从 hash-ishiyun 来的。之后，“阿煞星”在欧洲的语言里更成为谋杀犯的代名词，这也让关于阿煞星的传说变得更加耸人听闻！

但事实并非如此，根据阿拉穆特所流传下来的文献，哈桑喜欢把他的门徒叫作“阿萨思佣”，意为信仰阿萨思（信仰之“基础”）的人，这个字却被外国的旅行家误解成字音相似的“哈吸吸”。

哈桑·萨巴赫的确对药草有相当的研究，他深谙药草的疗效及它们所具有的镇静或刺激功能。他亲自种植各种药草，并在他的门徒生病时对症下药。我们知道他有一个药方是用来开启门徒心智，促使门徒更能学有专精的，那个药方由蜂蜜、捣碎的坚果以及胡荽混合而成，味道很不错。不管传统观点是多么深入人心或活灵活现，我们都不得不承认：阿煞星没有用药，他们有的只是明确的信仰，那个信仰透过密集的教诲、最有效率的组织，以及最严格的职责分配，在信众身上持续强化和发酵。

哈桑稳坐阿煞星组织的最高位，他是“大导师”、“无上布道家”、一切奥秘的拥有者。他的周围有一群达意——即传教士，分往三个地区传教：第一区是东波斯、呼罗珊、库布斯坦及河中地区；第二区是西波斯和伊拉克；第三区是叙利亚。在他们之下是拉飞客——即共伴，是主要头目。他们在接受适当的指导后，可以掌管城堡，领导一个城级或省级组织。他们中最聪明者则可能在日后升任为传教士。

再下一个层级是拉塞客，字义上是指和组织有关的人。他们是普通的信徒，没有特定研修哪门知识或被交付暴力任务。这群人包括许多阿拉穆特地区的牧羊人以及为数众多的妇女和老人。

接下来是慕基伯，意即回应者，实际上就是初学者。他们接受初步的教导，之后再根据能力指导他们进行更深的研修，以培养有朝一日成为共伴。不过在当时穆斯林的眼中，真正象征哈桑·萨巴赫之至高权威的是另一个层级——飞大伊，即自我牺牲者。他们是“大导师”从信仰坚定、技艺娴熟、个性坚毅，却不喜研读的门徒中挑选出来，专门受训成为死士的。哈桑从来不会叫可以当传教士的人去送死。

训练飞大伊是一个复杂的工作，哈桑在这上头投注极大心力。飞大伊必须学习如何藏匿匕首、如何神不知鬼不觉地拔出匕首刺进行刺对象的心脏，又或假设该行刺对象身着铠甲，该如何把匕首刺进他的咽喉，如何掌控信鸽和熟记与阿拉穆特连络的秘语，有时，飞大伊还必须学习方言或某个地区的腔调，从而能保证顺利渗透到一个陌生的环境，成为那里的一分子，然后待上几星期或几个月以缓解别人对他的不信任，等待行刺的最佳良机。他必须学习如何像一位猎人般偷偷靠近猎物，仔细研究他的行为、衣着、习惯，以及外出和回来的时间。

有时，当行刺目标拥有超乎寻常的精良护卫时，他必须设法让自己被他雇佣，如此才有机会接近他，并且与他的人脉圈建立关系。据说为了行刺某个人，哈桑先让两个飞大伊潜入基督教修道院，乔装成伴侣在那里生活了两个月。这么高超的伪装术，是绝不可能在使用大麻的情况下进行的！

更重要的是，门徒必须获得必要的信仰知识才能面对死亡，所谓“必要的信仰知识”是指：倘若一位死士被狂怒的群众所杀，则他在死亡那一刻所受的苦楚便能让他在天堂里获得美好的回赐。

无人能与哈桑·萨巴赫对战，他成功地一手打造了史上最骇人的杀人机器。然而，在腥风血雨的世纪交接点，另一个恐怖机器也出现了，那就是尼札姆学院。他们出于对被暗杀的宰相的赤胆忠心，继续以不同的方式散播死亡的种子，他们的方法也许更加阴险，尽管不引人注目，但其所导致的结果也几乎足以毁灭一切！

20

在混乱的人群围攻阿煞星杀手的同时，有五个军官环绕在尚有余温的尼札姆身旁，涕泪纵横。五只右手举了起来，五张嘴喃喃说道：“安息吧！大人。我们不会放过任何一个你的敌人！”

但是要从哪个人下手呢？列在黑名单上的敌人何其多，不过尼札姆的命令再清楚不过。那五个人几乎不需再征询彼此的意见，他们异口同声地讲出一个名字，然后再度举起右手。接着他们跪下来，一同抬起那具早已被病魔折磨得羸弱不堪，但此刻却因断了气而显得沉甸甸的尸体，径直往尼札姆的营帐走去。悲咽的女人们目睹尸体的惨状时，不禁呼天抢地号啕大哭起来。其中一位军官恼怒地说：“别哭了！他的大仇还未报呢！”女人们不禁害怕起来，收了哭声，等到男人们远去之后，才又放声痛哭。

苏丹来了，当第一阵哭声传到其耳中时，他正与黛儿肯在一起。一位被派出去打听消息的内侍颤抖着身子回来禀报：“是尼札姆·穆勒克，主人！有一个杀手扑到他身上。尼札姆·穆勒克已经把他的余寿留给您了！”苏丹和王后交换了一下眼神，然后马立克夏站起身来，穿上喀拉库勒羊毛斗篷，在王后的镜子里轻拍下自己的脸颊，然后，他装出一副震惊而又悲伤的模样，快步前去死者营帐。

女人们站在一旁，给苏丹让开一条路，使他得以靠近阿塔的尸体。在返回黛儿肯那里暗中庆祝一番之前，他向尸体行了一礼，口中念念有词地祝祷着。

马立克夏接下来的举动多么令人玩味啊！人们可能会以为他的辅政者骤然辞世之后，他终于可以痛快地亲自操纵帝国大权了，其实不然，苏丹对于总算除去那位管束他纵乐嬉游的人更显得乐不可支，于是他取消了所有会议，暂停了与各国大使的会晤，整个白天，苏丹都在打马球和狩猎，夜晚则沉溺在比赛喝酒上。

然而还有更严重的事，苏丹一抵达巴格达，就送了一封信给哈里发，说："我想把这座城当作我的冬都。'信士之王'必须赶快拔营另觅他处。"尽管那位先知继承者的祖先已经在巴格达居住了三百五十年，此时也只能请求一个月的宽限以安顿所有事务。

黛儿肯对苏丹的行为感到忧心忡忡，他这样的举止与一位统治半个世界的三十七岁的君主可是一点也不般配。不过她的马立克夏就是这样任性，她只得任由他恣意妄为，从而把握机会建立自己的权威。她成为将军和高官们求助请托的对象。她任命自己的心腹出任尼札姆的接班人。至于苏丹，则在终日的游山玩水和醉酒狂欢之中批准这些任命。

公元 1092 年 11 月 18 日，马立克夏在巴格达北方的一个沼泽森林区狩猎野驴。他射出去的十二支箭中，只有一支没中，随从们于是歌功颂德，声称天底下如果有人想赢过他简直就是痴心妄想。不过一趟游猎下来，苏丹已经饥肠辘辘，嘴里絮絮叨叨地咒骂着。奴仆们开始准备食物，他们把打来的猎物切开，取出内脏，然后把肉串起来，在野地的空旷处炙烤。最肥美的腿肉当然是给国王吃的，马立克夏把肉撕成一片片大口吞咽，同时放浪形骸地喝着美酒，准备一醉方休。他不时津津有味地品尝浸泡在醋里的腌制水果，那可是他最爱的食物，无论走到哪里，御厨总是随行带着一大坛，以备苏丹随时想吃就能吃到。

突然间，马立克夏的胃如同刀绞，他痛苦地哀嚎起来，一旁的侍从吓得浑身发抖。他丢下酒杯，吐出嘴里的东西，弯曲着身子，把所吃的东西全吐出来，然后开始胡言乱语，最后终于晕厥在地。在他四周的朝臣、士兵以及侍从们，全都战战兢兢地以不可置信的眼光看着这一幕发生。没有人知道到底是谁在他的酒或是醋里下毒，还是这一切只不过是个游戏？然而每个人都在心下暗自计算着：尼札姆死后到现在已经三十五天了。他曾经说自己死亡的时间不会比苏丹“早四十天”，如今他的复仇者准时行动了。

黛儿肯王后身处皇帐，离国王出事的地方有大约一小时的路程。当奄奄一息的苏丹被抬进来时，她赶忙斥退所有围观者，只留下佳涵和两三个她信得过的朝臣，以及正在为马立克夏把脉的御医。

“大王会康复吗？”“中国女人”问道。

“他的脉象越来越弱了。真主已对他的生命之烛吹了气，而那火焰就快要熄灭了。我们唯一的希望就是祈祷。”

“既然这是那全能之神的意愿，那你们可要把我说的话听仔细！”

那语气不是一个快变成寡妇的女人的语气，而俨然是一位帝国女君主的声势。

“在这个帐篷外的人无需知道苏丹已经离我们而去。我们对外只宣称他正在慢慢复原中，他需要休息，任何人都不许见他。”

就这样，黛儿肯王后的时代来临了，那是一个短暂却腥风血雨的时代。在马立克夏的心跳尚未停止前，她即命令一群对她忠心耿耿的朝臣向她年仅四岁的儿子穆罕默德宣誓效忠。然后她派遣使者去向哈里发宣布自己丈夫的死讯，并要求他承认自己的儿子是正统的继承人。如哈里发答应这些要求，作为报答，他便不用再担心要搬离他的都城的问题，而他的名字也仍然会在全帝国清真寺的每次讲道里被人颂扬。

当苏丹的队伍动身返回伊斯法罕时，马立克夏早已死了几天，但“中国女人”仍然滴水不漏地封锁死讯，不让军队知道。尸首被安置在一驾由六匹马拖曳的巨大双轮马车里，上头由一个帐篷罩住。不过这个烟幕弹很难维持长久，因为未经防腐处理的尸体很快就会腐烂，于是黛儿肯决定在中途埋了它。就这样，马立克夏，那位“万人景仰的苏丹、伟大的王中之王、东西方之王、伊斯兰和穆斯林之柱、宗教与世界的荣光、征服者之父、真主之哈里发最坚定的支持者”，就在一个夜晚被草草地埋葬在路边一个没有人能够找到的地方。“无人知悉，”历史学家如是说：“无人祈祷，也无人哭泣，一位如此强大的君王即在神不知、鬼不觉的情况下死了。”

苏丹失踪的消息最后还是传了出去，但是如何为自己的行为辩护却一点儿都难不倒黛儿肯：既然军队和他们都还在距离都城千里之遥的地方，她心心念念的就是如何向敌人隐瞒这个消息。实际上，“中国女人”已经成功地把握住时机，把自己的儿子推上宝座，从今而后，她正式成为在幕后垂帘听政的“女王”。

关于那个时代，历史学家的记载倒是口径一致。只要谈及帝国的军队，他们都说是“黛儿肯王后的军队”，一旦提及伊斯法罕，他们就说那是“黛儿肯的都城”。至于那位幼儿苏丹的大名，根本没有人提及，以后的人只会记得他是“‘中国女人’的儿子”。

然而，尼札姆学院的军官依旧对王后紧追不放，在谋杀尼札姆的凶手的黑名单上，黛儿肯仅次于马立克夏。他们宣布支持马立克夏十一岁的长子巴尔奇牙陆克，整天围绕在他身旁出谋划策，给他建言，将其引入争斗。他们在第一轮对峙中占了上风，王后不得不龟缩在伊斯法罕，而不久之后，伊斯法罕也被包围了。然而黛儿肯并非一个甘心失败的人，为了自保，她使出名留青史的奇招。

比如，她写信给好几位省长，信上说：“我只是一个照顾幼子的寡妇，年幼失怙的他正需要一位父亲指导他带领帝国前进。有谁比您更适合这个角色呢？尽快带着您的军队来吧，解救我们于围城之困中，以胜利者之姿凯旋进城，届时我将会嫁给您，让您拥有一切权力。”这番言辞产生了极大的效用，将军们从阿塞拜疆和叙利亚蜂拥而至，即使他们最终未能打破围城的状态，但也确实让王后获得几个月的喘息。

黛儿肯还重新联络上哈桑·萨巴赫：“我不是曾经应允过你把尼札姆·穆勒克的首级交给你吗？我已经做到了。现在我答应把帝国的首都伊斯法罕交给你，我知道你在这个城中早已部署了许多人。可是他们为何要生活在阴暗里不见天日呢？叫他们现身吧！他们将会得到大笔的金子和武器，还能公开传教。”而实际上，饱受多年的迫害之后，成千上万的伊斯玛仪派信徒显露出真实身份，皈依的人数日渐增多，他们在城中的一些区域建立起代表王后的民兵武装。

然而，黛儿肯的最后一个策略可能才是最大胆却也最巧妙的一个。有一天，效忠她的将军们忽然出现在敌方的军营里，向巴尔奇牙陆克宣誓效忠，宣称他们要离开王后，而且随时准备带领军队揭竿而起，如果巴尔奇牙陆克同意陪同他们混进城，他们就会发动政变，杀了黛儿肯和她的儿子，到时巴尔奇牙陆克就能稳坐王位。那一年是1094年，这位觊觎王位的少年不过十三岁，他接受了这个提议。尽管当时他的将军们已经围攻都城超过一年了，都城的控制权早已是唾手可得，但他还是决定冒险一搏。第二天夜里，他背着亲信偷偷溜出营帐，与黛儿肯的密使们一道出现在喀哈卜门，那道门神奇地打开欢迎他的到来。他在一列侍卫队的簇拥下毅然决然地走进城门，虽然他不免觉得侍卫队高兴得过了头，但回过头来一想，那也全是因为不费吹灰之力便大功告成的缘故。因此，倘若有人笑得太大声，他会命令他们冷静一点，而他们毕恭毕敬地应诺，随后却又笑得更大声。

可悲可叹！当他终于开始怀疑他们为何那么兴奋时，为时已晚。他们把他五花大绑，堵住他的嘴，蒙住他的眼睛，推揉着带他走向后宫的大门。内侍首领从睡梦中惊醒，立即去通报黛儿肯，现在就看她如何定夺她儿子对手的命运了——是勒死他，还是挖去他的双眼，内侍首领消失在黑暗的长廊尽头。突然之间，惊叫和哭喊声四起，朝臣们既好奇又担忧，顾不得想太多便闯入禁地，一个吓得哆嗦的老女仆与他们撞个满怀：黛儿肯王后刚刚被发现死在她的床上，凶器就放在她旁边——一个大软垫——她是被那软垫闷死的。很快，人们发现有一个手臂强壮的侍从失踪了。据一位老仆人回忆，那个人正是多年之前由尼札姆·穆勒克介绍进来的。

21

黛儿肯王后派的人如今陷入了诡异的两难中：他们的王后死了，但他们主要敌人的生死却悬在他们的手中；首都还陷在重围中，但是那个发动围城的人现在却成了他们的囚犯。他们该怎么处置他？佳涵取代王后的位置成为年幼的苏丹的监护人。

众人的议论全都传到她的耳里，大家正等待她的决定。她向来以机智闻名，然而如今她的主子已死，她在王宫中所占有的一席之地也随之摇摇欲坠。她可以投奔谁？除了卡亚姆，她还能询问谁的意见？

卡亚姆来了，发现她正坐在黛儿肯的邸苑里，在她的脚下是被扯下来的帘幕，她的头低垂着，头发散乱地披在肩上。年幼的苏丹在她旁边，全身穿着丝绸华服，小小的头上包着缠头巾，他坐在他的垫子上，脸红通通的，出了许多疹子，双眼半闭着，看起来百般无聊。

卡亚姆走向佳涵，他轻柔地握着她的手，用手掌缓缓地抚摸她的脸，在她耳边轻声道：

“我才刚听说黛儿肯王后的事。你叫我来你身旁是对的。”

他刚要抚摸她的秀发，佳涵却一把推开他。

“我叫你来，并不是要你来安慰我，我是要就一件大事征询你的意见。”

卡亚姆向后退了一步，双手交叉抱在胸前，作出一副准备洗耳恭听的姿态。

“巴尔奇牙陆克已经落入我们的圈套，成为王宫里的囚犯。至于要如何处置他，现在意见还未统一。有些人要求把他杀了，尤其是那些设下圈套的人，他们要确保永远不必向他解释他们的行为。另一些人想要与他和谈，推他登基，赢得他的好感，然后希望他忘记此次的不幸。还有些人建议以他作为和围城者谈判的人质。你建议我们采用哪个方法呢？”

“你把我从书堆中拎过来就是为了问这个？”

佳涵站了起来，大发脾气道：

“难道这件事还不够严重吗？我的命就靠这件事来决定。也许成千上万人的命运、这个城市、这个帝国的命运都由这件事决定了。但是你，奥马尔·卡亚姆，你却一点儿都不想被这样的‘琐事’打扰！”

“没错，我一点都不想被这样的‘琐事’打扰！”

他走向门口，当他就要开门时，却又回过身来走向佳涵。

“罪行已经发生，你们才来询问我。那你现在要我跟你朋友们说什么？假如我建议他们释放那年轻人，我又怎能保证他明天不会割断他们的喉咙？假如我建议他们把他当人质，或杀掉他，那我就成了他们的共犯。不要把我扯进这些纷争中，佳涵，你自己也该远离这些事。”

他深情款款地看着她。

“突厥苏丹的一个儿子取代另一个儿子，一个宰相排挤另一个宰相。我的天啊！佳涵，你怎能把你一生中最美好的时光花在这个关满野兽的牢笼里？让他们彼此去割对方的喉咙吧！让他们自相残杀、两败俱伤吧！难道太阳会因此变得不再明亮或是葡萄酒会变得不再香醇？”

“小声一点，卡亚姆，你吓坏孩子了。我们须防隔墙有耳啊！”

卡亚姆仍坚持说下去：

“你不是要问我的意见吗？那我就直言不讳地告诉你：离开这个房

间，别管这座王宫，别回头看，不用说再见，连行李都不用整理。来吧！把你的手给我，我们回家吧！你可以继续作诗，而我则继续观星；每晚你来到我身边，赤裸着身子蜷曲在我身旁；麝香味的葡萄酒令我们引吭高歌，对你我而言，世界将不复存在；穿行于世，我们既不去看它，也不去听它；任何泥泞或血污都不会粘在我们的鞋底上。”

佳涵的眼睛逐渐湿润了。

“如果我可以回到那个天真无邪的时候，你想我还会犹豫吗？可是已经太迟了，我已经走得太远。如果尼札姆·穆勒克的人明天拿下伊斯法罕，他们不会饶过我的。我在他们的黑名单上。”

“我是尼札姆最好的朋友，我会保护你。他们不会进来我的屋子抢走我的妻子。”

“睁开你的眼睛，卡亚姆。你不知道这些人，他们的眼里只有复仇，昨天他们还指责你救了哈桑·萨巴赫一命，明天他们就会指控你窝藏佳涵，他们会在杀我的同时也杀掉你。”

“所以我们要一起待在家里，如果我的命运是要与你一起走向死亡，那我认命。”

她站直身子。

“我不会认命。我置身王宫，忠于我的军队围绕着我，这个城市是我的，我必须奋战到最后一刻。即使死，也要死得像个王后。”

“王后们是怎么死的？被毒死，被闷死，被勒死，还是难产而死？荣华富贵不会帮助你逃脱人类的不幸。”

他们静默地互相看着对方良久。佳涵移动身子靠向卡亚姆，在他的唇上深深一吻，投入他的双臂中。但是他却把她推开，他无法忍受离别。他最后一次地恳求她：

“如果你觉得我们之间的爱还有一丝价值，就跟我来吧，佳涵！桌子已经摆在天台上，微风从远山吹来，不出两个小时，我们便会醉意醺然，进入梦乡。我会吩咐仆人，即使伊斯法罕城换了主人，也不要叫醒我们。”

22

那个夜晚，伊斯法罕的风挟带着青杏的清香，但是街头巷尾却一片死寂！卡亚姆躲在他的天文台里。

通常他走进天文台，就会凝神观天，手指触碰星盘的刻度，借此忘却凡世的忧愁。但这次不同，天上繁星全都悄然无言，没有乐音，没有低吟，也没有互诉衷肠。卡亚姆并不催促它们，因为它们保持沉默一定是有原因的。他决定回家，慢慢地走着，手里拿着一枝芦苇，不时抽打草丛或拦路的枝丫。

现在他躺在漆黑的卧室里，假想着自己的手臂正抱着佳涵。他的眼睛因为泪水和葡萄酒而变红。在他左边的地上放着一只玻璃酒瓶和一只银制高脚杯，他不时用疲倦的手抓起酒杯，悠长地饮了一口又一口，思绪连翩，心潮起伏。他的唇和自己对话，也和佳涵、尼札姆对话，但尤其是和真主对话。还有谁可以持守这即将分崩离析的宇宙呢?

直到黎明时分，疲惫不堪、脑袋一片混沌的卡亚姆，终于沉沉睡去。也不知睡了多久，一阵脚步声吵醒了他。太阳早就高挂天空，刺眼的阳光从帐幕缝隙中射进来，不由令他遮住自己的眼睛。好不容易，他才看清那个用杂沓的脚步声扰他清梦的男人的模样。他身材魁梧，唇上蓄着小胡子，手握剑鞘，头上戴着亮绿色的缠头巾，肩上披着尼札姆学院军官的天鹅绒短斗篷。

“你是谁？”卡亚姆打着呵欠问道。“谁允许你打扰我睡觉的？”

“大人以前难道没看过我和尼札姆·穆勒克在一起吗？我是他的贴身侍卫，他的影子，大家都叫我‘亚美尼亚人卧耳坦’。”

卡亚姆现在记起来了，但他的疑虑仍未消除。他觉得从嗓眼到肚肠，好像有根绳子打了结似的。然而就算是害怕，他也不想表露出来。

“你说你是他的贴身侍卫和影子，所以保护他不被暗杀应该是你的职责啰！”

“他那时已经先叫我退下了，没有人知道他希望那样死去，我也许能杀掉一个杀手，但还会有其他杀手跳出来。也许是我主人命该如此，我无法改变什么。”

“那你来找我做什么？”

“昨晚，我们的军队攻进了伊斯法罕。城里的卫戍队已经向我们投诚。我们也已救出苏丹巴尔奇牙陆克，从现在开始，这座城市是属于他的了。”

卡亚姆站起身子。

“佳涵！”

那是一个隐含极大痛苦的悲鸣，同时也夹杂着询问之意。卧耳坦不发一语，他忧郁的神情和他一身英武的装束显得多么格格不入。卡亚姆觉得他的眼神已无异于默认那可怕的结果。那军官开口道：

“我真想试着救她。如果我可以在大名鼎鼎的卡亚姆面前有所表现，把他的妻子毫发无损地带来给他，我会觉得非常光荣。但是我到得太晚了！王宫中的所有人已经被士兵们赶尽杀绝。”

卡亚姆走向那军官，使尽全身之力用拳头猛击他，却无法撼动他分毫：

“你就是来告诉我这件事的！”

那军官的手仍按在剑鞘上，但却没有拔出剑来。他平静地说：

“我来完全是为了另一件事。尼札姆学院的军官们已经决定你也必须要死。他们说，既然雄狮已经受伤，明智之举就是要彻底除掉它，而我接下了杀你的任务。”

卡亚姆突然间冷静了下来，他要保持风骨直到最后一刻。历史上有多少大贤贡献平生以抵达人性的顶峰！他不会因为自己的生命向别人摇尾乞怜，反之，他发现恐惧正在慢慢消褪，自己脑海中唯一想到的是佳涵。他坚信她一定也保持尊严直到最后一刻。

“我绝不会原谅那些杀害我妻子的人。我终其一生都会与你们为敌，我终其一生、无时无刻都会盼望看到你们被钉在桩柱上！你们要除掉我是绝对正确的！”

“大人，那不是我的意见。决定您命运的总共是五名军官，我的另外四位同伴都想看到您死，但我是唯一反对的人。”

“你错了。你的同伴们看来比你聪明。”

“我以前经常看到您和尼札姆·穆勒克像父子一般坐着谈话。他一直都很仰慕您，尽管您的妻子心怀叵测。如果他现在在这里，他也绝不会同意取您性命。反之，他还会因为您的缘故而宽恕您的妻子。”

卡亚姆从近处打量他的访客，好像到现在才刚发现他在场一般。

“如果你反对处死我，那他们为何又选你来杀我呢？”

“是我自己毛遂自荐。其他人一定会杀了您，但我打算让您活下去。否则我为什么到现在还在跟您说话呢？”

“那你要如何向你的同伴解释呢？”

“我什么都不会解释，我会逃走，我会跟着您。”

“你话说得如此冷静，好像早就拿定了主意似的。”

“您说的没错，我不会冲动行事。我是尼札姆·穆勒克最忠诚的仆人，我相信他。假如真主允许，我一定会为了保护他而死。然而，我从很久以前就决定了，如果有一天我的主子不见了，我不会为他的儿子或继承人服务，我会永远放下刀剑。但是他死得太惨，我不得不最后一次拿起刀剑为他复仇。我参与了马立克夏的刺杀行动，而且我不后悔，他背叛了他的保护者、他的父亲、那个把他推上权力高峰的人，所以他该死，我必须杀他，但那并不表示我是杀人犯，我从不杀女人。而当我看到我的同伴们把卡亚姆列在刺杀名单上时，我知道是时候离开了，我要改变我的生活，当一个隐士或游方诗人。如果您愿意，大人，收拾一下东西，我们尽快离开这个城。”

“去哪里？”

“我们可以去任何您想去的地方。无论您去哪里，我都跟随您，当您的门徒，我的剑会保护您。等到动乱平息，我们再回来。”

当那名军官准备他们座骑的时候，卡亚姆匆忙地收拾了草稿、文具、酒瓶以及一包满满的金子。他们穿过伊斯法罕绿洲抵达西边的马尔宾的郊区，途中并没有遇到太多刁难的士兵。卧耳坦只要一句话就能让那些士兵打开城门，恭恭敬敬地站成一列。人们对卧耳坦毕恭毕敬的态度不禁令卡亚姆感到好奇，但他依旧什么都没问。此时此刻，除了信任他，别无其他选择。

他们才刚离开不到一小时，就有一群暴民把卡亚姆的房子抢劫一空，然后纵火烧屋。待到下午，天文台也被破坏得面目全非。同时，佳涵的尸体也被埋在王宫花园的一堵围墙下。

没有任何墓石可以向后世标示出她的埋葬之所。

在《撒马尔罕手稿》中有一则寓言：

“有三个好朋友正走在波斯高原上。一只全世界最穷凶极恶的豹忽然跳出来。那只豹看着这三人良久，准备扑向他们。

第一个人年纪最大，最有钱，也最有权势。他大喊道：‘我是这些地区的长官，我不允许一头野兽蹂躏属于我的土地。’他带了两只猎犬，于是命令它们去攻击那只豹。虽然那两只狗很努力地对着豹龇牙裂嘴，但豹比它们凶猛多了，狗最后败下阵来，那豹就扑到它们主人身上，将他开膛破肚。

这就是尼札姆·穆勒克的命运。

第二人寻思道：‘我是个学识渊博的人，大家都尊敬我。我的命运为何要被狗和豹决定呢？’于是他立即转身，在攻击未发生前就逃之夭夭。从此他亡命天涯，从一个洞穴逃到另一个洞穴，从一个木屋逃到另一个木屋，他相信那只野兽一直紧跟在后。

这就是奥马尔·卡亚姆的命运。

第三个是个笃信宗教的人。他张开手，走向那只豹，用不可一世的目光打量着他，用雄辩的口才说：‘欢迎你来到这里。我的同伴们比我富有，而你剥了他们的皮。他们比我更高傲，但你把他们的骄气摧折殆尽。’那野兽听进去了，受到其诱惑而服从了。那人反而可以支配那只豹，并且努力地训练它。从此再也没有一只豹可以接近他，而人们也都离他远远的。这个人成功地脱了身。”

手稿最后结论道：“一旦乱世来临，无人可阻，也无人可逃，但有些人懂得利用它。哈桑·萨巴赫比任何人都知道如何驯服这个暴虐的世界。他把恐惧散播到四方，只为自己在阿拉穆特堡垒中能有片刻的安宁。”

刚一取得城堡的控制权，哈桑·萨巴赫就采取一系列措施保证自己可以与外界隔绝。首先，他要防止敌人攻入的可能。在一些聪明的建筑师的帮助下，他切断了两山间的狭窄通道，使原本就极为险峻的地势变得更加危不可攀。

然而，这些防御工事对哈桑而言并不够。就算敌人无法攻上来，只要采取围城之策，还是可以使他们粮尽援绝，饥渴而死。这是很多被围者的最后下场，而这尤其是阿拉穆特最大的弱点，因为城堡的饮用水储量非常有限。“大导师”找到了解决之道。与其从邻近的河川引水过来，倒不如在山区挖建复杂精妙的水渠和蓄水池以收集雨水和融化的雪水。如今去参观阿拉穆特城堡的游客，仍会对哈桑以前生活的偌大房间里的“神奇水槽”啧啧称奇，那个水槽随时都注满着水，而且从来也不会满溢出来。

关于存粮问题，“大导师”在很多竖井里储存油、醋及蜂蜜，此外他也储存足量的大麦、羊脂肪和干果，即使被围困一年左右也不会有后顾之忧。更何况，在当时的年代，恐怕没有哪支围城的军队能挺这么长时间，且不说这个地区冬季异常寒冷。

哈桑因此拥有一个固若金汤的防护罩。我们可以说，他有一个最具防御力的武器，而他那批视死如归的杀手，则是他最具攻击力的武器。对付一个连命都不要的人哪有什么完善的防御措施呢？一切护卫措施的基础皆在于恫吓敌人，我们也都知道，凡是重要的大人物，他们身边一定有高大威猛的侍卫簇拥着，而侍卫队的作用就是恐吓潜在的攻击者不要贸然尝试，否则必有身首异处之虞。但是如果那个攻击者不畏死呢？更何况他还相信殉身是通往天堂的捷径呢？“传道者”的话早已烙印在信徒心中：“真主创造你们不是为了今世，而是为了后世。假如有人威胁一只鱼要把它丢进大海去，你觉得它会害怕吗？”除此以外，假如刺客成功混入被刺者的随从呢？那就更没有什么可以阻止他的了。“我的权势比苏丹小，但我绝对比他更能伤及你。”哈桑有一天在写给一位省长的信中这样写道。

就这样，打造好所能想象的最完美的武器后，哈桑·萨巴赫才稳稳当当地坐镇在城堡中，一生再也没离开过。一位撰写哈桑·萨巴赫传记的作者说：在其生命的最后三十年里，他只走出他的屋子两次，而这两次都是为了登上屋顶！从早到晚，他都待在屋子里，盘腿坐在一张席子上，即使那张席子已经磨破了，他也不愿意更换或修补。他在那里授课，著书，调派杀手，而一天五次的礼拜，他也都与当时来访的客人一起在那张席子上完成。

倘若你还没有机会拜访阿拉穆特的遗址，那我可以跟你说，那个地方其实没什么重要的历史意义，它唯一的优点就是很难到达，而且那块在山顶上的平地足以容纳一个小镇或一个大的村庄。在阿煞星的时代，人们只能先通过狭窄的东侧隧道进入下层的城堡中，那里的巷弄有如蛛网般错综复杂，泥房倚城墙而建。之后，必须经过一个大广场才能到达上层的城堡，那个广场就是整个社群聚会的唯一地点。上层城堡的平面就像是一个酒瓶的形状，东面开阔，而朝向西边延伸过去的狭长通道则是酒瓶的颈部，那里重兵部署，在它的尽头就是哈桑的房子，房子唯一的窗户对着断崖。说它是城堡中的城堡也一点都不为过。

由于哈桑策划的刺杀行动总让人不寒而栗，因此关于他个人、教派以及城堡的传说便不胫而走，那阿煞星的“大导师”长期威震东西方。每个穆斯林城市里都有高官丧命，就连十字军里也有两三位声名卓著之人被刺身亡，引人悲叹。不过人们往往忘记了这样一个事实，那就是“恐怖”首先统治的就是阿拉穆特。

试问，还有什么统治比军事统治更糟的呢？“大导师”企图控制追随者生活的每分每秒。他禁止所有乐器：只要发现谁藏有乐器，就算是一支小小的笛子，他也会当众折断它，然后丢到火里去。而违法者被逐出阿拉穆特堡前，会先被锁上镣铐，挨一顿鞭打。至于饮酒的处罚就更重了，有一天晚上，哈桑的儿子被他父亲发现喝醉了，结果哈桑命人把他当场处死，尽管他的母亲一再苦苦哀求，他仍然在隔日天亮时被斩首示众，从此再没人敢喝一滴酒了。

我们至少可以说，在阿拉穆特，正义向来都是快刀斩乱麻。据说有一天城堡里出了杀人案，一位目睹者指证是哈桑的第二个儿子犯的。结果哈桑连查证都不查证，就命人把他的儿子的头砍了。几天之后，真正的罪犯站出来坦白罪行，当然他也被斩首治罪。

撰写“大导师”传记的作者拿出哈桑杀掉自己的儿子的案例来表现他执法严格、绝不徇私。他们指出，在这些“杀一儆百”的惩戒的威摄下，阿拉穆特堡成为道德和美善的天堂，这一点应该是不容怀疑的。然而我们也从各种资料得知，行刑之后，哈桑唯一的妻子及他的女儿们一起起来反对他的权威，结果他下令把她们逐出城堡，并要其追随者在未来“师法”他，以免女人们影响自己正确的判断。

让自己超脱俗世的束缚，在周围创造一个真空的世界，让自己身处石头墙和恐惧的紧紧包围中——这似乎就是哈桑·萨巴赫的狂人之梦的写照！

然而，这个真空世界却也开始令他感到窒息。天下最强大的国王往往都有小丑或弄臣来减轻其周围严苛的气氛，但是这个双眼外凸的人却是无可救药地孤独一世，他把自己囚禁在城堡里，关在屋子里，封闭在自我里。他没有人可以倾谈，只有驯服的臣民、默不作声的仆人和敬畏他的门徒。

在他所认识的人之中，只有一个是他可以与之谈话的，就算称不上朋友对朋友的倾诉，至少也是男人与男人的对话，那就是卡亚姆。他因此写了一封信给他，在那封信中，厚重的倨傲外表之下，隐藏着绝望与沮丧：

> “与其当一个逃亡者，你何不来阿拉穆特？像你一样，我曾经饱受迫害，而今我摇身一变成为那实施迫害的一方。在这里，你将受到保护、照顾及尊敬。这个大地上没有一个将军可以伤你一丝一毫。我已经盖了一座大图书馆，你可以在那里找到举世珍稀罕见的绝本，闲适地在里面阅读、写作。在这里，你将找到平静。”

23

自从离开伊斯法罕后，卡亚姆就过着颠沛流离的逃亡生活，无论走到哪里，他都是个次等国民。当他到巴格达时，哈里发禁止他公开讲演或接待登门拜访的仰慕者。当他到麦加时，喜欢造谣中伤的人在背地里嘲讽他说："看！一个奴才来朝觐了！"回程中，当他途经巴斯拉时，城中奥哈迪的儿子们彬彬有礼地要求他缩短停留的天数。

他的命运如浮萍般飘泊不定。以往，他的天才和博学向来无人敢贸然挑战，无论走到哪里，总会吸引一大群饱学之士围绕在他身旁，大家争相向他请教关于天文学、代数学、药学，甚至宗教的问题，并凝神倾听他的讲解。然而如今，每当他抵达某地几天或几星期后，几乎毫无例外地，针对他的人身抨击就如雨后春笋般冒出来，不实的谣言四处流散。人们说他是无神论者或异端，而他与哈桑·萨巴赫的友谊也被反复拿来当作谈资。有时候，关于他曾经在撒马尔罕被指控为炼金术士的事也会被旧事重提。此外，每当他与人谈天论地时，总会有狂热的反对者出现，打断他们的谈话，而凡是敢收留他借宿的人，也会遭到威胁。通常他不会作任何抵抗，一旦觉得气氛不再安适，他便托病躲起来，不再出现在公众面前，然后继续寻找下一个落脚处，他在那里的停留同样短暂，同样充满不确定。

无论是受人尊敬，抑或被人诅咒，陪伴他的只有一个人——卧耳坦。卡亚姆想设法找寻一个遮风挡雨的屋檐，一个保护者，一个赞助者。自从尼札姆死后，那笔慷慨的津贴就再也没有指望了，卡亚姆被迫游走于贵族和高官之间，为他们准备每个月的星象运势表。尽管处境困窘，但他很懂得如何索取报酬，同时又不向权贵低头，他总是咬紧牙关自己赚取温饱，不愿低声下气地求人。

据说当卡亚姆向一位大臣索要五千第纳尔金币的报酬时，那个大臣着实吃了一惊，说：

“你知道吗，我本人都还拿不到这么高的报酬呢。”

“这很正常嘛。”卡亚姆反驳道。

“怎么说？”

“因为像我这样的学者，百年来也不过屈指可数，但像你这样的大臣，每年都可以任命五百个。”

据历史学家记载，那个大臣听了卡亚姆的话哈哈大笑，满足了卡亚姆的要求，谦恭地承认卡亚姆的话尽管骄傲，却说得在理。

“没有一个苏丹比我更快乐，也没有一个乞丐比我更难过。”这个时期的卡亚姆如此写道。

春去秋来，公元1114年，卡亚姆出现在呼罗珊的旧都——木鹿城。当时的木鹿仍然以丝绸与拥有十座图书馆而驰名天下，但在政治上却已失去光环。为了重现往日的荣光，当地的君主试图招揽天下名士，他知道如何诱惑卡亚姆也投奔木鹿——那就是建造一座和伊斯法罕同样的天文台。对于年届六十六岁的卡亚姆而言，其人生已不再有何远大的梦想，因此不假思索地接受了邀请，并着手推进这个计划。不久后，天文台在一座小山丘上拔地而起，它座落在巴卜·森江区，四周是花团锦簇的花园，园中盛开着黄水仙和白桑花。

卡亚姆过了两年快活的日子，他发奋地工作。历史上记载了关于他预测天气的惊人实验，他对于天气的丰富知识使他可以精确地预测连续五天的天气变化。他还发展出自己的数学理论，其成就远远领先于时代，19 世纪的欧洲学者视他为非欧几何[1]的卓越先驱。他仍继续创作鲁拜诗，我们不得不叹服，木鹿葡萄园的特殊气息激发了他的灵感。

不过，对于卡亚姆来说，生活并非没有缺憾。他不得不出席无穷无尽的王宫仪典，无论是王子们的割礼，或是国王狩猎或下野回宫，他都要在宴席上庄重地向君王致以敬意。此外，他还要频繁地出现在邸苑里，或说上一两句俏皮话，或旁引经典诗文。这些都让卡亚姆感到筋疲力竭，他发现自己仿佛一位披着熊皮的艺人，徒然在王宫中浪费宝贵的光阴，这些时间他原本可以用来坐在工作台前潜心钻研的。倘若在王宫中还得冒着遭遇一些不快事情的风险，那就更恼人了。

例如，在某个寒冷的二月天，他年轻时作的一首四行诗成为一些妒忌者借以攻击他的把柄。那天，邸苑里挤满了没戴缠头巾的学者，国王脸上神情异常愉悦，他的好心情感染了整个宫廷。

当卡亚姆到达时，辩论已经转到宗教人士所热衷的主题上："真主可以把宇宙创造得更好吗？"凡是回答"是"的人，就会落下"不够虔诚"的口实，因为这等于暗示真主没有全力完成他的作品；然而回答"否"的人同样也会遭受"不虔诚"的指控，因为这表示他们认为全能真主没有能力做得更好。

他们比手划脚地热烈谈论着，卡亚姆乐得隔岸观火，从旁察看每个人的言论。然而，其中一位发言者却不让他置身事外，此人先用许多美丽的言词把他的博学吹捧了一番，然后询问他对这个问题有何看

[1]　古希腊欧几里德几何学在主宰人类世界形体概念两千多年后，至 19 世纪，有批数学家，如俄国之罗巴切夫斯基、匈牙利之鲍耶、德国之高斯及黎曼等相继以另外公理来取代欧式几何的平行公设，从而开创出一套新的几何学，谓之"非欧几里德"几何学，并为以后爱因斯坦广义相对论奠定了基础。本书人物——波斯中世记诗人兼数学家奥马尔·卡亚姆，更早于以上诸人数百年即有最初非欧几何的想法，此事明载数学发展史中。

法。于是卡亚姆清清喉咙，准备一抒己见。然而他连一个字都还没来得及说，向来不欢迎他出现在木鹿城的大奥哈迪却立刻跳了出来，用手指着他，控诉道：

“一个无神论者竟胆敢对信仰问题发表意见，这我还真是闻所未闻！”

卡亚姆勉强露出一丝微笑：

“你有何权利说我是无神论者？至少你得听我讲完才能评断不是吗？”

“我不用听你讲就知道了。这首诗难道不是你做的吗：‘我作奸犯科，你滥施刑罚，你我区别何在，你说。’难道说这种话的人不是无神论者吗？”

卡亚姆无奈地耸耸肩：

“如果我不相信神的存在，就不会用‘你’这个字！”

“就用这种语气说吗？”奥哈迪嘲弄地说。

“只有对苏丹和奥哈迪说话才需要措辞委婉，对造物主则不用。真主是伟大的，无论匹夫或贤士，都出自他手。他让我成为思想家，那我就会思考，然后我会把我思想中纯正无邪的果实呈交给他。”

由于在场之人纷纷对卡亚姆的话表示赞同，奥哈迪只好知难而退，临走时还吐出一连串威胁的话。笑声过后，国王不禁担忧起来，唯恐这会在某些地区引发谣言。见到国王脸色阴沉下来，宾客们纷纷告辞而去。

卡亚姆在卧耳坦的陪伴下回到家，抱怨这些毫无益处的宫廷活动和浪费口舌的辩论，最重要的是害他浪费了他的宝贵光阴，他发誓一定要尽快离开木鹿。不过卧耳坦不以为然，因为这已是主人第七次发誓说要离开了；通常他隔天就会恢复平静，然后继续他的研究，那个时候也是安慰他的最好时机。

那一晚，卡亚姆回到房间，在笔记本上写下了一首精采之作，诗作的结尾是：

你以头巾换美酒，
且戴便帽无悔意。

然后他把手稿藏回床和墙壁之间的夹缝。起床后，卡亚姆想再读一下昨夜创作的鲁拜诗，因为他发觉有一个字眼用得不恰当，于是他摸索着拿出笔记本。然而就在他打开笔记本的瞬间，一封哈桑·萨巴赫的来信从书页间滑了出来。

这封信是趁他睡着时塞进书里的。卡亚姆立刻认出了哈桑的字迹，四十年前他俩约定的署名“那位在喀山客栈认识的朋友”又赫然出现在他眼前。他一边读完，一边哈哈大笑起来。睡在隔壁房的卧耳坦也才刚起身，他立即来到主人的房中，想看看到底是什么事让昨夜还气急败坏的卡亚姆发笑？

“我们刚收到一个慷慨的邀请。我们会有一个居所，受到保护，而且到死都不用为衣食发愁。”

“是哪个伟大的国王要供养我们？”

“阿拉穆特的国王。”

卧耳坦惊得跳了起来，他觉得有罪恶感。

“那封信是怎么放进屋的？我睡觉前还检查过所有门窗。”

“别想着找到漏洞了。那么多国王和哈里发最后都放弃保护措施了。当哈桑决定送信给你或是给你一剑时，你一定会收到它，不管你的门是开着或是上了锁。”

卧耳坦把那封信拿到鼻子下，大声地嗅了几下，然后一而再、再而三地看那封信。

“那个恶魔的建议很好。”他下了结论：“阿拉穆特的确是最能保障您安全的地方。毕竟哈桑是您认识最久的老朋友。”

“此时此刻，我最久的老友是木鹿的新酒！”

如同稚童般，卡亚姆兴奋地把纸张撕成千百张碎片，任其在空中飞舞。然而，当他看着那些碎片飘落在地时，他却开始扪心自问了：

“那个人和我，我们到底有什么共同点？我崇尚生命，他崇尚死亡。我曾写：‘若你未能爱，日出日落又有何用？’哈桑却要求他的人放弃对爱、音乐、美酒和太阳的眷恋。他鄙视一切造化中的美好事物，却敢以造物主之名发号施令——还给予人们进天堂的承诺！相信我吧！如果他的城堡是进天堂的入口，那我宁愿放弃天堂！我不应在那个伪装虔敬的骗局里落脚。”

卧耳坦坐了下来，搔了搔他的脖子，用一种再疲倦不过的声音开口道：

“如果您的反应是这样，那现在是时候让您知道一个我隐藏很久的秘密了。当我们要逃离伊斯法罕时，守城的士兵轻易地就让我们通行，您难道不会对这件事感到怀疑吗？”

“那的确令我困惑，但是既然这些年来，我从你身上看到的只有忠心耿耿、赤诚奉献以及对我心悦诚服的热情，我不太想再追究过去的事。”

“那一天，尼札姆学院的军官们都知道我会救您，然后跟着您离开。不过那本来就是我们计划中的一部分。”

在继续说下去之前，他为他的主人和自己各斟了一杯甘美的甜酒浆。

“您也知道，在尼札姆·穆勒克所设定的暗杀名单上，有一个人是我们几乎无法完成任务的——那就是哈桑·萨巴赫。那个人难道不该为所有暗杀事件负起全责吗？我的计划很简单：跟着您离开，希望您会投靠阿拉穆特，我会一直伴随您，要求您不要揭露我的身份，然后再自行找机会毁掉那些穆斯林和那个恶魔所打造的王国。然而，您已经顽固地拒绝在那个黑暗的城堡里生活了。”

“可是这段期间你一直都待在我身边。”

“一开始，我以为只要耐心等待，等到您连续被十五个城市驱逐时，您就会选择到阿拉穆特去隐居。后来，光阴似箭，年复一年，我变得与您更为亲近，我的同袍已经分散到帝国各地，而我的决心也开始动摇了。现在你看，奥马尔·卡亚姆又第二次搭救了哈桑·萨巴赫。”

“别为这件事感伤——我也可能是救了你的命。”

“说真的，他在他的藏身处的确受到极好的保护。”

卧耳坦无法不感到一阵苦涩，这令卡亚姆觉得有趣。

“我说，假如你早一点把你的计划告诉我，我肯定会带你去阿拉穆特。”

那门徒一听便从椅子上跳了起来。

“真的吗？”

“当然不是。你坐回去！我这么说只是为你找一个后悔的借口！就算哈桑策划了所有恶行，但如果我看到他在穆耳嘎卜河就快淹死了，我还是会拉他一把。”

“嗯，我一定会把他的头压下去！不过您的态度让我觉得比较舒服了，也因为您的言行，我才会选择待在您身旁。而我不后悔这么做。”

卡亚姆给了他的门徒一个深深的拥抱。

“我很高兴我对于你的疑虑已经全部烟消云散，现在我已经老了，需要知道在我身边的人的确是值得信赖的；因为那份手稿的关系——那可是我所拥有的最珍贵的东西。为了得到这个世界，哈桑·萨巴赫建造了阿拉穆特；至于我，唯一建造的就是这份纸质的手稿城堡。但我宁愿相信它会比阿拉穆特存活得更久。没有什么能吓倒我，我唯一担心的就是一旦我死了，这份手稿会落入轻忽之徒或居心不良之人的手中。”

再无迟疑地，卡亚姆随手拿出那本秘密笔记，交给卧耳坦：

“你可以打开它，从现在开始你是它的保卫者。”

门徒深受感动。

“还有其他人知道这份手稿的存在吗？”

“有两个人，一个是佳涵，我们在撒马尔罕曾经为此争吵；另一个是哈桑，我们抵达伊斯法罕后住在同一个房间。”

“您信任他到这种程度？”

“老实说，我没有。但是那时我经常写，他最后总会发现这个手稿的。我宁愿自己先给他看，不然的话，他也会背着我看。再说，我认为他有能力保守秘密。”

“他的确知道怎么保守秘密——尤其在他要对付你的时候。”

从此，那份手稿夜晚时就放在卧耳坦的房里，只要有任何风吹草动，哪怕是再轻微的声音，这位以前是侍卫的门徒就会从床上一跃而起，挥舞着长剑，竖起耳朵，然后逐房检查，还会到花园里绕巡一圈。当他回房时，也不会再睡，而是点起桌灯，阅读一首四行诗，然后默默背诵，并不停地在脑海里温习，试图补捉其中最深奥的意义，然后猜想他的主人是在何种情况下写下这首诗的。

经过这一连串无法成眠的夜晚，卧耳坦的脑海中逐渐产生了一个想法，并且获得卡亚姆的衷心赞同：就是在这本《鲁拜集》本文的四周边缘区写下它的创作史，并且涵盖到卡亚姆的个人史，如他在尼夏浦尔的童年、在撒马尔罕的年少岁月、在伊斯法罕的成名经过、与阿布·塔赫尔、佳涵、哈桑、尼札姆以及其他许多人的相知相识。就这样，在卡亚姆的口述以及卧耳坦的协助抄写下，第一页的创作史完成了。卧耳坦全身心地投入此事，他把每个句子都在其他纸上写过十遍十五遍，然后才用其细瘦的手颤巍巍地誊录在笔记本上。然而，这件事却在某一天被一种残忍的方式硬生生地打断了。

那天早上，卡亚姆起得很早，他呼叫卧耳坦，但他没有回应。想到他可能是因为前一夜写了整宿，所以卡亚姆像个慈父般地体贴想到：让他多休息一会儿吧！他为自己倒了一杯早餐酒，只喝了一口，就拿着剩余的酒浆走到花园散步。他在花园里绕了绕，吹着还残留在花朵上的露水，颇为怡然自得，然后捡拾一些多汁的白桑椹，放在舌头上，一面用嘴吮吸着桑椹汁，一面喝着葡萄酒。

他自得其乐的呆了一个小时，终于决定回去叫卧耳坦起床。他没有再呼喊他，而是直接走进他房里，恐怖的一幕出现在他眼前，只见卧耳坦直挺挺地躺在地上，喉咙上有一摊黑血，他的眼睛和嘴巴都还张着，仿佛在断气前正试图大声叫喊什么。

在他的桌子上放着一把匕首，这应该就是杀人的凶器了！匕首下压着一张卷起来的纸，卡亚姆打开来，上头写着：

“你的手稿已经先你一步到阿拉穆特了。”

24

奥马尔·卡亚姆心中仿佛被凿了一个大洞，空落落的，尽管他表面上看起来无事，但内心却被巨大的痛苦啃咬着，“我们曾经饮用相同的酒，但他们都先我喝醉了两三回，唯有你与我同在。”那份手稿的丢失带给他莫大悲伤。他当然可以重新抄写，他记得里面的每一个字，但他显然不想这么做，这就是为什么我们没有听说过它有任何复本存在的原因。卡亚姆从偷取自己手稿的窃贼身上得到了一个教训，那就是他不会再想试图掌控自己或诗集的命运了。

他很快就离开了木鹿，但没有去阿拉穆特——他连想都没想过要去那里——他想回到自己的故乡。“是时候了，”他告诉自己：“我飘泊的一生该划下句号了。”尼夏浦尔是他生命中的第一个港湾。“在万物的秩序里，它是否也应是我生命中的最后一个港湾呢？”他将在那里生活下去，周围会有众多亲人陪伴他：一个幼妹、一个善解人意的妹夫、许多侄子，最重要的是一个侄女，她可是在秋天里最亲切接待他的人了。他在那里依旧坐拥书城，但不再写东西，只是不厌其烦地反复阅读前人的著作。

有一天，卡亚姆如往常般坐在他的房间里，膝上摆着阿维西那的

《治疗大全》[1] 当他翻阅到“单一与多元”那一部分时，开始觉得隐隐作痛，于是他把拿在手里的金牙签放在书页间当做书签，阖上书本，然后召集家人，要他们为自己写下最后的遗言。他在遗嘱的最后念了一段祷文：“我的主啊！你知道，我已竭尽全力去了解你。请宽恕我吧！对我来说，认识你乃是朝你前进的途径。”

他再也没有睁开眼睛。那一天是 1131 年 12 月 4 日，奥马尔·卡亚姆享年八十四岁，他是在 1048 年 6 月 18 日清晨破晓时出生的。当时人可以将自己的生辰如此精确地说出来，实在是一件不同寻常的事，但是卡亚姆在这件事上展现出一位天文学家所该具备的狂热。他很可能向他母亲追问过他的生辰，再藉此找出自己的上升星座是双子座，然后再推论出太阳、水星以及火星在他出生时的方位，从而画出了自己的生辰星座图，然后小心翼翼地拿给历史学家贝哈基看。

另一位与他同时代的作家尼札姆·阿鲁兹依也曾记载道：“我在奥马尔·卡亚姆去世前二十年，曾经在巴里黑遇见他。他在那里住在贩奴路的一位显贵家。我早已久仰其大名，但却装作没看到他，如此才能听到他所说的每一句话。我听到他说：‘我将葬在春风吹拂的鲜花丛中。’起初，他的言语令我觉得荒诞可笑；然而，我知道像他那样的人讲出来的每一句话都是经过深思熟虑的。”

这位亲眼见过卡亚姆的人继续写道：“卡亚姆死后四年，我从尼夏浦尔经过。出于对一位学贯古今的大学者的尊敬，我想到他最后的归所朝圣。有一位向导领我到他的墓园。一进墓园转向左边，我就看到那墓紧靠着墓园的墙，在它上头的梨树和桃树皆伸长了枝丫，落英缤纷，洒落的花瓣仿佛一张厚毯密密覆盖在他的墓上。”

---

[1] 《治疗大全》不仅是医学著作，也涉及了哲学和其他学科。

一滴水落入海洋。
一粒微尘飘落大地。
什么能表示你曾来这世上走一遭？
一只小虫现踪，旋即消失。

奥马尔·卡亚姆错了，他曾说生命短暂，转瞬即逝，然而他的存在，或说至少他的四行诗的旅程，此时才正开始呢！不过，对他来说，一个不奢望长生不老的诗人，难道还会希冀自己的诗永生不灭吗？

在阿拉穆特，拥有晋见哈桑·萨巴赫之至高特权的人，无法不注意到放在壁龛里的一本书，那壁龛还特别装上金属围栏。没有人知道那是什么，也没人敢问“无上布道家”。阿拉穆特的大图书馆里藏有天底下所有伟大的著作，无数真理蕴含其中；然而，“无上布道家”却没有把这本书收进图书馆里，这其中有什么原因呢。

哈桑死时已近八十岁高龄，而他所指定的继承人并不敢住在他的房间里，甚至连打开那神秘的金属围栏的勇气都没有。实际上，在开创者哈桑·萨巴赫去世后，有很长的一段时间，阿拉穆特的居民只要看到他以前所居住的那间屋子的墙，仍难免会心生恐惧。他们刻意避开那个他曾居住的角落，以免经过时会撞见哈桑的鬼魂。

不过他们还是恪守着哈桑生前所颁定的法律，整个社群的成员都变成了最严格的禁欲教派的永久信徒，无人越轨，也没有任何娱乐，对外在世界只有更加残暴，他们从事的暗杀工作较之前有过之而无不及，他们以此证明领袖的逝世完全不会削弱自己作为追随者的决心。

这些追随者真的都能接受这种严苛的生活方式吗？实际上少之又少，关于那里的传言四处流传。哈桑还在世时即跟着他赢得阿拉穆特堡的“老鸟”们已所剩无几；他们仍活在过去的阴影里，唯恐一丁点儿的松懈就会让他们动辄得咎。但是这群人的人数每天都在减少，居住在那座城堡中的主要是他们的儿孙辈，他们从襁褓之时就被授予最严苛的教化，被迫学习和遵从哈桑繁琐的指令，那些指令仿佛天启一般神圣不可侵犯。不过他们之中也越来越多人开始反抗，并准备以身犯险。

不知从哪天开始，有些人大胆地质疑他们为何要把全部的青春花在军队管理般的“修道院”里，而且必须戒掉所有娱乐？不过由于过去所受到的钳制，他们连表达这些异议都极为谨慎，因此他们开始秘密集会。而只要曾看着自己的儿子、兄弟或丈夫被派去执行秘密任务而一去不返的妇女，也全都大力支持这些年轻的谋反者。

有一个人自认为有资格成为这波备受压制的反抗运动的代言人，不过没有任何人想要推举他：他是被哈桑指定为继承者的那个人的孙子，而他也在其父过世后被任命为这个教派的第四位“大导师”。

比起之前的继任者，他有一个独一无二的优势，那就是他是在开创者死后才出生的，因此从未生活在哈桑的恐怖统治下。他充满好奇地观察哈桑的家，虽然某种程度上还是战战兢兢的，但却不致于像其他人那样一提到那里就无可救药地吓得浑身瘫软。

在他十七岁那年，他曾经偷偷地溜进那间禁屋一次，在里头走来走去，爬上那个神奇的蓄水池，把他的手浸入冰凉的水中；然后他伫足在那个放着手稿的壁龛前，他差点就要打开它，但后来改变了心意，向后退了一步，走出了那房间。经过这第一次探访后，他就不想再进入第二次。

当这位继承人若有所思地在阿拉穆特堡的街道巷弄四处闲荡时，人们并不会表现出与他太亲近的态度，也没有例行公事般地向他说祝祷的话。他的名字也叫哈桑，与萨巴赫的名字一样，然而他还有其他如雷贯耳的外号，如“救世主”、“众望所归者”！人们害怕的只一件事：阿煞星的老战士们很了解他，他们早听说他轻率地责备施行已久的严刑峻法，故而想阻止他掌权。实际上，他的父亲曾试图强迫他闭嘴，就算是指控他为无神论者以及反叛创建者的教诲亦在所不惜。据说他还曾经把他儿子的两百五十位狐群狗党杀死，另外两百五十位则被驱逐出境；尤有甚者，他还强迫那些被放逐者抬着他们死去朋友的尸体下山。然而，出于一个为人父者的情感，那位“大导师”并不敢效法哈桑·萨巴赫的杀子传统。

1162 年，那位为人父者死了，他叛逆的儿子立即继任其位。头一次，在那么长的时间后，真正的欢乐划破了阿拉穆特堡灰朦朦的街道。

然而，“他真的是我们期待已久的‘救世主’吗”？那些拥护者依旧心存怀疑。那个人真的可以终结我们的痛苦吗？他本身什么都没说，继续漫无目的地在阿拉穆特堡的街头巷尾晃荡着，或是在一位来自克尔曼的图书馆员的“监督”下，在图书馆里待上很长的时间。

有一天，人们看到他毅然决然地走向哈桑·萨巴赫生前的居所，撞开门，直接走向壁龛，狂暴地摇晃那金属围栏，把土石全都摇了下来，然后拿起卡亚姆的手稿，把上头的灰尘拍掉，夹在自己的手臂下带走了。

据说他闭关苦读那本书，一面读一面冥想，到了第七天，他下令将阿拉穆特的所有男女老少全都集合在大广场上，那里是唯一一个可以容纳他们全部人的地方。

公元 1164 年 8 月 8 日，艳阳在阿拉穆特的上空无情地发威，炙烤着每个人的头和脸，但是没有人想要遮挡它。他们的西边搭起了一座木台，台上的四个角落各插着红、绿、黄、白四面巨大的旗子。大家的眼光也全都投向这个方向。

突然间，他出现了，穿着一身耀眼的白衣，在他后头跟着他年轻而身材瘦小的妻子，她的脸没有盖住，眼睛看着地面，她的脸颊因为困窘而胀红。这个特异的景象却似乎消除了人们最后的一丝疑虑，大家开始大声地鼓噪：“就是他。他就是‘救世主’！”

但见他庄严肃穆地走上台去，向他的信徒表示最温暖的欢迎之意，借势安抚住喧闹的群众。接着他发表了一个堪称开天辟地以来最耸动的演讲：

“居住在这个世界上的所有生灵，包括精灵、人类、天使，”他说：“马赫迪祝福你们，赦免你们过去和未来的罪。”

“他现在向你们宣布：神圣的律法已经废除了！复生日的号角已然响起！真主加诸你们身上的法律将令你们上天堂，而你们现在的的确确有资格获得它了！从今而后，天堂是你们的。你们从法律的枷锁中解脱了。”

“过去所禁止的一切都允准了，所有被视为理所当然的义务也全都废止了！”

“每日的五番礼拜现在被禁止了！”“救世主”继续说：“既然我们现在已经在天堂里，可以与造物主进行永恒的会晤，所以我们毋需再每天五次诵念他的名字；因此，凡是坚持每天五次礼拜者，就是不相信复生日的人。现在礼拜已经变成不信者的行为了。”

“另外，关于酒，《古兰经》说酒是天堂里的饮品，所以从现在开始，喝酒也是许可的；不喝酒反而是缺乏信仰的明显象征。”

“当他宣布这些事情时，”一位当时的波斯史家记载道：“群众开始欢欣鼓舞地演奏竖琴，吹笛子，公然地坐在木台的每个台阶上喝酒。”

正所谓“物极必反”，事物往往会从一个极端走到另一个极端，这就是哈桑·萨巴赫以《古兰经》律法之名所执行的所有措施，很快地，“救世主”的继承者就会渐渐减少其“弥赛亚式”的热情，而阿拉穆特也永远不会再是“无上布道家”所渴望的那个烈士贮存库了。从此，生命变得更加醇美，而令伊斯兰邦国闻风丧胆已久的暗杀活动也就此告一段落。这个曾经最激进的教派——伊斯玛仪派，也从此摇身一变，成为戒律最为宽松的社群。

实际上，在向阿拉穆特及其周遭地区的人民发布这个好消息后，“救世主”也派遣特使到亚洲和埃及的其他伊斯玛仪社群去。那些特使带着他亲自签名的文件，要求每一个社群的人都要为这个获得救赎的日子大肆庆祝，且这个救赎日的日期是根据三种历法订出来的：先知的希吉拉历[1]、希腊亚历山大大帝的历法、以及“两世最特殊者”——尼夏浦尔的奥马尔·卡亚姆所订的历法。

在阿拉穆特，“救世主”命令人们把《撒马尔罕手稿》尊为伟大的智慧之书，并且委托艺术家为那本书绘图，一方面作为书本的装饰，一方面也可以作为图解；此外，他还为它特制了一个镶嵌黄金珠宝的书盒。没有人有权复制那本书的内容，那本书会永远放在图书馆员工作室内的矮杉木桌上。在那里，在那位生性多疑的图书馆员的监督下，一些有特权的人可以进来查阅那本书。

在那之前，人们只知道卡亚姆少数的几首四行诗，那都是他年少气盛时的作品；但现在他的许多作品都被反复引用、传唱着——有些甚至还遭到改写。而一些最奇怪的现象也都可以在这个时期看到，例如：每当有诗人创作一首可能会为他招来麻烦的四行诗时，他就把那首诗归为卡亚姆之作。结果这样的鲁拜诗越来越多，到最后，倘若没有去对照手稿，根本不知道孰真孰伪。

至于那手稿的创作史，似乎也是在“救世主”的要求下，由阿拉穆特的图书馆员从卧耳坦停下来的地方开始继续做下去。无论如何，我们已可由此窥知卡亚姆死后的巨大影响力，居然能让阿煞星整个改头换面。

如此迅捷而又无可替代的时代氛围延续了一个世纪，直到另一个新兴的残暴势力的出现——蒙古人的侵略，才嘎然终止。

蒙古人的第一波侵略是在成吉思汗的率领下，宛如一场天谴式的灾难，匪夷所思地横扫整个东方。许多重要大城被夷为平地，城里的

[1] 公元 623 年，先知穆罕默德为逃离麦加多神教徒的严峻迫害，带领一些门徒迁移至麦地那，这个事件被称为“希吉拉”；而伊斯兰的历法也从此以“希吉拉”这一年（公元 623 年）作为元年。因此伊斯兰历法被称作“希吉拉历”。

居民也跟着遭难。布哈拉及撒马尔罕即成为见证这场灾难的代表，蒙古人视那些城民们如牛马一般，年轻女人被捉去献给战绩彪炳的军官，工匠们则沦为奴隶，其余的人则往往遭到屠杀；仅有少数人得以逃脱此劫，那些都是大奥哈迪当机立断重新组织起来的一批人，他们在最快的时间内就对成吉思汗宣誓效忠。

尽管在劫难逃，但撒马尔罕显然受到了神的眷顾，因为相对于许多城市在经历此浩劫后的一蹶不振，撒马尔罕后来却从瓦砾堆里重生，成为举世闻名的大帝国——帖木儿帝国[1]的首都。至于那些未获重生的城市，比如曾经是全世界知识活动中心的呼罗珊三大都城——木鹿、巴里黑、以及尼夏浦尔，还有瑞邑——那东方医学的摇篮，它们的名字渐渐被人遗忘。全世界必须再等几百年，才能在邻近呼罗珊的德黑兰再度看到那些城市新生的影子。

蒙古人的第二波侵略扫平了阿拉穆特堡。这次的侵略也许不似第

[1] 帖木儿（公元 1336 年 –1405 年）为帖木儿帝国的创建者，自称为成吉思汗的后代，也是 16 世纪开始雄霸南亚的蒙兀儿帝国（公元 1526 年 –1858 年）开国者巴布儿的高祖父。由于他在 1362 年时被打伤成为瘸子，故波斯人称其为 Timur-e Lang，即“跛脚的帖木儿”，后来西方人就将之称为 Timurlane。帖木儿可以说是中亚史上一位颇具争议的重要人物。他出生在西察合台汗国的一个归信伊斯兰的突厥化蒙古贵族家庭里，1369 年，他杀死与自己情同兄弟的西察哈台汗忽辛，建立帖木儿帝国，极盛时期的帖木儿帝国疆域包括了中亚、伊朗、阿富汗，以及大部分的巴基斯坦、印度、美索不达米亚和高加索地区。帖木儿原本的志愿是要重建蒙古帝国的荣光，但他当时四处征战的目标，很多却是其他蒙古汗国，而非异族，最惨烈的一役莫过于与金帐汗国于 1385 年开打的昆都尔察河谷之战。此外，相较于草原生活，帖木儿更习惯于待在城市里。他一方面重视文化工艺，在征伐小亚细亚时，从当地带回了许多艺术家、工匠与学者，组织众人在撒马尔罕建造了无数无价的传世建筑，也使该城后来在其孙兀鲁伯的经营下，成为中亚伊斯兰文化的重心。凡是今日到位于乌兹别克的撒马尔罕的游人，都能看到许多自帖木儿帝国时期遗留下来的雄伟建筑。然而，当帖木儿在攻城掠地时，却又采行蒙古人所惯用的策略——屠城，这和他重视文化工艺的做法大相迳庭。帖木儿帝国在强盛时期，向西曾打败奥斯曼土耳其帝国；向东则威胁中国的明朝：其在 1396 至 1398 年间，曾多次扣押明朝使节，1404 年更挥军进攻中国，结果病死于进军途中。

一次血腥，但扫荡的范围却更大。我们只须知道当时的蒙古人在几个月内，就让巴格达、大马士革、波兰的克拉科夫、以及中国的四川毁于一旦，就可以想像当时人们内心对于蒙古人会是多么恐惧了。

阿煞星的城堡选择投降。在那之前，它已成功地抵御外敌入侵长达一百六十六年了！成吉思汗之孙——旭烈兀汗王曾亲自进入阿拉穆特堡，对这座巧夺天工的军事建筑赞叹不已；传说他在那里还看到从哈桑・萨巴赫时代就储存下来，且依然完好如初的粮食。

当他带着随从视察完城堡后，随即下令士兵捣毁每件东西，连一个石头都不能留下，图书馆当然也不例外。不过他在下令放火前，特准一位年方三十岁的史学家——志费尼[1]进入图书馆，因为他当时正应旭烈兀之请撰写《世界征服者史》。这本书至今仍是研究蒙古历史最有价值的史料，他也因此得以进入那个藏有数万本书籍的神秘地方。而当他进去时，会有一位蒙古军官推着一辆手推车在外头候着，只要是那部手推车上的书，就可以被保存下来，其余的只好成为大火的牺牲品。

志费尼是虔诚的逊尼信徒，他告诉自己他的第一要务就是使“真主的话语”免于被火吞噬，于是他开始竭尽所能地搬运所有《古兰经》。所幸要辨认《古兰经》并不难，它们总是书体厚重，且放置在同一区，他找到了许多本，总共分了三次才把它们全部搬到几乎已经推不动的手推车上。

接下来要选哪些书呢？他走向其中一面墙，上面的书看来似乎保存得比其他地方好，那里堆放着许多哈桑・萨巴赫在其三十岁后自愿闭居时所写的作品。他从中选了一本自传，也许将来他可以在自己的

---

[1] 阿拉伊丁・阿塔－马立克・志费尼（公元 1226 年－1283 年）为波斯史学家，其撰写的《世界征服者史》是关于 13 到 14 世纪蒙古兴起与强盛时期的最有价值的史料，不但成书最早，所记述的史实大部分也是他亲见亲闻的；例如成吉思汗西征的过程，志费尼就是第一个予以完整详尽报导的史家，也是这方面的权威。该书所叙述的年代为起自成吉思汗，止于旭烈兀平定阿拉穆特堡。

作品中用到。他又找到一本关于阿拉穆特历史的书，那是一本新近完成的作品，显然资料丰富，对于“救世主”生平的记述更是钜细靡遗。他匆忙地拿了那本书，因为除了伊斯玛仪社群，阿拉穆特的故事依旧是鲜为人知的。

那位史学家是否知道《撒马尔罕手稿》也在那里？他似乎不知道。假如他听说过它，谈论过它，或翻阅过它，他会寻找和抢救它吗？我们无从得知。我们所知道的是，他伫足在一堆关于超自然科学的书籍前，开始埋首钻研，忘了时间。后来那蒙古军官终于忍不住穿着厚重的红边盔甲、戴着一个系有垂到脖子的长兽毛的宽大头盔进来提醒他。他的手里拿着火炬，表示必须赶快执行任务，然后他便将火炬放在一摞书卷的旁边。那位史学家终于让步了，他在其手里、腋下，尽可能地抓取更多的书带走。结果当《星象和数字的永恒秘密》的手稿掉落在地上时，他再也无法弯下身去捡它了。

就这样，阿煞星的图书馆烧了七天七夜，无数的珍贵典籍从此失传，那些书没有复本，人们猜测其中有些应该蕴含了宇宙中最宝贵的隐密知识。

很长一段时间，人们都相信，《撒马尔罕手稿》应该也已经葬身于阿拉穆特堡的火海里了。

Ⅲ 千禧年之末

起来吧！我们以后还会长眠呢！

——奥马尔·卡亚姆

25

我到目前为止都尚未谈到我自己。在前文中，我尽可能详实地把卡亚姆《撒马尔罕手稿》创作的来龙去脉，他亲身见闻的事情一一道来。现在该说的只剩下那本书是如何大难不死地熬过蒙古人的时代，从而流传到我们现在；还有就是我是如何千方百计地得到它；而在到我手上之前，我又是怎样因缘际会才幸运地得知它还存在于这个世上。

我早已提过我的名字——班杰明·欧·雷萨吉。尽管这个名字带有浓厚的法国味——是我一位在路易十四时期移民的胡格诺教派[1]的祖先的名字，但我可是在马里兰州的安纳波利斯土生土长的美国公民。不过我和法国的关联并不只限于我那时代久远的祖先，我父亲是个致力于复兴这个关联的人，他对自己的祖先源流一直都很着迷——甚至曾在学校的课本上写下注脚："我的家族是否因为建造了一艘逃亡之船

---

[1] 胡格诺教派是十六到十八世纪的法国基督新教加尔文派的一支。此派在政治上反对君主专制，曾于 1562 至 1593 年间与天主教会发生胡格诺战争。尽管 1598 年，法王亨利四世曾颁布《南特敕令》，给予该派与天主教会同样的公民权。但在 1685 年，法王路易十四却又颁布《枫丹白露敕令》，废除《南特敕令》，宣布新教为非法。该派人士因此大量移居国外。

而殒落了呢？”此外他也开始学习法文。然后，凭着虚荣心再加上命运之神的眷顾，他还多次返乡横跨大西洋寻根。

他的寻根之旅总是选得不是时候。1870 年 7 月 9 日，他搭乘史格提亚号船离开纽约；18 日抵达切尔柏格；并于 19 日傍晚抵达巴黎。那天中午，法国才刚宣战[1]。接下来的日子便是在躲避、灾难、侵略、饥荒、巴黎公社执政以及大屠杀中度过。我父亲一生之中从未像那一年一样过得那么兵荒马乱，但是最美好的回忆却依旧在他心里烙下了，这点又何须否认呢？在围城之中，人们反而可以找到一种古怪的乐趣：在此起彼落的轰炸戏码里，无论是男是女，每个人都会返璞归真，重拾最初始的紧密关系。在安那波利斯，我们每年过节时总不能免俗地享用火鸡大餐，我的父母也不知多少次充满感情地回想起当时的新年除夕，在巴黎享用象鼻的情景，那个象鼻可是在陆斯的浩斯曼大道上的英国肉铺里，以四十法郎一磅的价钱才买到的。

他们那时才刚订婚，打算一年后成婚，但是战争却为他们的快乐增添了几许“色彩”。“我一到巴黎，”我父亲回忆道：“就养成了每早去意大利街上的利雪咖啡厅的习惯。那里有一大堆报纸可以看：《时代报》、《高卢人报》、《费加洛报》、《新闻报》等等，我会坐定在一个座位，仔细地阅读每一行字，然后把我不了解的生字慎重地抄在笔记本上，像 gaiter 或 moblot，等我回到旅馆后，就可以马上去向博学的柜台人员请教。”

“第三天，有一个唇上蓄着灰色胡须的人来了，他坐在我隔壁桌，自己带了成叠的报纸，但很快就因为想观察我而不看报纸了。他很想问我一个问题，只差没开口而已。最后他终于忍不住，就用嘶哑的声音问我；问的时候，他的一只手扶着拐杖的手柄，另一只手则紧张地

[1] 此战争为普法战争（公元 1870 年 –1871 年）。普法战争是普鲁士为了统一德国并与法国争夺欧洲大陆霸权而爆发的战争。战争是由法皇拿破仑三世于 1870 年 7 月 19 日发动，最后以普鲁士大获全胜、建立德意志帝国告终。

在湿的大理石上轻扣着。他想要确认这位看起来身强体健的年轻人有什么好理由可以不到前线打仗、保家卫国。他说话的语气很有礼貌，虽然充满了怀疑，而且还不时斜眼偷看我正在上头奋笔疾书的那本笔记本。我其实不需争辩什么，但我的声调却显露出我确实正在雄辩滔滔地为自己辩驳。于是那个人爽快地向我道歉，邀请我到他的桌子，然后谈到了拉法叶[1]、本杰明·富兰克林、托克维尔以及皮耶·朗方等人。之后，他开始详细解释我刚从报纸上读到的消息——为何这场战争‘对我们的军队而言只不过是去柏林的一趟远足’”。

我父亲想要反驳他。虽然他并不知道法国和普鲁士两国间的军力是势均力敌的，但他才刚参加过南北战争，还在亚特兰大被围之时受伤。“我可以作证，没有一个战争会像野餐那样轻松。”他告诉我们：“只是人民是健忘的，而火药令人亢奋；不过我很快便克制住自己不再继续在这件事上多作争辩。那个时间点不适合讨论，而且那个人也没有问我的意见。偶尔他会说：‘你不这么认为吗？’这句话基本上并没有要你作任何答复的意思，因此我只是点点头表示自己在听。”

“他很友善。在那天之后，我们每天都会遇到。我还是很少说什么，而他则表示很高兴可以和一个美国人如此透彻地分享想法。在第四次独白结束后，他整个人非常兴奋，于是这位仪表堂堂的绅士邀请我到他家一同用餐。他满心以为我会一口答应他的邀请，所以又一次地，他在我尚未给他正式答复前就先叫了一辆马车。但我必须承认我从来没后悔那次去了他家。他的名字是查理斯·胡贝尔特·路柴，住

[1] 这里的拉法叶应指参与美国独立战争的法国将军和政治家——拉法叶侯爵（公元1757年–1834年）。本杰明·富兰克林（公元1706年–1790年）是美国着名政治家、科学家，1776年美国独立后被派赴法国担任代表美国的专员，极获法国各阶层欢迎。阿历西斯·托克维尔（公元1805年–1859年）是法国的政治思想家和历史学家，著有《论美国的民主》（公元1835年）以及《旧制度与大革命》（公元1856年）；皮耶·查理斯·朗方（公元1754年–1825年）是法裔美国建筑师。这些人都是与美国有关的法国人或美国法裔著名人物。

在渔人大道的一座大厦里。他一个人鳏居在那里，两个儿子皆已从军，她的女儿后来就变成了你老妈。”

她十八岁，而我父亲大他十岁。他们在老先生长篇大论的爱国讲演中默默地观察对方。从 8 月 7 日开始法国连续三次战败之后，战况变得明朗，法国输掉了战争，全国皆笼罩在被侵略的阴影之中，我的外祖父也开始变得郁郁寡欢。身为他的女儿和未来的女婿，他们二人自是急切地试图缓和他的忧郁，也因此他们之间逐渐变得很有默契；从那时开始，一个眼神就已足够决定他们之中该由谁出面找话题，又该由谁接话。

“当第一次只有我们两个人在的时候，我们是在一个大客厅里，那里真是安静到连一根针掉到地上的声音都听得见。忽然间，我们俩开始大笑。因为我们发现原来我们一起吃过那么多顿饭，却从来没有直接交谈过。我们的笑声是那么甜，那么相知，又那么肆无忌惮，不管我们笑多久，都不会觉得尴尬。感觉上我应该要先开口的，当时你妈正拿着一本书，我问她正在读什么。”

从那一刻开始，奥马尔·卡亚姆进入了我的生命。我几乎应该说，是他给了我生命。那时我母亲才刚拿到一本《卡亚姆四行诗》，那是前法国驻波斯公使馆的主要翻译官尼可拉斯从波斯文翻译，并于 1867 年由皇家出版社所出版的。我父亲的行李里则有一本 1868 年出版的爱德华·费兹杰罗德所著的《奥马尔·卡亚姆鲁拜集》[1]。

“你妈对卡亚姆的着迷程度不亚于我。我们那时就确定以后我们的生命线一定会走在一起。我们也一直都认为那不是一个单纯的巧合，因为我们居然在读同一本书！卡亚姆立刻犹如开启我们命运的钥匙般出现在我们面前，倘若我们故意视若无睹，一定会遭天谴。很自然地，

---

[1] 爱德华·费兹杰罗德（公元 1809 年 –1883 年）是英国作家，也是第一位将奥马尔·卡亚姆的鲁拜集翻成英文的人。他的译作《奥玛尔·卡亚姆鲁拜集》至今仍被公认为最好的英语版本。

我们没有多谈我们之间的事，我们的对话围绕在那些诗上。她告诉我拿破仑三世曾经私下命人出版卡亚姆的作品。”

那时，欧洲才刚发现卡亚姆。其实有些学者专家早在那个世纪之初就谈论过他，他关于代数学的著作已在 1851 年于巴黎出版，而针对他文章的评论也已出现。但是西方大众仍然不太认识他。就算在东方，卡亚姆到底留下了什么？一个名字、两三则传说、一些不太确定是否真是他写的四行诗、以及“他是个天文学家”的模糊印象。

当没啥名气的英国诗人费兹杰罗德在 1859 年决定出版七十五首四行诗的译作时，大众的反应是极为冷淡的。那本书第一版只印了两百五十本，作者送了一些给他的朋友，其余的则在夸瑞奇古书店[1]以奇慢的速度销售。因此费兹杰罗德在写给他波斯语老师的信上说：“可怜的老卡亚姆，显然没什么人对他感兴趣。”两年后，出版商决定出清库存，《鲁拜集》从最初的五先令一本降到一便士一本的贱价，这个价钱连原价的六十分之一都不到。但即使是这个价钱，《鲁拜集》还是卖得很少，直到两位文学评论家发现了它。他们读过《鲁拜集》之后，对它惊艳不已，于是隔天就又来买了六本送人。出版商感到对这本书有兴趣的人似乎有增加的趋势，于是就将价钱抬高到每本两便士。

如今，我在最后一次拜访英格兰时，也去了现今依旧座落在皮卡迪利大街[2]上的夸瑞奇古书店，结果我以一本四百镑的高价才买到一本当时印刷的初版《鲁拜集》。

《鲁拜集》在伦敦的成功并非一蹴而就，然而反观法国，来自巴黎

---

[1] 贝尔纳·夸瑞奇（公元 1819 年 –1899 年）是英国著名的书商和藏书家。他于 1847 年在伦敦创立的夸瑞奇古书店，可谓英国古书界的龙头，不仅有多次买卖古腾堡圣经（西方第一部活字印刷的书，全世界仅存四十余册）的辉煌纪录，长久以来也一直是提供大西洋两岸珍本书的货源地。欧美许多重量级图书馆内的诸多藏品都是来自此店。

[2] 皮卡迪利大街是英国伦敦的一条主要街道，也是伦敦西部第二个最重要的交通动脉。

的尼可拉斯也出版了他所翻译的《鲁拜集》，结果在巴黎获得巨大反响：戴奥弗勒·高堤耶[1]在《普世箴言报》里写下“你看过卡亚姆的四行诗吗”以及“欢迎这个连现代最前卫大胆的思想家都难以望其项背的自由灵魂”的句子；而欧内斯特·勒南[2]也写道：“若要了解生活在穆斯林教条主义束缚下的波斯天才，卡亚姆也许是他们中最引人好奇与想要一探究竟的。”想当初，费兹杰罗德翻译“可怜的老卡亚姆”时，他们两个人都还是默默无名。这样的突然爆得大名有如平地里的一声惊雷。一夜之间，关于东方的所有意象都聚焦在卡亚姆这个名字上。关于其著作的翻译如雨后春笋般地出现。在英国，他的作品就出现数种版本，而在美国的一些城市里，人们还成立“卡亚姆协会”。

我要在此重申，1870 年时，卡亚姆旋风才刚刚开始。卡亚姆的书迷虽然日渐增多，但仍然不出知识份子的范围。正因为那次阅读同一本书，才让我的父母走到一起，他们开始一起阅读卡亚姆的四行诗，讨论其中的含意：卡亚姆笔下的葡萄酒和酒馆只是像尼可拉斯所说的是纯粹的神秘象征？还是如费兹杰罗德和勒南所言，是在表达生命的欢愉？或更贴切地说，是表现放荡？他们开始喜欢争论这些新话题。当我父亲想到卡亚姆时，他会爱抚心目中最美丽的女子散发着幽香的秀发，那个时候，我母亲会因为害羞而整个脸变得绯红。他们初次接吻也是在阅读两首热情澎湃的诗中间。那一天，他们开始谈婚论嫁。发誓会把他们的第一个儿子取名为奥马尔。

1890 年代的美国人有一些也被取名为奥马尔。但我是在 1873 年 3 月 1 日出生的，这个名字在那个时代就不是那么寻常。为了不让这个充满异国情调的名字为我带来烦恼，我父母决定把它变成次要的中间

[1] 戴奥弗勒·高堤耶（公元 1811 年 –1872 年）是法国诗人、剧作家、小说家、记者及文学评论家。

[2] 欧内斯特·勒南（公元 1823 年 –1892 年）为法国哲学家和作家，其关于早期基督教和政治理论的著作对历史学有重大影响。

名，如果我想用这个名字，可以用“奥”含糊带过；那我的同学们就会以为那个“奥”是奥利佛、奥斯瓦德、奥斯波恩或奥尔维勒，而我也从未向别人解释过。

我父母给我起的这个名字无法不令我对这位先贤产生好奇，十五岁时，我开始阅读关于他的一切。我计划研习波斯语和波斯文学，并且去波斯长住，然而五分钟热度过后，热情便冷却了。诚然，在所有相关评论中，费兹杰罗德的译作被公认为是所有英文版《鲁拜集》中的经典译作，但相对于卡亚姆的原作却仍有些距离。另一个问题是：只要一提及卡亚姆的四行诗，有些作家可以举出将近一千首的卡亚姆诗作，尼可拉斯过去翻译的也已超过四百首，但有些学贯古今的学者却只承认其中的一百首“可能是真的”；再有一些学识渊博的东方学学者，则更离谱地指出只有一首确定是奥马尔做的。

人们相信《鲁拜集》的真本可能还存在于这个世上，因此关于这些诗作的真伪问题，或许可以从真本中找到答案。但是没有任何线索能令人找到这本手稿。

最后，我决定暂时将注意力从这位人物和他的著作上转开。当我回头看我的中间名“奥”时，只觉得那代表了我父母恒久不变的童心。这种情形一直持续到某一次的相遇才有所改变；那次相遇把我拉回了我的“初恋”，也让我毅然决然地开始追寻卡亚姆的足迹。

26

时间回到 1895 年夏天快结束时，我与旧大陆的交集从那时开始。我的外祖父刚庆祝完他的七十六大寿，他写了一封情真意切的信给我和母亲，热切地盼望能在死前见我一面，哪怕是一面也好。于是我在完成学业后，立即跳上一艘轮船；对于即将要扮演的角色在心中已预演了千百遍，包括跪在他老人家身旁、勇敢地握住他冰冷的双手、聆听一个老人在他生命的最后时刻回首往事。

然而这一切心理建设都白费了。我的外祖父在瑟堡等我，当我在卡利格尼码头上看到他时，他的背部依旧硬朗，简直比他的手杖还要直挺，他唇上的胡须喷了浓郁的香水，步履轻快，每当有女士经过时，他总会自动扬起头顶上的礼帽打招呼。当我们坐在海军部餐厅时，他紧紧地抓住我的手臂说："我的朋友，"他像在演戏般夸张地说："一个年轻的生命才刚在我身上重生，而他需要一个同伴。"

我刚开始居然没有把他的话当真，那可真是大错特错！我们在那里有如陀螺般忙得团团转。我们才刚在布蕾班特、佛幽特、拉图勒老爹餐厅吃完饭，就迫不及待地赶往希格勒剧院欣赏奥姬妮·布菲[1]的

---

[1] 奥姬妮·布菲（公元 1866 年 –1934 年）为当时的知名法国女歌手和影星。

演出，拜访阿里斯蒂德·布吕昂[1]所经营的米尔里敦酒馆，或到斯卡拉歌剧院听依薇特·吉贝儿[2]演唱《贞女》、《胎动》及《出租马车》。我们像是兄弟一般，一个长着白胡子，另一个长着棕胡子。我们走路的步伐相同，戴着相同的帽子，而他总是女人们第一眼就会看到的人。每当香槟酒的软木塞砰地打开时，我就开始研究他的仪态和举止，然而却无法在他身上找到丁点儿的不合宜。他起身时灵活迅捷，走路时脚步和我一样快，手杖对他而言几乎就是装饰。他想要收集晚春的所有玫瑰，我也很高兴地说他一定会活到九十三岁，也就是再活一个十七年——一个青春年华的岁数。

一天晚上，他带我到玛德莲广场的杜兰德餐厅用餐。餐厅的长廊上有几张桌子并排在一起，坐在那里的都是些知名的男女演员、记者及政治人物，外祖父朗声逐一向我介绍。在这些名流的中间摆着一张空椅，不久，来了一个人，我立刻明白那个位子正是留给他的。他一到，所有人立刻上前围在他身旁，说些阿谀奉承的话。而他每说完一段话，都会引发阵阵惊叹和笑声。外祖父站起身来，示意我跟着他。

“来！我要把我堂兄亨利介绍给你。”

一边说，一边把我拉向他。

这两位堂兄弟先互相问候，然后才转向我。

“我的美国外孙。他非常想见你！”

我不知该如何掩饰自己的惊讶之情。那个人疑惑地看着我，然后说：“让他星期天上午来见我吧！在我骑完三轮车后。”

直到回到座位之后，我才弄明白外祖父刚刚介绍给我的是谁。外

---

[1] 阿里斯蒂德·布吕昂（公元1851年–1925年）为当时法国的酒馆歌手和喜剧演员，同时也经营夜总会。其最有名的形象就是艺术家罗特列克（公元1864年–1901年）的海报上所画的围着红围巾、披着黑披肩的样子。

[2] 依薇特·吉贝儿（公元1865年–1944年）是当时法国知名酒馆女歌手和女演员。

祖父热切地希望我可以认识他，每当谈起这个人，他说话的语气甚至带着一种让人受不了的骄傲和自豪。

关于他的这位堂兄，虽然在我生活的大西洋彼岸鲜为人知，但他在法国却比莎拉·伯恩哈特[1]更出名，他就是大名鼎鼎的维克多－亨利·德·罗什福尔－吕赛，在民主制的法国，则被称为亨利·罗什福尔，身为侯爵的他同时也是巴黎公社的成员，曾经担任众议员和部长，也曾沦为阶下囚，被凡尔赛分子下放至新卡里多尼亚。1874 年，他出人意料地逃亡，引发了人们无尽猜想。爱德华·马奈[2]就曾在其画作《罗什福尔的逃亡》中描绘过这一事件。1889 年，他再度遭到放逐，原因是和布朗热将军[3]一起密谋反对共和。他坐镇伦敦，指挥当时颇具影响力的《果敢报》发布新闻。后来他得到赦免，于 1895 年 2 月重返巴黎，受到二十万巴黎人的疯狂欢迎。身为布朗基主义者、布朗热主义者[4]、左派革命分子、右派革命分子、理想主义者和野心煽动家，他集多种矛盾的运动和学说为一身。尽管这些事我全都知晓，但有一件至关重要的事我却仍然一无所知。

我在约好的那天前往他位于佩尔高雷塞路的居所。尽管我当时并未对这趟拜访怀有任何期待；但没想到，这次拜访我外祖父最敬爱的堂兄，竟成为我探索东方世界的开端。

“这么说来，”他对我说：“你就是甜美的热纳维埃芙的儿子，被她

[1] 莎拉·伯恩哈特（公元 1844 年 –1923 年）是十九世纪末、二十世纪初最有名的法国女演员，也是世界级的明星。此外她也是天才型的画家和雕塑家，也翻译过剧本，写过小说，并出版过自传。

[2] 爱德华·马奈（公元 1832 年 –1883 年）为法国著名写实派和印象派画家。

[3] 乔治·欧内斯特·布朗热（公元 1837 年 –1891 年）是法国将军和反动政治家，其于 1889 年权力达于高峰时，企图以政变来威胁法国共和政府。

[4] 布朗基主义为十九世纪中期法国工人运动中的主要政治学说，以法国革命家路易·古斯特·布朗基（公元 1805 年 –1881 年）为代表，主张依靠少数革命家的密谋活动进行暴力革命，推翻资产阶级统治，建立少数人的革命专政，立即实现共产主义。布朗热主义则是指由布朗热将军所倡导的法国民族沙文主义。

起名叫作卡亚姆的那位？”

“是的。本杰明·卡亚姆。”

“你知道我曾经抱过你吗？”

话说到这里，他自然而然改用了“你”的称呼。而我却不敢贸然造次，说话仍是毕恭毕敬。

“我母亲确实曾跟我提起过您，说您逃亡到旧金山后，搭火车来到东岸，我们去纽约火车站接您。那时我才两岁。”

“这件事我记得一清二楚。当时，我们谈到了你，谈到了卡亚姆，谈到了波斯，我甚至预测你会成为一位东方学大师。”

我感到难为情，不得不承认自己辜负了他的厚望，实际上，我的兴趣在别的地方——我更想学习金融，希望有一天能继承父亲的衣钵，从事造船业。罗什福尔为我的志向选择大失所望，于是对我进行了一番谆谆劝诫，其中既谈到了孟德斯鸠的《波斯人信札》和他著名的“如何成为波斯人”，还提到了好赌成性的玛丽·佩堤冒充路易十四的使者，受到波斯王接见的冒险经历，以及让－雅克·卢梭的堂弟在伊斯法罕当钟表匠，了却余生的故事。但其实他的话我只听进去一半，大部分时间我都在观察他：他那大得不成比例的脑袋，突出的前额，还有额前那撮浓密的卷发。

他讲话时热情洋溢，却毫不夸张，也不比手划脚，拜读过他慷慨激昂的文字的人恐怕要希望落空了。

“我对波斯有一股热情，虽然我不曾在那里生活过。”罗什福尔说：“我欠缺旅人的灵魂，如果不是好几次遭到放逐或驱离，我恐怕连一次都不会离开法国。但是时代变了，发生在地球另一端的事也会影响我们的生活。假如我现在二十岁，而不是六十岁，我一定会渴望去东方探险。尤其是如果我的名字是卡亚姆的话！”

我不得不为自己为何对卡亚姆失去兴趣作出解释。为此，我提及了围绕《鲁拜集》所存在的许多疑问。实际上，根本连一本可以证明那些诗作的真实性的作品都没有。然而，我正说着的时候，他的眼睛却炯炯发亮，目光中充满了我所无法理解的光芒。我不认为我有哪一句话可以让他那么兴奋。他的反应令我困惑不安，甚至心烦意乱，于是我三言两语说完要说的话，然后便略显唐突地沉默下来。罗什福尔满怀热诚地问了我一个问题：

“如果你确定这样的一本手稿存在于世，你对奥马尔·卡亚姆的兴趣会死灰复燃吗？”

“那是自然。”我承认。

“那如果我告诉你我曾经在巴黎亲眼见过卡亚姆的这本手稿，而且还翻阅过它呢？”

27

如果说这番谈话就此改变了我的人生，那未免言过其实。我相信我的反应并非罗什福尔所期待看到的那样。尽管我既惊讶又困惑，却也难免持着怀疑的态度，对方并未激起我毫无保留的信任。他怎么知道他所翻阅的那本手稿就是卡亚姆的真迹？他又不懂波斯文，很可能上当受骗。更何况假如这本书果真曾在巴黎出现过，为什么任何一个东方学学者都没有提过此事呢？这于理不合啊！因此我只是礼貌性地，但却诚恳地说了一句“太不可思议啦”，这样既不至于伤害我面前这位对话者的热忱，也恰到好处地表达了我的疑虑。我还没准备好要相信此事。

罗什福尔继续道：“我在因缘际会下遇到了一个不同寻常的人，他是那种在世上活一遭就一定要为后代子孙留下点什么的人。土耳其苏丹对他敬畏有加，波斯国王只要一提到他的名字就浑身颤栗。他是穆罕默德的后裔，却被逐出君士坦丁堡，只因他在一次公共集会上，当着宗教领袖们的面说哲学家之于人类，就像先知一样不可或缺。他的名字叫贾玛拉丁。你听说过他吗？”

我只得承认自己对此一无所知。

“埃及人奋起反抗英国人，”罗什福尔说：“就是因为这个人的号召。尼罗河河谷的知识份子无不仰仗他的威名，并尊称他为‘先生’，对他爱戴有加。然而他并不是埃及人，他只在那个国家待了很短一段时间。被流放到印度后，他又在当地策划了一场声势浩大的舆论运动。在他的影响下，报社和协会纷纷成立。当地殖民政府的总督警觉起来，最后把他驱逐出境。此后他定居欧洲，先后活动在伦敦、巴黎等地，继续推行他的非凡事业。”

“他定期与《果敢报》合作，我们经常见面。他把他的门徒介绍给我，其中有印度穆斯林、埃及犹太人、叙利亚马龙派教徒。我相信我是他最亲近的法国朋友，不过当然不会是唯一一个。欧内斯特·勒南和乔治·克莱蒙梭[1]也都是他的知音；在英国，他的朋友是像萨利斯柏瑞爵士[2]、伦道夫·邱吉尔以及威勒弗瑞德·布伦特[3]这样的人。维克多·雨果[4]去世前不久也和他会过面。”

“就在今天早晨，我还在查阅关于他的一些笔记，我希望在我的回忆录里引用这些内容。”

罗什福尔从抽屉里拿出一些写满小字的纸，念道：“有人介绍我认识了一位亡命之徒，一位跨越整个伊斯兰世界的改革家和革命家——贾玛拉丁谢赫[5]，一位拥有圣人头脑的人。他有一双漂亮的黑眼睛，目光既温和又热烈，深褐色的胡须垂到胸前，为他平添了几分威严气概。他生就一副领袖魅力。尽管他几乎不会说法语，但却差不多能听得懂，因为他的睿智和警敏可以轻而易举地弥补他在语言方面的欠缺。他外表平静温和，但他所从事的事业却异常激烈。我们立刻就成了朋友，

---

[1] 乔治·克莱蒙梭（公元 1841 年 –1929 年），人称“法兰西之虎”，为法国政治家和新闻工作者，曾两度担任法国总理，为第一次世界大战后所举行的巴黎和会的三巨头之一。

[2] 萨利斯柏瑞爵士（公元 1830 年 –1903 年）为英国政治家，曾三度担任英国首相。

[3] 威勒弗雷德·布伦特（公元 1840 年 –1922 年）为著名的英国诗人和作家。

[4] 维克多·雨果（公元 1802 年 –1885 年）为法国浪漫主义作家的代表人物，也是十九世纪前期积极浪漫主义文学运动的领袖。一生创作了许多诗歌、小说、剧本、各种散文和文艺评论及政论文章。

[5] 谢赫是穆斯林对有名望的穆斯林长者、教师、学者或有地位者的尊称。

因为我本性倾向于革命，凡是自由斗士都对我具有相当的吸引力……。”

他很快地把那些纸收好，然后继续说：“贾玛拉丁曾经在玛德莱娜广场附近瑟泽路上的的一家旅馆顶楼租了一个小房间。就是在那样一个普普通通的地方，他编辑的报纸却被大批运往印度和阿拉伯等地。迄今我只踏足过那里一次，当时的我非常好奇那个地方会是个什么样子。我邀请他在迪朗餐厅吃饭，并答应过去接他。于是我直接上楼去到他的房间。那里连转身都很难，因为满坑满谷的报纸和书籍直堆到天花板那么高，甚至把床都盖住了。空气中弥漫着一股令人窒息的雪茄味。”

尽管他对贾玛拉丁满怀钦敬之情，但说到最后一句话时，却忍不住流露出一丝嫌恶。当时我刚巧点燃一支上好的哈瓦那雪茄，于是赶忙又熄掉了。罗什福尔向我微微一笑以示感谢，然后继续说：

“他先为房间里的一团乱向我道歉，说是怠慢了我的身份，然后就把一些他喜欢的书拿给我看，尤其是装饰着精美细密画的卡亚姆作品。他向我解释说，这本书名叫《撒马尔罕手稿》，书中的四行诗全部由诗人亲手誊写，空白处还插入了编年史。最重要的是，他还把如何获得这本手稿的曲折过程告诉了我。”

“我的天！”

听到我情不自禁地用英文发出感叹，亨利堂兄不禁爆出胜利的笑声。因为这表明我先前冷漠的怀疑态度已经一扫而空，接下来我会聚精会神地听他所说的每一个字。他迫不及待地继续说下去。

“当然，贾玛拉丁对我说过些什么我已经记不太清了，”他残酷地补充道：“那一晚我们主要都在谈论苏丹这个国家。之后，我就再没见过那部手稿了。不过我可以证明它确实曾经存在过，尽管事到如今恐怕已经流失了。因为我的这位朋友所拥有的每样东西要不是被烧毁了，就是被破坏了，再不然就是遗失了。”

“连卡亚姆的手稿都是吗？”

罗什福尔泄气地撇了撇嘴，权充回答。然后他又仔细地查了查他的笔记后，慷慨激昂地继续解释说：

“当波斯国王[1]来欧洲参加1889年的世界博览会时，他建议贾玛拉丁与其‘在异教徒中了此残生’，不如返回波斯，并暗示将安排他担任高官。这位流亡者也提出了自己的条件，其中包括颁布宪法、举行选举、‘像文明国家那样’承认法律面前人人平等、废止外国列强的极端特权等。不得不承认，在这个问题上，波斯多年来一直都是我们的漫画家嘲讽的对象：久已独霸波斯筑路大权的俄国人又刚刚取得了军事训练特权。他们建立了一支哥萨克军队，成为波斯军队里装备最精良的队伍，直接听命于沙皇的军官。作为补偿，英国以极低的代价取得了在波斯境内开采矿产和森林资源、经营银行系统的权利。而奥地利人早就掌控了邮政大权。贾玛拉丁要求国王结束皇室专政，废除外国列强的特权，不过他相信国王一定会断然拒绝。但出乎他意料的是，国王竟然接受了他的所有条件，并且承诺开启新局，推动国家现代化。”

“于是贾玛拉丁返回波斯，在国王身边安顿下来。起初，国王对他礼遇有加，甚至大张旗鼓地将他介绍给后宫的女眷们。然而，改革事宜却裹足不前。立宪？宗教领袖极力说服国王宪法有悖于真主的律法。推行选举？朝臣们提醒他说如果他纵容自己的绝对权威受到挑战，那么下场就会和路易十六[2]一样。至于特权问题，国王非但没有废除列强的既有特权，反而因为缺钱而又签订了新条约。为了一笔区区一万五千英镑的小钱，他把波斯烟草专营权给了一家英国公司，而且专营范围不仅涉及出口，甚至连国内市场也包含在内。在这个男女老少无不热衷于吞云吐雾的国家，这可是最有利可图的生意。”

“有关这最新的丧权辱国之举的消息传到德黑兰之前，已经有许多

[1] 当时的伊朗（波斯）为恺加王朝（公元1794年–1925年）时代，这里的波斯国王即为恺加王朝的第五位国王莫扎法尔·丁（公元1853年–1907年）。

[2] 路易十六（公元1754年–1793年）为法国波旁王朝的国王，因为拒绝制宪而导致法国大革命爆发，后来被推上断头台。

奉劝国王收回成命的小册子在社会上秘密流传，甚至有一册被塞进了国王的寝宫里。国王怀疑那本册子的作者就是贾玛拉丁。这位改革家颇感忧虑，于是决定采取消极抵抗措施。这种做法在波斯非常普遍，当某位人士感到人身自由受到威胁，甚至性命不保时，他就可以躲进德黑兰附近的一座礼拜堂里闭门不出，并向来访者倾吐胸中的郁闷。按照传统，此时任何人都不得跨过门槛前去指责他。贾玛拉丁正是采取了这种做法，没成想却引来如织人潮，来自波斯各地的访客络绎不绝。”

“国王恼羞成怒，下令把他撵走。据说国王当时犹豫再三，但是一位号称在欧洲受过教育的大臣却极力说服他说贾玛拉丁根本无权享有在宗教场所避祸的权利，因为他只不过是个哲学家，而且还是异教徒。于是士兵全副武装地闯进礼拜堂，横冲直撞穿过人群，把贾玛拉丁抓了起来，并且剥夺了他的所有财物。当他被拖到边界时，几乎半裸着身子。”

“就是那一天，在礼拜堂里，《撒马尔罕手稿》在国王士兵的践踏之下失踪了。”

罗什福尔站起身来，斜靠在墙上，双臂交叉——那是他最喜爱的姿势——继续往下说。

“尽管保住了性命，贾玛拉丁却大病一场，尤其令他愤慨的是，那些热忱地听他讲话的人居然眼看着他公开受辱而毫无反应。他由此下定决心，那就是，他，一生都在谴责宗教蒙昧主义的他，曾是埃及、法国和土耳其共济会[1]常客的他，矢志用他最后的武器逼迫国王就范，无论后果如何也在所不惜。”

“于是他写了一封长信给波斯的宗教领袖，恳求他动用自己的权威阻止国王把穆斯林的财富廉价出售给异教徒。至于后来发生的事，你

---

[1] 共济会成立于十八世纪的英国，是十八世纪欧洲的一种带有乌托邦性质及宗教色彩的兄弟会组织。它是世界上最庞大的地下组织，总部设在伦敦，在许多国家皆设有分会。共济会的宗旨是宣扬博爱思想与美德精神，追寻人类的生存意义，号召建立和平理想的国家。世界上的许多著名人士都是共济会成员。共济会在乾隆三十二年（公元 1767 年）时也传进中国，又译为美生会。

应该在报纸上读到过。”

我记得，美国媒体的确曾有过相关报导，什叶派高级领袖发表了一篇举世震惊的宣言：“凡消费烟草者，即置自身于反抗马赫迪的境地，愿真主速速降临。”结果一夕之间，再也没有一个波斯人点燃香烟。大名鼎鼎的水烟袋要么被束之高阁，要么被捣毁，烟草店也关门大吉。国王的嫔妃们也全都严格执行这条禁令。

这下国王慌了神，急忙致信宗教领袖，指责他不负责任，“因为他完全不把禁烟可能会对穆斯林健康造成的严重影响放在心上”。尽管如此，人们抵制烟草的热情却不断升级，与此同时，德黑兰、大布里士、伊斯法罕等地爆发了声势浩大的示威游行。至此，西方列强的特权终于被废除了。

“在此期间，”罗什福尔继续说道：“贾玛拉丁去了英国。我在那里遇到了他，并且和他谈了很久。他一副心烦意乱的样子，只顾不断地重复说：‘必须推翻国王。’他俨然一个饱受伤害和侮辱的人，脑子里唯一的念头就是复仇。国王对他怀恨在心，于是给萨利斯柏瑞大人写了一封言辞激烈的信，信中写道：‘我们之所以驱逐这个人，是因为他企图损害英国人的利益。但他现在躲在哪儿呢？恰恰是伦敦！’对此，官方回应称：大不列颠是一个自由国度，任何法律均不得用于妨害人们的言论自由。但私底下，英国人却向国王保证会寻求合法途径限制贾玛拉丁的活动。就这样，贾玛拉丁收到了缩短在英国居留时间的要求，万般无奈之下，他最终决定转投君士坦丁堡。”

“他现在还在那里吗？”

“是的。据说他已经心灰意冷了。苏丹[1]分配给他一处漂亮的住所，他可以在那里接待朋友和门徒，但却无法离开那个国家，并且始终身处严密的监控之下。”

---

[1] 此时的土耳其为奥斯曼帝国时期（公元1299年–1922年），这里的苏丹是指奥斯曼第三十四位苏丹阿卜杜勒·哈米德二世（公元1842年–1918年）。

28

一座大门洞开的豪华监狱。星星坡上一座由木头和大理石筑成的宫殿，这里毗邻宰相府；热气腾腾的饭菜从苏丹的御厨直接送过来；络绎不绝的访客穿过铁栅门，沿小径走到门前，最后脱掉套鞋进入室内。大师响亮的说话声从楼上传来，他声音沙哑，元音发音含糊不清，只听他正在抨击波斯及其国王，口口声声灾难即将降临。

头戴外国人的小礼帽，迈着外国人的小碎步，作为一个来自美利坚的外国人，我尽量使自己不引人注意。从巴黎到到君士坦丁堡，我坐了七十个小时火车，跨越三大帝国，竟是为了在纷乱动荡的东方探寻一部手稿、一部古老的诗集、一沓或许一文不值的废纸。

一位仆人走上前来，向我行了一个奥斯曼式的礼，又用三两句法语向我打了个招呼，但却没问任何问题。每个来这里的人无不出于同样的原因，那就是拜会大师、聆听大师、窥探大师。我被请到一间宽敞的客厅等候。

刚一走进客厅，我就注意到一个女人的身影，于是不由自主地垂下双眼。听说了太多有关这个国家的风俗习惯，我岂敢摊开手掌、嬉皮笑脸地迎上前去。我只是低声咕哝几句，稍微抬了下帽子。我老早注意到在她落坐的地方的对面，有一把英式扶手椅，于是就走过去坐了下来。

当我的视线扫过地毯时，正好撞上了那位女客的鞋子，顺势往上看，先是她蓝色和金色相间的裙子，而后是膝盖、上身、脖子，最后是面纱。然而说也奇怪，我最后看到的并非是遮得严严实实的面纱，反而是一张毫无遮拦的脸，一双与我视线交会的双眸，以及一抹微笑。

我赶忙避开视线，再次望向地面，盯着一块瓷砖看来看去，可是我的双眼又情不自禁地向上望去，就像一颗非要浮出水面的软木塞。她的头发上系着一块真丝方巾，一旦遇到生人，就会立即放下来遮住脸庞。可是生人已经来了，面纱却始终没有放下来。

此时，她正凝望远方，使我有机会从侧面欣赏她，她褐色的皮肤是多么纯洁啊。如果文雅是有颜色的，那一定就是她的模样；如果神秘是有光泽的，那一定也是她的模样。我双鬓濡湿，双手发冷，太阳穴愉快地跳跃。天啊！我在东方所遇到的第一张面孔，竟是如此之美！唯有沙漠诗人才懂得如何赞颂她的美貌：她的娇容如太阳般明亮，秀发好似庇护的浓荫，眼眸仿佛一泓清泉，身段宛如修长的棕榈，笑容如蜃景般如梦似幻。

与她交谈？就像这样？双手拢成传声筒，从客厅一端向另一端喊话？站起来？走到她面前？坐到一把离她更近的扶手椅里，不惜眼见她的笑容消失，面纱像铡刀一样无情地落下？我恍恍惚惚，一切如在梦中，脑中想象着这些画面。又一次，我们的视线仿佛偶然相遇，随即又儿戏般逃开。恰在此时，仆人进来了，先为我奉上烟和茶，而后向那位女客深鞠一躬，又用土耳其语向她说了几句话。我眼见她站起身，放下面纱遮住脸庞，又将一个皮包交给仆人拿着。仆人急忙向门口退去，她紧随其后。

然而，当她走到客厅门口时，却放慢脚步，待仆人走远后，她向我转过身来，用一口比我还纯正的法语，朗声说道：“谁知道呢，也许我们的路会再次交汇！”

无论这番话是出于礼貌，抑或信誓旦旦的许诺，她说话时始终带着一抹顽皮的微笑，从中我既感受到挑战，又体味出一丝温柔的申斥。当我笨手笨脚地从座位上站起来，险些绊倒，又好不容易找回平衡、恢复仪态时，她始终站在那里，用善意的、愉快的目光望着我。我讷讷地连一句话也没说出口，她已经不见踪影了。我杵在窗前，试图透过树丛的间隙看清她搭乘的马车。正在这时，一个声音将我拉出了梦境。

“请原谅，让您久等了。”

来人正是贾玛拉丁。他的左手握着一支已经熄灭的雪茄，于是伸出右手来与我坦诚相握，他的手掌既绵软又刚劲。

“我叫本杰明·雷萨吉。是亨利·罗什福尔介绍我来的。”

我把介绍信递给他，但他看也没看就塞进兜里去了。他张开双臂，给了我一个拥抱，还亲吻我的前额。

“罗什福尔的朋友就是我的朋友，我总是开诚布公地与他倾心交谈。”

他搂着我的肩膀，引我走向一段通往楼上的木楼梯。

“我的朋友亨利身体还好吧。我听说他流亡归来重返巴黎时，真可谓名副其实的英雄凯旋，巴黎人列队游行，高呼他的名字，他一定开心不已吧！我读过《果敢报》上的报导。他会定期寄报纸给我，尽管等我收到消息总是晚了一步。一边看报，我耳中仿佛又听到了巴黎的喧嚣声。”

贾玛拉丁说法语很吃力，有时遇到他搜寻某个字眼，我会在一旁提词，一旦碰对了，他就会感谢我；如果没有，他就歪着下巴，斜着嘴唇，继续绞尽脑汁地苦苦思索。他接着说道：

“虽然我在巴黎的房间晦暗简陋，但它却与大千世界相连。虽然它只及这栋宅子百分之一大小，但在那里我却丝毫不感觉局促。尽管距离我的人民千里之遥，但我却可以比在这里或波斯更行之有效地为人民谋福利。从阿尔及尔到喀布尔，人们都可以聆听我的声音。而现在，只有那些前来拜访我的宾客才能听到我的话。当然，我永远都欢迎他们，尤其他们是从巴黎来的话。”

“我本人并不住在巴黎。我母亲是法国人，因此我的名字听起来有点法国味儿，但我却是美国人。我住在马里兰州。”

这番话似乎引起了他的兴趣。

“当我在 1882 年遭到印度政府驱逐时，曾经在美国短暂停留。您想象得到吗，我甚至曾打算申请美国国籍。你笑了！我的许多穆斯林教友可对此深感震惊。伊斯兰复兴运动的捍卫者、先知的后裔、赛义德[1]贾玛拉丁，居然要入一个基督教国家的国籍？然而我并不以此为耻，甚至把这次经历告诉给了我的朋友威勒弗瑞德·布伦特，还准许他在回忆录里引述此事。我的理由很简单，那就是在伊斯兰的土地上，连一个可以让我安身立命、不受暴政之苦的角落都没有。在波斯，我原打算躲进礼拜堂以求清静。按照传统，那种地方是免于任何侵扰的。但国王的兵卒却闯了进来，当着好几百正在聆听我讲话的宾客的面，把我拖了出去。除了一个不幸的人之外，再也没有其他人敢于站出来以示抗议。无论是宗教场所、大学，还是茅屋，竟没有任何足以躲避暴政的地方。”

他焦躁地抚弄着一个放在茶几上的木制彩绘地球仪，继续说道：“土耳其的情况更糟。我难道不是受到苏丹哈里发阿卜杜勒·哈米德正式邀请的客人吗？他不是曾经接连写信给我，像波斯国王那样指责我在异教徒中虚度人生吗？我本应该这样答复他：若不是你们把我们的美好家园变成了牢笼，我岂会在欧洲人那里寻求栖身之所呢！’但是我心软了，受了蒙蔽。我来到了君士坦丁堡，至于这样做的后果，您已经看到了。那个半疯子不顾待客之道，把我囚禁在这儿。最近，我捎了个口信给他，说：‘如果我是您的客人，请允许我离开！如果我是

---

[1] 赛义德为穆斯林对先知穆罕默德之女法蒂玛与阿里所生的后裔的专称，常冠在姓名之前。

您的囚犯，那就给我戴上脚镣，把我扔进牢房吧！’可是他并不屑于回复我。假如我有美国、法国或奥匈帝国国籍，甚至是俄国或英国国籍，我的领事会连门也不敲一下就直接闯进宰相的办公室，不出半个小时就能帮我重获自由。告诉您吧，我们这些生活在本世纪的穆斯林，全都是孤儿。”

他几乎喘不过气来，但仍勉力说道：“您可以把我刚刚说的话全都写出来，但我说阿卜杜勒·哈米德苏丹是半疯子那句就免了吧。我不想错失有朝一日逃脱这座牢笼的任何机会。更何况，那其实并非实话，因为那个人已经彻头彻尾地疯了，十足一个危险的罪犯，多疑成性已近病态，完全受控于他的阿勒颇[1]占星家。”

“请您不必害怕，我什么都不会写。”

借这个机会，我正好澄清误会。

“我理应告诉您，我并不是记者。罗什福尔先生是我祖父的堂兄弟，是他推荐我来拜访您的，但我此行的目的并不是为了写关于波斯或您本人的文章。”

我向他说明了自己对卡亚姆手稿的兴趣，以及有朝一日亲手翻阅这部作品，仔细研读其中内容的强烈渴望。他全神贯注地听我说话，同时露出愉快的神情。“感谢您帮助我暂时摆脱痛苦的心情。您所提及的，是我一直以来所热衷的话题。您读过尼古拉斯先生对《鲁拜集》的介绍吗？其中讲到了尼札姆·穆勒克、哈桑·萨巴赫以及奥马尔·卡亚姆三位友人的故事？这三个人截然不同，但每个人都代表了波斯灵魂的一个永恒的侧面。我时常觉得自己兼具他们三个人的特质。我像尼札姆·穆勒克一样，渴望建立一个强大的穆斯林政权，哪怕让一个令人无法忍受的土耳其苏丹来统治也无妨。我像哈桑·萨巴

[1] 阿勒颇位于叙利亚北部，为叙利亚仅次于大马士革的大城，自古即为商路上的重要地点。当时的叙利亚为奥斯曼帝国所辖，而且是奥斯曼帝国所辖领土中的第三大城（仅次于首都君士坦丁堡和开罗）。

赫一样，在伊斯兰土地上四处散播反叛的种子，有一群誓死追随我的门徒……”

他打住话头，显出一副忧心忡忡的样子，而后又回心转意，微笑着继续说道：“像卡亚姆一样，我时刻守候现世生活中仅有的那一点点欢愉，写下赞颂美酒佳人的诗篇；我也和他一样对伪善之人敬而远之。当卡亚姆在某些四行诗里谈到他自己时，我甚至会以为他所描述的正是我本人：‘浮华的人世间，某君踽踽独行，他既不富有，亦非贫穷；他既不是虔诚的信徒，亦非无神论者；他既不逢迎任何真理，也不膜拜任何律法……浮华的人世间，这悲戚的勇者是何人也？’”

说到这里，他若有所思地重新点燃手中的雪茄，一颗火星儿落在他的胡子上，他习以为常地将其掸去，复又说道：“我从小就对卡亚姆钦慕不已，他不仅是诗人，更是哲学家、自由思想家。后来，他又征服了欧洲和美国，这让我甚感欣慰。因此您可以想像，当我手捧卡亚姆亲笔写就的《鲁拜集》真本时，该是何等幸福！”

“您何时得到它的？”

“那是十四年前，一个波斯年轻人为了见我，千里迢迢来到印度。他是这样介绍自己的：‘我叫米尔札·雷札，克尔曼人，原来是德黑兰市集里的商人。我愿做您最恭顺的仆人。’我笑了，问他所谓‘原来是商人’是什么意思。不想这正是他要把自己的身世讲给我听的原因。他刚开了一间二手服装店没多久，国王的一个儿子就来选了好些商品，有披巾、裘皮等等，总价高达一千一百突曼，大约相当于一千美金。第二天，米尔札·雷札去向王子收账，却惨遭羞辱和殴打。他们还威胁说，如果他再敢跑来要帐，就要了他的命。从那时起，他就打定主意要来找我。当时，我正在加尔各答授课。‘我这才明白，’他告诉我说：‘在一个专制的国家里，人们是不可能诚实地过活的。你不是写文章说波斯需要宪法和国会吗？从现在开始，请把我当成你最忠实的门徒吧。为了追随你，我已经关闭了店铺，离别了家室。你只管差遣我好了，我一定照办！’”

提起这个人的时候，贾玛拉丁不禁露出痛苦的神情。“深受感动的同时，我却难免有一种不安。我本是一个漂流四方的哲学家，既没有房屋，也没有故土，我没有成家立室，但求无牵无挂。我不希望这个人把我当成弥赛亚或救世主马赫迪，一路跟着我。为了打消他的主意，我对他说：‘为了区区一个金钱方面的烦恼，竟要舍弃一切，甚至不惜生意和家人，这样做真的值得吗？’他的脸色顿时黯淡下来，一言不发地走了出去。”

“六个月之后，他又回来了。他从衣服内袋里取出一个镶宝石的小金盒，打开来给我看。”

“‘这部手稿请您过目。您认为它值多少钱？’”

“我翻阅了一下，看清其中的内容之后，我不禁激动得浑身颤抖。”

“‘这是卡亚姆的真本手稿！这绘画，这装饰，其价值无法估量！’”

“‘超过一千一百突曼吗？’”

“‘远远超过那个价！’”

“‘我把它送给您，请您收好。它会提醒您，米尔札·雷札不是为了收回他的钱才来见您的，而是为了找回自己的尊严。’”

“就这样，”贾玛拉丁继续说道：“我得到了那部手稿，从此以后，我再也没有与它分开过。它跟着我一路到过美国、英国、法国、德国、俄国，然后是波斯。当我退隐到阿布杜勒·阿兹姆庙堂时，也随身带着它。就是在那里，我把它遗失了。”

“您难道不知道它现在可能会在什么地方吗？”

“我先前告诉过您，当我被抓时，只有一个人敢于挺身而出，反抗国王的士卒，那个人就是米尔札·雷札。他站出来，连哭带喊，痛斥国王的爪牙和在场众人的懦弱无能。因此，他也遭到逮捕，饱受酷刑，蹲了四年多牢狱。获释之后，他来君士坦丁堡见我。当时他病得很重，于是我安排他住进城里的法国医院，直到去年 11 月他才出院。我本想留他多住一段日子，担心他回去之后再次遭到逮捕，但他拒绝了，他说要去找回卡亚姆的手稿，除此之外他什么都不在乎。”

“您认为手稿还在吗？”

“只有米札尔·雷札能告诉您。他声称找得到那个在我被逮捕时偷走手稿的士兵，他希望能把书再要回来。无论如何，他铁了心要找到那个人，说要向他把书赎回来，天晓得他哪来的钱。”

“如果要赎回手稿的话，钱绝对不是问题！”

我说得情真意切。贾玛拉丁瞪着我，眉头紧蹙，他像要给我听诊似的靠近我说：

“我觉得您对这部手稿的迷恋程度不亚于那个不幸的米尔札。既然这样的话，那您只有一条路可走了，到德黑兰去吧！我不敢保证您能在那里找到这本书，但是，如果您有一双慧眼的话，也许会发现有关卡亚姆的其他线索。”

我下意识的回答似乎进一步证明了他的诊断：

“只要能拿到签证，我明天就出发。”

“那不成问题。我可以替您向波斯驻巴库[1]的领事说句话，他会负责一切必要的手续，确保您一路直抵恩泽利[2]。”

我脸上一定流露出些许疑惑的神情，贾玛拉打趣道：

“您或许纳闷：我岂能仰仗一个流亡犯把我引荐给波斯政府的代表呢？要知道，我的门徒遍天下，无论哪座城市，无论哪行哪业，甚至波斯国王身边都有我的门徒。四年前，还在伦敦的时候，我和一位美国朋友创办了一份报纸，用不起眼的小包装寄往波斯。国王发觉后，立即召来邮政部长，责令他不惜采用任何手段取缔这份报纸。邮政部长要求海关官员将在边境截获的所有可疑包裹直接送到他家。”

他抽了一口雪茄，哈哈大笑着喷出一口烟雾。

“国王所不知道的是，”贾玛拉丁继续说道：“他的邮政部长正是我最忠诚的门徒之一，我正是委托他全权负责这份报纸的正常流通。”

---

[1] 巴库是今阿塞拜疆首都、里海最大港口、外高加索最大城市。当时则为俄罗斯所辖。

[2] 恩泽利位于伊朗北方里海边，是伊朗北方最重要的港口。

贾玛拉丁笑声未落，三个头戴猩红色土耳其毡帽的访客走了进来。他起身与客人打招呼、拥抱，一边让座，一边用阿拉伯语与他们交谈了几句。我猜他是在向他们解释我是谁，并请他们稍候片刻。然后，他重新回到我身边。

“如果您决心要去德黑兰的话，我会为您写几封介绍信。请明天再来吧，到时候信就会写好了。您不必害怕，没有人会盘查美国人。”

隔日，果然有三个褐色信封在那里等着我。他将信展开，亲手交给我。第一封信是写给巴库领事的，第二封是给米尔札·雷札的。当他把这第二封交给我时，他如此说道：

“我必须事先提醒您，他是个精神失常的偏执狂，除非万不得已，千万不要与他过多周旋。尽管我对他很有感情，也许他比我所有的门徒都更诚恳、更忠实、更纯洁，但他也能捅出最大的娄子来。”

他身穿白色长袍，长袍下配一条灰色肥裤子，双手插兜，叹息道：

“这里是十金镑，请替我转交给他。他已经一无所有了，搞不好连每日三餐都难以为继。但他自尊心太强，绝不会向人乞讨。”

“我在哪能找到他？”

“我也不知道。他已经没有房产和家人了，只能四处流浪。正因为这样，我才为您准备了第三封介绍信。这封信是写给另一个年轻人的，不过他和米尔札截然不同。他是德黑兰最富有的商人的儿子，虽然年仅二十岁，却怀有与我们大家同样的热情，他性情温顺，即便阐述最激烈的革命观点时，也面带心满意足的孩童般的微笑。我有时会批评他不像个东方人。在他的波斯外表之下，您会发现英国人的冷峻、法国人的思想，以及比克莱蒙梭先生更激烈的反对宗教神权的灵魂。这个人名叫法热勒，他会带您去见米尔札·雷札。我托付他尽可能盯着点儿米尔札。虽然我不认为他能阻止米尔札做蠢事，但至少他会知道在哪里可以找到他。”

我起身准备告辞。他满是怜惜之情地与我道别，拉着我的手说：

“罗什福尔在信中告诉我说，您的名字是本杰明·奥马尔。到了波斯，只要用本杰明就够了，千万不要提奥马尔这个名字。”

“可这是卡亚姆的名字啊！”

“自从16世纪波斯成为什叶派[1]的天下后，这个名字就被禁止了，因此很可能为你惹来大麻烦。您以为这足以表明您与东方的渊源，不成想却被卷进了纠纷的泥潭。”

我撇了撇嘴，遗憾的同时却又不以为然，毕竟这也是无能为力的事。我感谢他的忠告，正准备要走，他却拦住我道：

“还有最后一件事。昨天，您在我这里遇到一位年轻女士，当时她正要离开。您跟她说过话吗？”

“没有，我没能找到机会。”

“她是波斯国王的孙女，雪琳公主。不管什么原因，假如您发现所有门路都被封死了，那就给她捎个信，告诉她您曾在我这里遇见过她。只要她一句话，就可以排除万难。”

---

[1] 伊朗（波斯）自1501年萨伐维王朝开始之后，即变成什叶伊斯兰的国度。什叶派不承认阿里之前的三任哈里发巴克尔、奥马尔、欧斯曼的合法性。（可参见本书19页注释1）

29

乘帆船前往翠比松[1]的一路上，黑海异常平静，风力徐缓，可以一连好几个小时盯着同一段海岸、同一块岩石、同一片安纳托利亚灌木丛看。我没有任何抱怨，此时此刻我正需要风平浪静的时光来完成一项艰巨的任务，那就是背诵一整本书的波斯语－法语对话。这本书是卡亚姆作品的译者尼可拉斯先生编写的，我决心用东道主的语言跟他们沟通。其实，我也知道，在波斯和土耳其，许多有学问的人、商人或高级官员都会说法语，有些人甚至会说英语。然而，想要摆脱宫廷和公使馆的狭小范围，到大城市之外的地方，或去社会底层走走看看的话，就必须懂得波斯语。

这一挑战激励着我，令我感觉颇有趣味。我欣喜地发现波斯语与我自己的语言，以及拉丁语系的其他语言有很多相似之处。在波斯语里，“父亲”、“母亲”、“兄弟”、“女儿”分别说成“pedar”、“madar”、“baradar”，以及“dokhtar”，与法语中的“père”、“mère”、“frère”、“fille”，以及英语中的“father”、“mother”、“brother”、“daughter”多么相像，还有什么能比这更形象地说明印欧语言之间

[1] 翠比松是位于土耳其东北靠近黑海的城市。

的亲缘关系的呢。至于说到神的指称，波斯穆斯林称之为“Khoda”，比起阿拉伯语中的“Allah”，它无疑更接近英文的“God”或德文的“Gott”。

尽管如此，阿拉伯语对波斯语的影响却是第一位的，并且影响方式也颇为奇特。许多波斯语词汇可以用阿拉伯语词取代，在说话之间穿插点缀上阿拉伯语单词，甚至是整个阿拉伯语句子，成为一种附庸风雅的文人行为，而且深受饱学之士的青睐，贾玛拉丁尤其偏好这种讲话方式。

我决心晚一些再接触阿拉伯语，此时此刻，最要紧的是要把尼可拉斯书里的内容背下来。除了关于波斯语言本身的知识之外，它还提供了一些关于波斯这个国家的实用信息。书中可见这样一些对话：

“波斯出口什么产品？”

“克尔曼的围巾、设拉子的优质珍珠、绿松石、地毯和烟草，马赞达兰的丝绸、蚂蟥和樱桃木烟斗。”

“旅行时一定要带着厨子吗？”

“是的，在波斯，不带厨子、床铺、地毯和仆人简直寸步难行。”

“在波斯流通哪些外国货币？”

“有俄罗斯皇家金币、荷兰卡波凡金币和杜卡托金币。但是，英国和法国货币则很少见。”

“现任国王叫什么？”

“纳塞尔·丁国王。”

“据说这是一位贤明的君主。”

“是的。他对外国人抱有好感，为人慷慨，满腹经纶，精通历史、地理和绘画。他不但能讲法语，而且通晓阿拉伯语、土耳其语、波斯语等东方语言。”

到达翠比松后，我在意大利旅馆安顿下来，那是城里唯一一家旅馆，倘若无视那些把每顿饭都变成恼人的手舞足蹈的成群结队的苍蝇，那里也还算舒服。于是，我只得效仿其他住客，花几文小钱雇了一个少年来替我扇风，驱逐蚊蝇。

最困难的事莫过于说服他只要把苍蝇从我桌边赶走就好，而不要在我眼皮底下，把它们拍死在一盘盘蔬菜填饭和烤肉之间。那少年有时会乖乖听话，但只要一看见有只苍蝇飞进蝇拍攻击范围，就会忍不住出手。

第四天，我在一艘走马赛 - 君士坦丁堡 - 翠比松航线的邮轮上找到了空位，乘船来到俄国位于黑海东岸的港口巴突姆，从那里再转搭外高加索铁路，直奔里海边的巴库。

巴库的波斯领事非常亲切地接待了我，以致我犹豫是否要把贾玛拉丁的信交给他。若能继续当个匿名旅者，而不致引人怀疑，岂不更好？但我却无法打消心中的顾虑。也许信中的内容不仅与我有关，同时还包含其他信息，那我真就无权把信私扣下来了。终于，我下定决心，用神秘的语气对领事说道：

“您与我或许有一位共同的朋友。”

我拿出褐色信封。领事立刻小心翼翼地打开信封，从他办公桌上拿起银边眼镜，读起信来。突然，我看到他的手指颤抖起来。他站起身，走过去把门反锁上，嘴唇贴在信纸上良久，仿佛陷入了沉思一般。

随后，他回到我身边，紧紧地抱住我，好像我是他大难不死的亲兄弟似的。等神情恢复平静之后，他喊来仆人，吩咐他们把我的皮箱搬到他家去，把我安置在最漂亮的房间里，同时准备晚宴。

他留了我两天，放下所有工作，专心陪我，不住地询问我大师的情况，包括他的健康、心情，尤其是他对波斯现状的看法。临别时，他替我在高加索 - 美居航线的俄国轮班上租了一个包厢。他还把自己的车夫派来侍候我，要他陪我一直到嘎兹温[1]，照料我的一应需求。

事实证明，这个车夫果然经验老道，极其机智，很多情况下没有他简直行不通。比方说，我怎么会懂得塞钱给蓄着傲慢小胡子的海关人员，好让他欣然放下嘴里烟枪，过来检查我的一大堆行李。还有多亏他与路政局交涉，我们才能立即得到一辆四匹马拉的马车，本来那蛮横的官员打发我们隔天再来，与此同时还有一个显然与路政官员沆瀣一气的酒馆老板极力拉拢我们投宿。

一想到从前的旅行者所遭受的磨难，我也就能欣然接受自己身处的种种困境了。十三年前，要想到达波斯，唯一的办法就是沿着古代骆驼商路，从翠比松出发，穿过埃尔祖鲁姆，再到大布里士。沿途设有四十几个停驻点，全程历时六星期，受累、花钱自不必提，有时甚至极其危险，因为当地时常爆发部落冲突。外高加索铁路的开通带来了翻天覆地的变化，它为世界敞开了波斯的大门，从此，通往波斯帝国的旅程不再凶险艰难，只要从巴库乘船到达恩泽利港，再乘车在公路上颠簸一星期，就可以到达德黑兰。

在西方，大炮是被用作战争武器或庆典工具的；而在波斯，它也是用来折磨人的。之所以提起这个话题，是因为我刚一抵达德黑兰的环形城墙，就亲眼目睹了它是如何被用来实施极刑的。一个全身五花大绑的人被放在炮管里，只露出来头，在烈日下曝晒，直到活活饿死渴死。

据说，根据当地习俗，为了收到杀鸡儆猴之效，犯人死后仍要曝尸很久，让凡是从城门进进出出的人都心生畏惧，从此乖乖听话。

不知是否因为这个过于残忍的第一印象，波斯首都并未唤起我太多的悸动。在东方城市里，人们既要找寻今日的色彩，又要寻觅过去

---

[1] 嘎兹温（正确的波斯语音译为”Qazvin”）位于伊朗西北方，为现今伊朗嘎兹温省的省会。

的暗影。而在德黑兰，我却没有发现这种古今并存的景象。我在那里看到了什么呢？连接城北富人区和城南贫民区的宽阔的马路，骆驼成群、骡马攒动、大红大绿的花布成堆的市集，但却无法和开罗、君士坦丁堡、伊斯法罕或大布里士的大市集相提并论。在那里，放眼望去尽是数不清的灰突突的建筑。

德黑兰是一座新兴的城市，她的历史太短啦，很长时间以来，它只不过是瑞邑——人文荟萃的历史名城，后因蒙古入侵覆灭——的一个不起眼的附庸。18 世纪末，一个名为卡札尔的土库曼部落攫取了这个地方，他们用宝剑征服了整个波斯，并将原有的根据地擢升为都城。在此之前，该地区的政治中心位于更南边的城市，如伊斯法罕、克尔曼、设拉子。因此，对于连本地语言都不懂的“北方蛮夷”统治者，当地民众无不深怀鄙视。登基之初，国王不得不借助通译之口来传达旨意。至于说他逐渐掌握波斯语，那已经是后话了。但不得不承认，对这位国君而言，一切来日方长。

当我在 1896 年 4 月抵达德黑兰时，正赶上他登基五十周年庆典。全城张灯结彩，四处悬挂着狮子和太阳图案的国旗。全国各地的贵族、外国使节纷纷前来祝贺。尽管大部分官方宾客都在别墅下榻，但城里两家专供欧洲人住宿的阿尔贝旅馆和普雷沃旅馆也都不寻常地客满了。直到最后我才在普雷沃旅馆找到一个房间。

我曾想直接去找法热勒，把信交给他，问他怎么能找到米尔札·雷札，但终究按捺住焦急的心情。根据我对东方习俗的了解，贾玛拉丁的门徒一定会邀请我住在他家。我既不想因为拒绝他的好意而多有冒犯，也不想卷进他本人，尤其是他的“老师”的政治活动。

于是，我在普雷沃旅馆安顿下来，旅馆经理是个日内瓦瑞士人。上午，我租了一匹老马，先去位于使节路的美国公使馆打了个照面——这是必不可少的礼貌，然后就去见贾玛拉丁最喜爱的门徒了。法热勒唇上蓄着精致的唇须，身穿白色长衫，神情威严，却不露半点冷漠，整体而言完全符合君士坦丁堡的那位流亡者的表述。

我们将成为世界上最好的朋友，但初次见面并不热络，他的直言快语令我颇感不快，甚至忧心忡忡。比如，当我们谈到米尔札·雷札时，他说：

“我会尽我所能帮助您，但绝不希望和那个疯子有任何瓜葛。‘大师’告诉我说，他活生生是个殉道者。而我的回答却是：他真不如死了的好！请您不要这样看着我，我并非无情之人，但那家伙的悲惨遭遇已经让他的灵魂彻底扭曲变形。只要他一张嘴，必定会连累我们的事业。”

“如今他人在哪儿？”

“他已经在阿布杜勒·阿兹姆陵住了好几个礼拜了，在花园里、走廊上、建筑物之间游荡，逢人便讲贾玛拉丁被捕之事，劝人们奋起推翻国王，诉说他自己的悲惨遭遇，一边大吼大叫，一边比手划脚。他反复宣扬赛义德贾玛拉丁乃是马赫迪，尽管贾玛拉丁本人曾明令禁止他说这样疯狂的话。无论如何我绝不想被人撞见与他在一起。”

“可是，只有他能告诉我有关手稿下落的情况。”

“我当然知道。所以，我会带你去找他，但绝不会和你们俩待在一起。”

那天晚上，我荣幸地受到法热勒父亲的款待，他是德黑兰最富有的人之一。虽是贾玛拉丁最亲近的友人，他却并未卷入任何政治运动，他希望借招待我来表达对“大师”的敬意。受到邀请的约有一百来人，谈话围绕卡亚姆展开，宾客争相引用卡亚姆的四行诗，谈论他的趣闻逸事；讨论逐渐活跃起来，时常转到政治问题上。

在场的每个人似乎都能驾轻就熟地使用波斯语、阿拉伯语和法语，大部分人还能说几句土耳其语、俄语及英语。他们把我看作一位了不起的东方学学者和鲁拜诗专家，这样的评价实在夸张，甚至言过其实，因此更加让我觉得自惭形秽。但我很快就放弃了更正他们的谬误的想法，因为我的反驳必然会被视为谦辞；众所周知，那正是名副其实的学者的标志。

晚宴定于日落时分开始，但主人坚持让我早点儿到，因为他希望借机带我参观他的花园，欣赏园中五颜六色的景致。对波斯人而言，即使像法热勒的父亲那样拥有一座宫殿，也很少会向外人展示。反之，波斯人更乐于请人参观自己的花园，因为那是他唯一的骄傲所在。

宾客陆续抵达，他们端着高脚酒杯，走到水边闲坐。涓涓水流从白杨间蜿蜒而过，有的自然天成，有的则是人工开凿的。客人一旦选定位子，仆人就立即上前，根据客人的喜好在那里铺上地毯或坐垫。但也有人选择席地而坐，或在岩石上落座。波斯花园没有草地，故在美国人的眼中略显荒芜了些。

那一晚，宾客饮酒非常节制，笃信宗教者以茶代酒。为此，三个仆人护着一只巨大的茶壶穿行于宾客之间。其中两人合力抬着茶壶，第三个人则负责倒茶。许多人选择了亚力酒、伏特加或葡萄酒，但我却并未看到任何有失检点的行为。即使醉得最厉害的，也只不过伴着主人聘来的乐师——包括一个塔儿琴手、一个出色的札尔卜[1]鼓手、一个笛手——轻声哼着罢了。后来又上来一群舞者，以男青年居多，宴席间未见任何女人的影子。

将近午夜时分才上正餐。整个晚间，人们乐于吃些开心果、杏仁、咸果仁、甜食，晚餐反而成了宴会的最后一项内容。主人须将晚餐尽可能拖到最后一刻，因为主菜一旦上来——那晚是珠宝饭[2]——宾客们就会在十分钟之内把它一扫而光，随即洗手回家。等我们出门时，车夫和手持灯笼的侍者已经聚集在大门旁，等着接各自的主人回府。

第二天一大清早，法热勒陪我乘马车来到阿布杜勒－阿兹姆陵。他一个人先进去了，回来时身旁多了一个人。这人的容貌，乍看上去

[1] 札尔卜，又称铜八克，为一种手鼓，呈高脚杯状，是波斯的一种主要打击乐器。

[2] 珠宝饭是最有名的一道伊朗菜，完成后的珠宝饭看上去漂亮且华丽，会让人不忍下箸。珠宝饭的食材包括柳橙、葡萄干、杏仁、红萝卜、洋葱等，加上小茴香、蕃红花、豆蔻等香料。另可搭配酸奶食用。

难免令人担忧：高高的个子，病态般的消瘦，浓密杂乱的胡须，不住颤抖的双手；身穿一件又长又瘦、满是补丁的白袍，背着一个分辨不出颜色和形状的袋子，包里装着他在这个世界上所拥有的全部家当。从他眼里，流露出东方的一切不幸。

听说我是从贾玛拉丁那里来的，他双膝跪倒，抓住我的手，吻了又吻。法热勒深感局促，咕哝了一句什么，便借故离开了。

我把“大师”的信交给米尔札·雷札，他近乎是从我手上把信抢了过去。尽管那封信有好几页长，他却自顾自地从头看到尾，浑然忘了我的存在。

直等他读完信，我才有机会向他说明了来意。他的话夹杂着波斯语和法语，令我好生难解。

“那本书在一个克尔曼士兵手里，我也是克尔曼人。他答应后天——也就是星期五，来这里见我。我得给他点儿钱，倒不是作为赎金，而是为了感谢他情愿把书还回来。不幸的是，我现在连一毛钱都没有。”

我毫不迟疑地从兜里取出贾玛拉丁托我转交的金币，并且又额外增加了同等数目的金额。他看似颇为满意。

“你星期六再来吧！如果真主同意，到时手稿就会在我手里，我会把它交给你，你再把它带到君士坦丁堡交给‘大师’。”

30

慵懒的杂音在这座昏昏欲睡的城市上空蒸腾，滚烫的尘土在阳光下闪闪发光。波斯特有的懒洋洋的日子，一盘杏仁炖鸡，一杯沁凉的设拉子葡萄酒，我躺在旅馆房间的阳台上，在遮阳伞下睡一个长长的午觉，脸上遮着一条湿毛巾。

然而，就在 1896 年 5 月 1 日那一天，一个人的生命即将走到尽头，而另一个人的生命即将开始。

激烈的敲门声一声紧似一声。我终于听到了，于是伸了个懒腰，跳起来，赤脚跑去开门。我头发黏在一起，胡子耷拉着，身上套着前一天买的肥大白袍，无力的手指好容易才拉开门销。法热勒打开门，推开我，随即关上门，他摇晃着我的肩膀说：

“快醒醒吧！不出一刻钟，你就要没命了！”

法热勒三言两语告诉我所发生的状况，隔天即成为举世皆知的新闻，这一切多亏电报的魔力。

中午，国王前往阿布杜勒－阿兹姆陵参加周五礼拜[1]。他身穿为庆祝登基五十周年特制的缝着金线、镶着绿松石和祖母绿宝石的

[1] 星期五中午是穆斯林到清真寺做集体大礼拜的时间。

礼服，头戴装饰着羽毛的帽子。国王在礼拜堂大殿里选好祈祷的位置，下人在他的脚下铺好地毯。临跪下之前，他用目光搜寻自己的嫔妃，示意她们在他身后就位，他捋了捋又长又尖、泛着蓝光的花白胡须。

与此同时，虔诚的信徒和毛拉[1]们蜂拥而入，卫兵竭力维持秩序。院外仍不时传来阵阵欢呼声。国王的妻妾们鱼贯向前，但却有一个穿着羊毛衣、游方行者装扮的男人混在其中，此人拿着一张纸，伸长手臂将它呈递上去。国王戴上夹鼻眼镜正要看信，突然，一声枪响！原来，那张纸后面藏着一支手枪。国王的心脏被击中了，但在摔倒前，他低声吩咐道："扶住我！"

在一片混乱中，宰相首先回过神来，他大声喊道："没关系，只是皮肉伤！"他立刻清空大殿，将国王抬上御用马车。在返回德黑兰的路上，他不停地给坐在后座上的尸体扇风，仿佛它还在喘着气似的。与此同时，他命人赶快从大布里士属地将王储召回来。

在礼拜堂，刺客被国王的妃嫔们团团围住，并被她们痛打了一顿。众人扒下他的衣服，几乎将他撕成碎块，恰在此时，哥萨克大队指挥官卡萨寇夫斯基上校及时赶到，将他救了下来，或者倒不如说是要在第一时间提他去受审。奇怪的是，刺客的凶器却不翼而飞。据说，有个女人把它捡起来，藏在面纱下带走了。那个女人再也没找到，但那张包藏手枪的纸却被找到了。

当然，法热勒并未向我详述所有这些细节，他言简意赅地总结道：

"疯子米尔札・雷札刺杀了国王。他们在他身上搜到了贾玛拉丁的信，信里提到了你的名字。现在，你就穿着这身波斯人装束，带好钱和护照，其他的什么都别拿，赶快去美国公使馆躲起来。"

我的第一个念头就是"手稿"，今天早上，米尔札・雷札有没有把它拿回来？说实话，我还没意识到自己的处境有多么凶险。我本是为

---

[1]　毛拉有很多意思；在此是指受过伊斯兰神学和法学教育的穆斯林。

了诗人来到东方，如今却成了刺杀这个国家元首的共犯！就表象而言，我的处境极为不利，尽管表象是虚假的、荒谬的、具有欺骗性的，但却有千钧之重。哪个法官，哪个警长会不怀疑我呢？

法热勒从阳台上向外窥探。突然，他低下头，用嘶哑的声音吼道：

“哥萨克兵来了，他们设了好多路障，把旅馆围起来了！”

我们箭步冲下楼梯。到了大厅之后，我们又立即恢复从容的步态，以免引起怀疑。一个蓄着金色胡子的人正好走了进来，他的帽沿压得很低，目光扫视着大厅的每个角落。法热勒只在我耳边说了一句：“快到公使馆去！”随即便离开我，迎着那位军官走去。我听到他喊“帕寇夫尼克[1]！”、“上校！”，随后看到他们客套地握了握手，交换了几句表示哀悼的话。

卡萨寇夫斯基经常到我朋友的父亲家用餐，和他熟识，这为我赢得了宝贵的几秒钟喘息时间。我抓紧时间快步走向门口。我身穿阿巴[2]，走进旅馆的花园，哥萨克兵正忙着把那里变成一座壁垒森严的军营。我并不怵他们，因为我是从旅馆里面出来的，他们或许以为是他们的长官让我通过的。于是，我穿过铸铁门，向右边的一条小巷走去，从那里可以通到使节路，不出十分钟便能到达美国公使馆。

三名士兵把守在巷口。我能通过他们这一关吗？我发现左边还有一条小巷，我想最好还是从那里走，过后再折回右边的巷子也无妨。于是，我继续往前走，尽量不往那几个士兵的方向看。只要再走几步，他们就看不到我了。

“站住！”

怎么办？停下来吗？只要一个问题，他们就会发现我几乎不会说波斯语，就会要求查看我的证件，然后就会逮捕我。逃跑吗？他们不

[1] 帕寇夫尼克是斯拉夫语系国家中的一种军阶，相当于上校。

[2] 阿巴是伊朗男性所穿的一种长袍。

费吹灰之力就能抓住我，那样一来，我“畏罪潜逃”的做法会让我再也说不清。千钧一发之际，不容我有所犹疑。

我决定不紧不慢地继续往前走，就好像没听到喊声似的。这时，又传来一声呼喝，同时响起的还有卡宾枪上膛的声音和脚步声。我不假思索地冲进巷子里，头也不回地钻进最狭窄、最阴暗的小巷。太阳已经下山了，再过半小时，天就黑了。

我拼命在记忆里搜寻祈祷词，但嘴里只是反复念诵着：“神啊！神啊！神啊！”我一再恳求，仿佛已死之人正在敲打天堂的大门。

门开了。天堂之门。隐藏在溅满污泥的墙上的一扇小门。就在一条街的转角位置，门开了。一只手碰了碰我的手，我抓住它，它把我拉进去，门随即在我身后关上了。我闭着眼睛，由于恐惧，由于气喘嘘嘘，因为不确信，也因为快乐。门外，杂沓纷乱的追击声经久不息。

三双笑意盈盈的眼睛望着我，原来是三个女人，她们的头发都包起来了，但脸却没有遮起来，她们怜爱地看着我，好像我是一个新生儿。其中最年长的一位，看上去约莫四十来岁，示意我跟她走。她把我带到花园尽头里的一间小屋，示意我坐在一把柳条椅子上，然后作势向我保证她会再回来找我。她嘟起嘴巴，说出一个神奇的字眼来安慰我：安大容[1]，意思是内院。士兵们是不会闯进女人居住的地方进行搜索的。

的确，士兵的喧扰声近了又远，最后完全消失了。他们怎么能知道我是在哪条巷子里消失的呢？这个街区形同迷宫一般，数十条小路纵横交错，几百户人家和花园毗邻而处。更何况天已经黑了。

大约过了一小时，她们给我端来红茶，卷好香烟，交谈就这样开始了。她们用很慢的波斯语句子，再加上零星几个法语单词，向我说明了我得救的前后经过。街上传言说刺杀国王的共犯就藏在那家外国人住的旅馆里。看到我一路逃亡，她们认定我就是那个被指控的大英

[1]　安大容是波斯语“里面”的意思；内院在波斯语中的正确说法是安大容匿。

雄，因此想要保护我。

那么她们这样做的理由呢？原来，她们的丈夫和父亲在十五年前惨遭横祸，有人诬陷他参加异端教派——巴孛教[1]。这个教派主张废除一夫多妻制，实现男女完全平等，建立民主政体。巴孛教遭到以国王和宗教势力为首的反动集团的血腥镇压，除了数以万计的巴孛教信徒之外，另有许多无辜者也因为邻居的一面之词而惨遭杀害。从那时起，我的女恩人和她两个年幼的女儿便成了孤儿寡母。她一直在等待复仇的机会。三个女人异口同声地说，复仇英雄能光临她们寒酸的花园，是她们三生有幸。

当一个男人被女人视作英雄时，是否真的愿意澄清其实自己不是？我暗自说服自己：假若揭穿真相，让她们希望落空，这样的做法反倒不妥当，甚至有失谨慎。在挣扎求生的战斗里，我需要这些盟友，需要她们的热忱和勇气，也需要她们的仰慕，尽管这是毫无根据的。于是我以沉默作答，而这谜样的沉默反倒解除了她们最后的疑虑。

三个女人，一座花园，一个对我有利而无害的误会。在波斯热烘烘的春日里，四十个似真若幻的日日夜夜，对此我有说也说不尽的话。身处一群东方女子的包围之中，这里本没有我的立足之地，这种处境下，我彻头彻尾地成了外国人，一个异类。我的女恩主对她自身所处困境也心知肚明。我确定，第一天夜里，当我躺在花园尽头的小屋里三张叠放的草席上呼呼大睡时，她一定彻夜未眠。第二天天刚破晓，

---

[1] 巴孛教是 1844 到 1852 年在伊朗兴盛一时的宗教运动，波斯语称之为“巴毕哈”。创始者为设拉子的“赛义德”阿里－穆罕默德（公元 1819 年–1850 年）。“巴孛”为“大门”之意，什叶伊斯兰的十二伊玛目派认为第十二位伊玛目马赫迪在西元 874 年隐遁不现后，人们只能透过“中间人”和伊玛目马赫迪沟通，这位“中间人”就被称为“巴孛”。但十二伊玛目派所承认的“巴孛”只有四位。1840 年代，“赛义德”阿里－穆罕默德先自称为“巴孛”，后又自称为隐遁伊玛目马赫迪，从此成为独立于伊斯兰信仰系统之外的宗教，因此在 1850 年代遭到伊朗宗教人士和王室的强力镇压。尽管如此，巴孛教运动促成了日后巴哈伊教的兴起；巴哈伊教也视巴孛教为巴哈伊信仰之前身。

她就把我叫去，要我盘膝坐在她右侧，而她的两个女儿则坐在她左侧，然后她对我说了一番显然经过深思熟虑的话。

首先，她夸我是位勇士，再次表示非常荣幸能在家中接待我。随后，她沉默片刻，突然解开上衣，惊得我目瞪口呆。我羞红了脸，赶忙把视线移开，而她却把我拉过去。她的肩膀和胸全都裸露着，她连说带比划地要我去吮她的乳房。她的两个女儿用披肩遮住脸咯咯偷笑，但她们母亲的脸上神情严肃，神圣不可侵犯，好像在举行祭祀仪式似的。我服从了，极尽纯洁地把嘴唇贴在她的一个乳头上，然后是另一个乳头。之后，她不紧不慢地系好衣服，用极其庄重的语气说道：

“通过这个动作，你已经变成我的儿子了，就和我的亲生骨肉一样。”

接着，她又转向自己的女儿们，此时她们已经止住了笑声，叮嘱她们从今往后要待我如兄长一般。

彼时，这个仪式既让我感动，又难免觉得怪异。事后回想起来，我发现东方文化的精妙之处尽在其中。对这个女人而言，我当时的处境相当尴尬，但她却不顾生命危险，毫不迟疑地伸出援手，无条件地收留了我。与此同时，一个陌生年轻男子的出现，并且与她的女儿们朝夕相对，迟早会惹出麻烦来。这样一来，还有什么能比这个象征性的认养仪式更能化解困境的呢？从此以后，我不仅可以在屋子里随意闲逛，还可以与她们同睡一个房间，甚至可以亲吻我“姐妹们”的额头。借由这个形式上的认养仪式，我们不仅全都有了安全感，而且在心理上有了强大的依托。

如果换作别人，也许会觉得这是个圈套，但我却因此而感到安慰。困在这个女人的小圈子里，因为无所事事，没有私人空间，而与三个女主人中的一位仓促建立关系；渐渐想方设法回避另外两位，骗过她们的警觉，将她们排挤出去；由此不可避免地招致她们的敌意，结果反倒让自己被扫地出门，狼狈不堪，悔恨当初不该拖累、辜负了这些上天赐予我的女人，这样的剧情与我的本性完全不符。凭借我西方人的脑子，我绝对想不出这个女人的解决方法，她懂得遵从信仰的指示，从中汲取不竭的智慧，用来解决各种难题。

仿佛奇迹出现一般，一切变得简单、明朗、纯净。若说欲望已死，那是在说谎，因为我们彼此间的一切无不牵涉到肉体，尽管如此，我要再次重申，我们确是冰清玉洁的。就这样，在这座正全城通缉我的城市，我却能与这几个女人亲密相处——她们既不戴面巾，也不会表现出过分的羞赧，与我一起尽情享受慵懒的时光。

时过境迁之后再来回顾那段时日，我认为与这几个女人朝夕相处的日子无异于一种恩典，如果没有这段经历，我融入东方的努力大概会半路夭折，或是流于表面。我对波斯日常用语的理解和应用取得显著进步，这也多亏她们的帮助。虽然第一天的时候，女主人们尽力用她们所掌握的零星法语单词与我沟通，但之后我们全都采用当地语言进行交流。我们的谈话时而激烈，时而懒散，时而典雅，时而粗俗，甚至时常带有调情的意味。身为兄长，只要我不做出有违伦常之事，就不必过多顾忌。只要不当真，凡事都可以接受，即便夸张地宣泄感情也无甚不可。

这段经历如果继续下去，能否保住它的魅力？我不得而知，我也不希望知道。不久后，一件意料之中的事为这一切划下了句点。那是一次再寻常不过的祖父母的来访。

一般情况下，我都离门口远远的，不管是通往男人住处的比鲁尼门[1]，也就是全家的正门，还是花园的那扇小门，也就是我当初来到这里时所走的那道门。通常，只要一听到响动，我就会先行退避。可是这一次，若非我失去了判断力，就是过分自信了，总之我完全没听到那老两口越来越近的脚步声。当时，我正盘腿坐在女人们的房间里，安安静静地吸着“妹妹们”给我准备的嘎里烟，吸着吸着就含着烟枪、头倚着墙睡着了。突然，一个男人的轻咳声把我惊醒了。

---

[1] 比鲁尼（波斯语正确音译应为”biruni”）即“外面”之意，因此“比鲁尼门”指通向外面的门。

31

养母虽然只晚到了几秒钟，但为时已晚！一个外国男人堂而皇之地出现在她的内室里，她必须立刻做出解释。为了不使女儿们和她本人的名誉受到玷污，她只得将实情和盘托出，不过她说话时的腔调饱含着爱国主义的胜利激情。这个外国人是谁？正是警察全城搜捕的法兰籍[1]，刺杀暴君、帮她报了杀夫之仇的那个人的同谋！

片刻踌躇之后，判决下达了。他们首先恭喜我，对我本人，以及我的女恩人的勇气赞誉有加。的确，遇到这种非同寻常的状况，她的说辞乃是万不得已的解决办法。尽管我堂而皇之地出现在安大容里难免会连累女眷的名声，但她却轻松地解释说这是为了避人耳目。

荣誉得以保全，但明摆着我必须离开了。我眼前摆着两条路，最

[1] 五世纪末，继西罗马帝国崩裂式微后，日耳曼蛮族法兰克人在欧洲建立王国，长达数百年，之后许多中东及欧洲以外的国家皆从“frank”，即“法兰克”这个字，各自衍生出音近的词汇，来指称“欧洲基督徒”，或表示“欧洲的、外国的、外国人”之意，如阿拉伯语的 al-Faranj、波斯语的 farangi、土耳其语的 Frenk、印度斯坦语的 Feringhi，以及希腊语的 Frangos。明正德时（公元 1511 年），葡萄牙人征服马六甲，由于当时南洋各地波斯人、阿拉伯人甚多，统称西方欧洲人为 Franks，故明代即以此称法，专将葡萄牙人称为“佛朗机”，有时甚至专指欧洲人带来的火炮等器物。在本书中用的“法兰籍”（farangi）一词，则为波斯语的称法。

简便易行的做法就是打扮成女人，回美国公使馆去；简言之，就是继续走完几星期前没有走完的路。可是“妈妈”劝我不要走这条路，她已经先去打探过路况了，结果发现所有通往公使馆的街道巷弄都受到严密监控。再者说，像我这样身高一米八三的大个子，即便化妆成波斯女人的模样，恐怕连最眼拙的士兵也糊弄不过去。

另一条出路，就是采取贾玛拉丁的救急方案，给雪琳公主发一封告急信。我跟“妈妈”说明了情况，她也同意了。她早就听说过国王的这个孙女，据说她是个同情人民疾苦的好人，因此“妈妈”建议我给她写信求助。但问题是该怎么措辞呢？既要充分表明我的身份，又要防备一旦信落入旁人之手，而不至于泄露我的行踪；既不能提我本人的名字，也不能提及“大师”的名字。最后，我在信纸上写下了她曾对我说过的唯一一句话：“谁知道呢，也许我们的路会再一次相交！”

“妈妈”决定趁老国王四十天忌日时，那将是整个丧礼的最后一步，找机会接近公主。趁仪式期间人来人往的混乱场面——这当中有看热闹的，有把煤灰涂在身上的专业哭丧人——她不费吹灰之力就把那张纸条传到了公主手中。看过信后，公主骇然地环顾四周，找寻那个给她写信的人。传信人在她耳边轻声道：“他在我家！”雪琳当即离场，唤来车夫，并吩咐“妈妈”坐在她旁边。为了不引起人们的怀疑，那辆佩有皇家标识的马车在普雷沃旅馆门前停了下来，两个包裹得严严实实的女人下了车，继续徒步赶路。

此番重逢，我们所讲的话并不比第一次多。公主用目光打量着我，嘴角挂着一抹微笑。突然，她命令道：

“明天一早，我的车夫会来接您，届时请务必准备妥当，一定要戴好面纱，低头走路。”

我本以为她会送我去公使馆，直到她的马车驶出城门的那一刻，我才明白自己错了。她解释道：“我当然可以把您送给美国公使，在他那里您会得到庇护，但外人轻而易举就能猜到您是怎么到那里的。尽管作为卡札尔家族的一员，我尚有一丝影响力，但怎么可能用它来保护刺杀国王的凶手的共犯呢。不仅我的处境会变得极为难堪，他们还会沿着我这条线索一直找到那些曾经关照您的正直的女人们。到那时，您的公使也一定不会再乐于保护您这样一个重大嫌犯。请相信我，您离开波斯是对大家都好的万全之策。我这就带您去见我的一个舅舅，他是巴赫提牙利族[1]的一个酋长。眼下，他正率领部落武装前来参加四十天大忌。我已经把您的身份向他说明了，他知道您是无辜的，但他的手下并不知情。他已经答应护送您沿商队所不知道的路线直到奥斯曼帝国边境。此刻他正在阿布杜勒－阿兹姆村等我们。您带钱了吗？”

“带了。我给了我的女恩人们两百突曼，手头还剩将近四百元。”

“那还不够。您要拿出一半钱来分给那些护送您的人，另一半留作旅途后半程的开销。这里有些土耳其货币，多准备一点儿总是好的。这还有一份文件我想转交给‘大师’。您会经过君士坦丁堡吧？”

我怎么能说不呢。于是她把一叠折好的纸塞进我的长袍里，继续说道：

“这是米尔札·雷札第一次受审时的笔录，我抄了整整一晚上。您也可以看，您甚至应该看看它，您会从中学到很多东西。此外，这也会让您在漫长的旅途中有点儿事儿可做。但千万不要让其他人看到。”

我们已经到达村庄外围。到处都是警察，他们对过往行人严加盘查，甚至连骡背上驮的货物都不放过。可是谁敢阻拦皇家马车呢？于是，我们一路畅通无阻，一直驶进一处院落，院里矗立着一栋蕃红花颜色的大宅。院子正中有一棵高大挺拔的百年古橡树，一群胸前交叉着两条子弹带的士兵在树旁走来走去。公主不屑地看了一眼他们的家伙，这些东西和大胡子一样，都是男人耀武扬威的摆设。

“您看到了吧，我可把您托付得稳稳当当；比起先前照顾您的那些

---

[1] 巴赫提牙利族是生活在伊朗西南方的一个少数民族，其所说的巴赫提牙利语为伊朗西南方言的一种，过着山牧季移的游牧生活。

弱不禁风的女眷们，他们能为您提供更好的保护。”

“我倒不这么认为。”

我的眼睛不安地打量着那些瞄向各个方向的枪管。

“我也不这么认为。”她笑道，“不过他们终究还是会护送您到土耳其去。”

临别时，我终于下定决心问道：

“我知道此刻并非谈论这件事的理想时间，但您是否恰巧得知他们在米尔札·雷札的包裹里搜没搜到一部古老的手稿。”

她避开我的目光，用不悦的语气说道：

“这时间选得果然很糟。到君士坦丁堡之前，请您务必不要再提那个疯子的名字！”

“那是卡亚姆的手稿。”

我有理由坚持，毕竟，我是因为这本书才踏上这趟波斯冒险之旅的。雪琳不耐烦地叹了口气。

“我对此事一无所知，等我打听打听看吧。请把您的地址留给我，我会给您写信。但请您千万不要给我回信。”

当我草草写下“安纳波利斯，马里兰州”时，竟恍惚觉得自己已然远去，我不禁为此次开局不利的短暂的波斯之旅深感遗憾。我把纸递给公主，正当她要接过去的时候，我一下子握住她的手，尽管只有短暂的一瞬间，但却是坚实有力的一握。她也回握住我的手，她的指甲嵌进我的掌心，虽未将我划伤，却留下了一个深深的印子，好几分钟后才消。微笑掠过我们的嘴唇，我俩异口同声地说出同一句话：

“谁知道呢，也许我们的路会再次相交！”

之后整整两个月的时间里，我没看到任何一条可称得上路的道。离开阿布杜勒－阿兹姆村后，我们一路向西南方巴赫提牙利族的领地前进。绕过贡木盐湖后，我们又沿着同名的河流继续往前走，但并没进贡木城。我的护卫们始终端着枪，时刻保持备战状态，小心翼翼地避开村镇。尽管雪琳的舅舅时常不厌其烦地通知我：“现在已经到阿穆克了，到韦尔差了，到侯梅恩了。”但对我而言，那些不过是仅仅表明我们已经来到这些地方附近罢了，从远处可以依稀瞥见城里清真寺的尖塔，而对于城市本身，我只能在想像中勾勒它们的轮廓。

越过贡木河的水源地，我们进入了卢利斯坦山区，直到这时我的护卫们才稍微放松了警戒，因为这里已经是巴赫提亚利族的领地了。他们专门设宴款待我，还请我抽鸦片烟，我当即沉沉睡去，引得众人哄堂大笑。休整两日之后，我们再度踏上那漫长的旅程：舒斯特、阿赫瓦兹，最后还要穿过危险的沼泽地，直到巴士拉，那是一座位于夏台－阿拉伯河畔，由奥斯曼伊拉管辖的城市。

我们终于太太平平地走出了波斯！接下来还要在海上航行一个月，先搭帆船从法欧到巴林，再沿“海盗海岸”[1]南下到亚丁，而后沿红海北上，穿过苏伊士运河，到达亚历山大，然后转乘一艘老旧的土耳其客轮横越地中海，最后到达君士坦丁堡。

这次逃亡之旅仿佛永无终点，尽管让人筋疲力竭，却也一路通行无阻。途中我唯一的休闲就是反复阅读米尔札·雷札审讯笔录的十页手抄稿。无疑，如果还有其他消遣的话，我一定早就看厌了。然而，万般无奈之下，与这个死囚曾对面的经历却让我产生了探究的欲望，更何况这样一来我尽可以从容地想象他的模样：细长的四肢、受尽苦难的眼神，还有那身不太像虔诚信徒的衣服。有时我甚至恍惚听到了他遭受刑罚时的呼喊声：

“什么原因促使你刺杀我们爱戴的国王？”

“凡是长眼睛、会观察的人都会注意到，国王倒下去的地方，正是赛义德贾玛拉丁遭受凌辱的地方。这位大圣人、先知真正的后裔，他

[1] 海盗海岸是指现今之阿拉伯联合酋长国沿波斯湾岸往霍尔姆兹海峡的那段海岸，自古即为海盗出没之地。因为 18 世纪时，阿曼屡次内乱，故阿拉伯联合酋长国各地方首领各自独立为王。当时不论是阿拉伯人还是欧洲商船，均屡遭该地各小国劫掠，因此该地区被称为“海盗海岸”。

到底做了什么，竟被你们用那样的方式拖出礼拜堂？”

“是谁唆使你刺杀国王的？你的同谋是谁？”

“以全能的、大能的真主发誓，以创造贾玛拉丁及所有人类的真主发誓，除了我和赛义德本人，没有人知道我刺杀国王的计划。赛义德就在君士坦丁堡，你们去抓他啊！”

“贾玛拉丁给了你什么指示？”

“我去君士坦丁堡的时候，把我自己被国王的儿子折磨得半死的经历告诉了他。赛义德喝止我说：‘别再哭哭啼啼的了，你以为你是在哭丧吗？除了哭，你就没什么可做了吗？既然遭到国王儿子的虐待，那就去杀了他！’”

“既然虐待你的人是国王的儿子，既然贾玛拉丁让你去找他报仇，那你为何不去杀死国王的儿子，而要刺杀国王呢？”

“我寻思：‘如果我杀掉王子，拥有生杀大权的国王一定会为了报仇而杀掉成千上万人。’与其砍掉一根树枝，倒不如把暴政之树连根铲除，但愿将来能长出一棵新树。另外，土耳其苏丹曾私下对贾玛拉丁说，要想实现全体穆斯林的大一统，就必须铲除波斯国王。”

“你怎么会知道苏丹私底下对贾玛拉丁说了什么？”

“是赛义德贾玛拉丁自己跟我讲的。他信任我，从不对我隐瞒任何事。我在君士坦丁堡的时候，他待我就像亲生儿子一样。”

“既然你在那里受到那么好的待遇，又何必冒着被捕、受刑的危险回波斯来呢？”

“我是那种相信宿命的人，我相信，如果‘命运之书’里没有记载的话，任何一片树叶也不会从树上落下来。命中注定我要到波斯来，要成为那件用来成就大业的工具。”

32

那些在星星坡贾玛拉丁的房子四周游荡的人，即使脸上明明白白写着“苏丹间谍”几个大字，他们所能揭发的也不会比最朴实的访客第一眼便能观察到的情况更多。但也许他们出现在那里的真正目的，就是为了让来访者却步。

通常，那栋宅子总是宾客如云，挤满了门徒、外国记者，以及途经此地的各路名人。然而，在这个闷热的九月天里，这里却空空荡荡的。只有那个仆人还在，仍是一如既往的审慎态度。他领我来到二楼，“大师”正独自陷在一把天鹅绒提花扶手椅里，一副思绪沉沉、遥不可及的模样。

看到我进来，他整个脸突然亮了起来。他大步走过来，紧紧抱住我，一再为他给我惹来的麻烦道歉，同时也因看到我平安脱身而深感高兴。我巨细靡遗地向他叙述了逃亡的经过，以及公主如何出手相助。随后又讲到我在波斯短暂的行程，以及与法热勒会面的情况。最后，话题转到米尔札·雷札身上来。可是我刚一提起这个名字，贾玛拉丁便勃然大怒。

“我刚听说上个月他已经被绞死了。愿真主原谅他！他当然早就清楚自己的命运，唯一的意外可能就是最终执行死刑的时间居然拖了那么久。直到国王死后过了百日才处决他！无疑，他们一定对他刑讯逼供了。”

贾玛拉丁缓缓地说着，他看上去比往常更虚弱，更消瘦；原本安祥的面孔不时地抽搐，甚至因此而扭曲变形，但这并未消除他的魅力。我隐约感到他忍受着极大的痛苦，尤其是当他提起米尔札·雷札的时候。

“我至今仍无法相信这一切。那个可怜的孩子，他来到君士坦丁堡时，我吩咐人给他治病，他的手不停地颤抖，看上去连杯茶都端不稳。就是这样一个孩子，竟然拿起了手枪，向波斯国王射击，并且一枪要了他的命。您觉得会不会是有人利用他丧失心智，因此拿他来当替罪羊？”

我把公主手抄的审讯笔录交给他，权充回答。他戴上小巧的夹鼻眼镜，把这份文件读了又读，时而热情澎湃，时而惊恐万状，我甚至觉得，他偶尔还情不自禁地流露出内心的欢愉。读罢，他把那叠纸折起来，揣进兜里，随后便在房间里踱来踱去。就这样静默了十分钟，最后他开口念了这样一段讳莫如深的祷词：

“米尔札·雷札，波斯的迷途之子！无论你是失心疯，还是大智若愚；无论你打算背叛我，还是对我忠诚不二；无论你唤起的是恻隐之情，抑或憎厌嫌恶，哦！要我如何爱你，又如何恨你？即便真主，又会怎么对待你呢？他会将你擢升到英烈的天堂，还是将你贬谪至刽子手的地狱？”

他走过来重新坐下，显得疲惫不堪，把脸埋在掌心里。我始终一言不发，安安静静地待在那里，甚至连大气也不出。贾玛拉丁重新直起身子，他的声音听上去更加平静了，神志也似乎更加澄明了。

“我刚刚读到的那些话的确应该出自米尔札·雷札之口。在此之前，我仍然心存疑虑，现在我不再怀疑了，刺客就是他。也许他是想为我复仇，也可能他认为这是遵从我的表现。但是，与他所声称的恰恰相反，我从来没有向他下达过任何行刺的命令。当初，他来到君士坦丁堡，向我哭诉他被国王的儿子及其爪牙迫害的经历。为了让他振作起来，我对他说：‘别再哭哭啼啼的了！你想要的难道就是人家的怜悯吗？你甚至不惜把自己弄得遍体鳞伤，只为博得人家一掬同情的眼泪吗？’我给他讲了一个古老的传说：当年，大流士的军队与亚历山大大帝的军队交锋，希腊谋臣提醒亚历山大大帝说，波斯军队比希腊军队人多势众。亚历山大信心十足地耸耸肩说：‘我的人为胜利而战，而大流士的人却是为死亡而战！’”

贾玛拉丁似乎正在记忆中搜寻什么。

“就是那个时候，我跟米尔札·雷札说：‘假如国王的儿子迫害你，那你就去摧毁他，而不要毁了你自己！’这难道是劝他去杀人吗？您是认识米尔札·雷札的，您真的认为我会把这种任务交给一个疯子，一个千百人都曾在我这里见过的疯子吗？”

我诚恳地答道：

“他们指控您的是莫须有的罪名，但您对此负有无法推卸的道德责任。”

他被我的坦率打动了。

“这个我承认，如同我承认每天都希望波斯国王死掉一样。但我又何必为自己辩白呢？反正我已经被判罪了。”

他走到一个小匣子跟前，拿出一张写得工工整整的纸。

“今天上午，我已经把遗嘱写好了。”

他把那份文稿放在我手上，我激动地念道：

> “我不为遭受囚禁而痛苦，也不畏惧迫近的死亡。唯一令我哀伤的，是尚未看到我亲手播下的种子开出花朵。暴政仍在继续蹂躏东方民众，蒙昧主义继续压制他们争取自由的呼声。倘若当初我把种子撒在人民的沃土中，而非王宫的不毛之地，也许会收到更好的效果。而你们，波斯人民啊，我把最大的希望寄托在你们身上，别以为铲除了一个人就可以赢得自由。你们应当敢于挣脱千百年来传统的重负。”

“您留一份复本吧，请把它翻译给亨利·罗什福尔。只有《果敢报》还在为我的清白无辜大声疾呼，其他报纸都已经把我当杀人犯对待了。人们都想要我死。请他们放心好了！我已经得了癌症，是下颌癌。”

每当他忍不住抱怨，总会立即装出一个无忧无虑的笑脸，再开一个深奥的玩笑。

“癌症，癌症，癌症，”他好像诅咒似的反复说，“从前，医生认为患病和星象有关。如今，只有癌症还保留着它的占星术名称，并且所有语言里都是如此。可见人们有多么怕它。”

他停顿片刻，显出一副若有所思、忧心忡忡的样子，但随即又换上了一副愉快的腔调，这假装轻松的语气听上去更让人痛心。

“我诅咒这个癌症。不过，很难说是不是它最终要了我的老命。波斯国王要求引渡我，但苏丹不会把我交出去，因为我是他的客人，但他也不会坐视弑君之徒逍遥法外，尽管他痛恨波斯国王和他的政权，每天都在策划阴谋推翻他。一旦面对像贾玛拉丁这样的讨厌鬼，那么这个世界上的强权人物又都联合起来了。有什么解决办法呢？苏丹会在这里把我干掉，新任波斯国王也会为此甚感欣慰，尽管他多次要求引渡我，但绝不希望上任伊始就被我的血玷污了双手。我到底会死在谁手上呢？癌症？国王？苏丹？也许我永远不会知道这个问题的答案了。但是你，我年轻的朋友，你会知道。”

语毕，他无所畏惧地笑了。

事实上，我也永远不会知道。这位伟大的东方革命家的死因一直是个不解之谜，得知这一噩耗是在我返回安纳波利斯几个月之后，1897 年 3 月 12 日的《果敢报》上刊发了一条讣告，宣布贾玛拉丁已于三天前逝世。直到夏末，我才终于收到雪琳答应寄给我的信，关于贾玛拉丁的死因，她在信中提供了大师的门徒之间所流传的说法。

“一连好几个月，他饱受牙痛之苦，”她写道：“这或许和癌症有关。那一天，牙痛再度发作，剧痛难忍，于是他差仆人去见苏丹，苏丹把他本人的御用牙医派了过来。牙医先给他听了诊，然后从医药箱里取出一支事先准备好的针筒，在他牙龈上打了一针，并安慰他说疼痛很快就会缓解。谁承想，不出几秒钟，‘大师’的下颌肿了起来。看到主人呼吸困难，仆人赶忙去追牙医，他那时还没走出门去，可是那家伙非但没有回去看看，反而以最快的速度向正在门外等他的马车跑去。几分钟后，赛义德贾玛拉丁就断气了。当天晚些时候，苏丹派人来把他的尸体抬走了，清洗之后，匆匆忙忙就下葬了。”

叙述到此结束，公主随后引用了一首卡亚姆的诗，并字斟句酌地将其翻译出来：“有些人博学多才，探微勾玄，但不也同样湮没在疑虑的深潭中吗？他们夸夸其谈一番，复又归于沉沉大梦。”

关于那部手稿的命运，也正是这封信的真正目的所在，雪琳只三言两语一笔带过：“它的确藏在刺客的包裹里。如今在我手上。等您重返波斯时，便可随心所欲地翻阅。”

重返波斯？回到那个让我背负重重嫌疑的地方？

33

若要说这段波斯历险记给我留下了什么，那就是更大的渴望。我花了一个月时间辗转来到德黑兰，而后又花了三个月逃离；在德黑兰街道上流连的时日短暂得让我无法产生太多感觉，我几乎没有时间去嗅闻，去轻触，去窥看这座城市。太多太多影像召唤我再度前往那块禁地：一边抽着嘎里烟，一边在袅袅的水蒸气和烟雾中慵懒自得；我的手握住雪琳的手，足以许下承诺的片刻光阴；我的唇吻在“妈妈”贞洁的双乳上；最最重要的是那部手稿，它正在安全的臂弯中敞开书页等着我呢。

对于那些从未痴迷过东方的人来说，我实在是个异类。一个星期六的黄昏，我脚踩土耳其拖鞋，身穿波斯长袍，头戴羊皮阿訇帽，到安纳波利斯的沙滩上散步，我知道那里有一个人迹罕至的僻静处。幸而，那里的确连个人影也没有。回家的路上，我仍然沉浸在白日梦里，完全忘了自己这身奇装异服。我从和解路那边绕道而行，只可惜那里并非荒无人烟的海滩。“晚上好，雷萨吉先生”、“祝您散步愉快，雷萨吉先生”、“晚上好，贝美斯特太太，海乔琪小姐”。问候声此起彼落。“晚上好，尊敬的牧师先生。”牧师因为惊愕而挑起的眉毛使我猛然惊醒过来。我顿时停下脚步，将自己从头到脚打量一番。这一看直让我懊悔不迭。情急之下，我匆忙碰了碰帽檐，加紧脚步往回走。我想我甚至是用跑的，身上裹着阿巴长袍，好像要借此遮掩赤裸的身体似的。一回到家，我赶紧卸掉这身行头，铁了心把它们卷成一团，然后气哼哼地扔进了橱柜最深处。

我提醒自己不要再做类似的蠢事，但那一次散步足以为我贴上怪人的标签，而且恐怕一辈子也摘不下来了。在英格兰，人们总是用善意甚至欣赏的目光看待那些所谓的怪人，当然他们得有钱才行。但在那个年代的美国，人们尚未准备好接受这类离经叛道的做法；当时，整个国家正在谨慎地进行世纪之交的转换。也许纽约或者旧金山并非如此，但在我的家乡绝对是这个样子。一个法国母亲和一顶波斯帽，这对安纳波利斯人来说实在太离奇了！

这是黑暗的一面，光明的一面就是，我的怪癖立即为我赢得了一个我完全配不上的名声——伟大的东方探险家。当地报社社长马提亚斯·韦伯对我散步的事早有耳闻，于是他建议我写一篇关于我在波斯的经历的文章。

波斯这个名字最近一次出现在《安纳波利斯先锋报》上的时间，我想，可追溯至1856年。一艘横渡大西洋的客轮撞上了冰山，我们当地有七名船员在这次事故中丧生；那艘船可是库纳尔德公司的骄傲，也是第一艘金属框架的轮船，它的名字就叫波斯亚。

与大海打交道的人从不和命运开玩笑。因此，我认为有必要在我的文章的前言部分着重指出“波斯亚”这个词其实并不准确，波斯人称自己的国家为“伊朗”，那是古名“亚里安尼亚维贾”的缩写，意为“亚利安人的土地”。

紧接着我提到了奥马尔·卡亚姆，这也是大部分读者有可能听说过的唯一一个波斯人。我引用了他的一首寓含深刻怀疑态度的四行诗。“天堂，地狱，有人可曾拜访过这两处非同寻常的地方？”这首诗是一个有吸引力的前奏，好让我继续密集铺陈关于宗教内容的段落；有史以来，波斯的土壤孕育了许许多多宗教，诸如袄教、摩尼教、伊斯兰教逊尼派与什叶派、哈桑·萨巴赫的伊斯玛仪派，以及历史较近的巴孛教、谢赫伊教[1]、巴哈伊教[2]。我乘机指出，“天堂”这个字来源于一个古老的波斯语单词“paradaeza”，意为“花园”。

马提亚斯·韦伯对于我在文章中所展现的广博学识赞誉有加，我因此深受鼓舞，进而提议是否能为我开一个专栏，不料他却面露难色，突然仿佛下定了什么决心似地说道：

“我倒愿意试一试，如果您能保证彻底改掉您的臭毛病的话，也就是说今后不再在文章中夹杂蛮夷词汇！”

我脸上不禁流露出讶异的神情。

韦伯自有他的道理。“我们《先锋报》不具备长期聘用一位波斯专家的财力。不过，如果您愿意负责所有国外新闻部分，并且能用我们的同胞足以理解的方式把遥远的异域呈现给他们的话，那么报社正好有一个职位等着您。您的文章不必过于深入，但可以在广度方面有所延伸。”

说到这里，我们俩全都重新露出微笑，随后他递给我一支雪茄，以示友好。

“似乎就在昨天，海外对我们来说还是不存在的。所谓东方，到鳕

---

[1] 谢赫伊为“谢赫”艾哈迈德（公元 1753 年 –1826 年）于 19 世纪初期在伊朗倡导的伊斯兰宗教运动，主要融合了苏非思想和什叶伊斯兰关于审判日和死后复活的教义。19 世纪中期时，许多谢赫伊派信徒改宗成为巴孛教或巴哈伊教的信徒，目前伊朗和伊拉克仍有少数谢赫伊派信徒。

[2] 巴哈伊教为 19 世纪伊朗人巴哈欧拉（公元 1817 年 –1892 年）所创的新兴宗教，该教认为神会差遣先知对人类进行教化，而这些先知包括了亚伯拉罕、摩西、佛陀、琐罗亚斯德、基督、穆罕默德和“巴孛”（即前文注释所提到之巴孛教的创始人），而巴哈欧拉是最新的一位先知。巴哈伊教没有神职人员和地方教堂，现在每个大洲建有一座“灵曦堂”，里头不出售纪念品，不接受馈赠，宗教经费只来自于教徒的捐赠。礼拜仪式非常简单，没有固定的地点，只是由一个人朗诵巴哈欧拉的作品。巴哈伊教在民国早期即传入中国，当时谓之“大同教”，后在台湾继续沿用，20 世纪 90 年代后正名为巴哈伊。

鱼角[1]就已经算是尽头了。可是，突然之间，在新旧两个世纪交替的大背景下，我们宁静的城市生活却被世界各地的纷纷扰扰搅乱了。”

需要说明的是，此番谈话发生在1899年，当时美西战争才刚结束不久。在这次战争中，我们的军队远赴古巴、波多黎各，甚至菲律宾等地。在此之前，美国的势力从未超出过其海岸线，更别说扩张到那么远的地方。美国仅以牺牲2400名士兵的代价便打赢了国势日倾的西班牙帝国，可是在安纳波利斯，这里乃是美国海军学院的摇篮，每一个阵亡的士兵可能都意味着有一个家庭失去一位亲人，一位挚友，一个未婚夫。因此本地居民中的保守派把麦金莱[2]总统视为危险的冒险家。

韦伯虽不赞同这一观点，但他不得不照顾到读者的情绪。为了说服我，这位神情严肃、头发斑白的一报之主站起身来，发出一声长啸，同时做出狂笑的鬼脸，并把手指蜷缩成怪兽爪子的模样。

“险恶的外部世界正朝安纳波利斯步步逼近，而您，本杰明·雷萨吉，您的任务就是要尽力安抚您的同胞们。”

这项重任，我完成得并无太多可圈可点之处。我的消息主要来源于巴黎、伦敦，当然还有纽约、华盛顿，以及巴尔的摩的同僚。我所写的关于布尔战争[3]、1904–1905年间俄国沙皇和日本天皇之间的冲突[4]，或俄罗斯国内动乱等的报导，恐怕连一行值得名留青史的文字都没有。

---

[1] 鳕鱼角是美国东北部马萨诸塞州伸入大西洋的一个半岛。

[2] 威廉·麦金莱（公元1843年–1901年）为美国第二十五任总统，共和党人。总统任内推动帝国主义扩张，发动美西战争，获得殖民地古巴与菲律宾，后被暗杀。

[3] 布尔战争是指英国与南非布尔人建立的共和国之间的战争，共发生过两次：第一次发生在1880至1881年；第二次发生在1899至1902年。文中所指的应该是第二次布尔战争。

[4] 这里指的是日俄战争。1904年，俄国与日本为争夺朝鲜半岛和中国东北（满洲）地区而开战，结果日本战胜，取得了在东北亚的军事优势，并得以驻军朝鲜与满洲，阻碍了俄国于此区的扩张。

只有在波斯问题上，我的记者生涯方可一提。我可以骄傲地说，《先锋报》是第一份预见到波斯即将爆发革命的美国报纸。1906年的最后几个月里，这条新闻将在全世界所有报纸上占据大幅版面，有史以来第一次，很可能也是最后一次，《安纳波利斯先锋报》的文章被美国南部和东海岸地区的六十多种报刊援引，甚至经常是原封不动地照搬。

我的故乡和它的报纸理应为此为我记上一功，而我则要把它归功于雪琳。事实上，多亏了她，否则凭我在波斯肤浅的经验，是不可能领悟当时正在蕴酿的事件的重大意义的。

我已经七年多没有收到公主的信件了。她不是还欠我一个关于手稿的答复吗？其实她早就给过我答案了，那个答案尽管令人失望，但却是确凿无疑的。尽管我不再期盼收到她的任何消息，但那并不意味着我已经放弃希望。每次收到邮件的时候，那个念头就会在我脑海中掠过，我总想要在信封上寻找那种笔迹、有波斯文字的邮票，或是写成心形的“5”[1]。我不怕每每失望而归，反而以此作为时时困扰我的梦境的纪念。

需要说明的是，那个时期，我的家人刚好从安纳波利斯搬到巴尔的摩定居，我父亲的生意主要集中在那里，而且他正计划与两个弟弟合伙，创办自己的银行。而我则决定留下来，留在这栋我出生的老宅里，留在这座我几乎没有朋友的城市里，和我一同留下的还有我们那个半聋的老厨娘。我想，孤独无疑放大了等待的热情。

后来，终于有一天，雪琳给我来信了。在这封长信中，对《撒马尔罕手稿》只字未提，也没有任何私密话，除了一开头的“亲爱的远方的朋友”。下文全是对每天发生在她周遭的事的记述。她的叙述细致入微，细节丰富，毫无赘言，即使在我这样的写作门外汉看来亦是如此。她高超的见识着实令我钦佩，茫茫人海中能被她选中，成为她倾

[1] 伊朗文字中，数字5的写法为“٥”，故很像一个心形。

诉所思所想的对象，令我无比自豪高兴。

从那时起，她寄信来的节奏就成了我的生活节奏，每月一封，每封信都无异于一篇生动的专栏文章，若非她叮嘱我务必谨慎行事，我一定会原封不动地刊登出来。不过，她倒是慷慨地准许我"剽窃"其中的内容，于是我放心大胆地照抄照搬，大段选用，整段翻译，有时甚至连表示引用的斜体字或引号也不用。

然而，我把事实呈现给我的读者的方式与她的截然不同。比如说，公主从来不会这么写：

"当一位比利时部长居然产生了假扮毛拉的不幸想法时，波斯革命终于爆发了。"

实际情况与此并无太大出入，尽管雪琳认为早在1900年波斯国王赴孔特勒克塞维尔进行疗养时，革命的萌芽便已经有迹可寻了。当时，国王想带领随从去孔特勒克塞维尔，急需用钱，国库仍然一如往常地空空如也，于是他便向沙皇告借，后者借给他2250万卢布。

如此居心叵测的大礼真可谓前所未有。圣彼得堡当局为确保长期濒临破产的南方邻国如约偿还这一大笔钱，要求获得并且最终取得了波斯海关的控制权，并有权从海关收入中直接扣除用于抵偿债务的款项，有效期七十五年。

沙皇深知这项特权所带来的利益非同寻常，唯恐其他欧洲强权对沙俄独霸波斯对外贸易的做法不满，因此，他并未直接任命沙俄本国公民执掌波斯海关，而是委托比利时国王利奥波德二世代为管理。

就这样，波斯国王的宫廷里多出了三十几个比利时官员，而且他们的影响力与日俱增，大到令人瞠目结舌的地步。其中有一个名叫纳乌斯的中坚分子攀上了权力的最高峰。革命前夕，他身兼国家最高议会议员、邮电部长、波斯国库总长、护照局长、海关总长等数职。此外，他还负责重整税收系统，骡子托载的货物也要课税就是由他想出的好主意。

毋庸赘言，纳乌斯先生成了当时波斯人们最憎恶的对象，外国操纵势力的代言人。要求罢免他的呼声时常出现，这也是情理之中的事，因为他既没有廉洁的名声，工作能力也不出色。不过，仗着有沙皇，或者更准确地说是以沙皇为首的腐朽势力撑腰，他硬是赖着不肯走。圣彼得堡官方媒体大肆鼓吹沙俄腐朽势力的政治目标，那就是独霸波斯和波斯湾地区。

纳乌斯先生的地位看似不可动摇，这种状况一直持续到他的保护人本人也自身难保时为止。这一切发生得太快了，甚至连最富幻想的波斯人也未曾料到。这当中先后发生了两起重大事件。

首先，沙皇在与日本的战争中败下阵来，沙俄舰队全军覆没，面对这样的结果举世皆惊。其次，俄罗斯人因战败而深感屈辱，对无能的将领满腹怨怼，一时间叛变四起，如波将金[1]号水手叛变、喀琅施塔得叛乱[2]、塞瓦斯托波尔起义[3]，以及莫斯科爆发的种种事件。

对于这些事件，人们的记忆仍然鲜活无比，请恕我不再过多赘述，我想强调的是这些事件对波斯造成的间接影响，尤其是1906年4月，沙皇尼古拉二世被迫召开国会，即杜马[4]，在这样的大环境下，发生了一件再稀松平常不过的事。

一位比利时高官在家里举办了一场化妆舞会，纳乌斯先生决定扮成毛拉前去赴会。笑声、掌声，宾客们聚集在这位部长大人身边，大赞他的奇思妙想，争相合影留念。几天后，数以百计的翻印照片在德黑兰市集里流传开来。

---

[1] 波将金为俄皇黑海舰队的一艘大型战舰。1905年，其船员奋起反抗压迫他们的沙皇军官，这场起义后来被视为1917年苏维埃革命的第一炮。

[2] 1917年，继二月革命后，三月，俄国士兵又在波罗的海的喀琅施塔得军港起义，此即“喀琅施塔得叛乱”。

[3] 塞瓦斯托波尔起义发生于1905年，这场起义也为1917年苏维埃革命奠立了基础。

[4] 杜马是俄国的下议院。

34

雪琳也寄了一张照片给我，我保留至今，时常看上一眼，带着一种缅怀过去的饶有趣味的心情。照片上约有五十几位穿着土耳其、日本或奥地利服饰的男男女女，同坐在花园树下的一张地毯上。纳乌斯先生位于前排中央，单凭他那副灰白的胡须，很容易被误认成一位虔敬的穆斯林长老。雪琳在照片背后评注道："坏事做尽，却总能全身而退，而今却因为一桩小事，落得人仰马翻。"

其实，纳乌斯本无意调侃伊斯兰教士，人们顶多不过责备他无心做错事、不知轻重、缺乏品位罢了。而他真正的错误在于，自从充当了沙皇的鹰犬之后，他竟然不懂得要保持低调。

照片流传开来之后，激起了民众的愤慨，人们义愤填膺地举行集会，闹出来了几档子事，商家纷纷关门歇业。舆论要求纳乌斯滚蛋，后来演变成要求整个政府下台。传单满天飞，呼吁以俄国为榜样，建立国会。多年来，秘密社团在民间开展活动，它们打着贾玛拉丁的旗号，有时甚至抬出米尔札·雷札做挡箭牌，乱世之下，他竟摇身一变成了对抗独裁的标志性人物。

哥萨克军队包围了市中心的区域。当局放出风声，扬言要对抗议者施以前所未有的镇压，并要以武力强行开放市场，任由军队劫掠——这历来是商人们最惧怕发生的状况。

于是，1906 年 7 月 19 日，商人和货币兑换商派出代表，紧急求见英国商务督办，他们的问题是：如果那些有可能遭到牢狱之灾的人到贵馆寻求避难，他们是否会得到保护？答案是肯定的。访客们满怀感激之情，鞠躬告辞。

当天晚上，我的朋友法热勒便与一群朋友来到公使馆，他们受到了热情接待。尽管刚过而立之年，但是作为他父亲的继承人，法热勒已然是集市上最富有的商人之一。他在同辈中拥有极大的影响力，这不仅仅是因为他的财富，更因为他丰富的文化涵养。

对于像他这种地位的人，英国外交使节非常愿意为他提供贵宾房间。但他却以天气炎热为由，婉言谢绝了，他表示更愿意在公使馆的大花园里落脚。为此，他还专门带来一顶帐篷、一小张地毯，外加几本书。既然如此，主人们只得抿紧双唇，皱着眉头，任由他将一切布置妥当。

次日，又有三十位商人用同样的方式前来寻求庇护。三天后，也就是 7 月 23 日，避难人数达到 860 人。7 月 26 日，为 5000 人。到了 8 月 1 日，竟高达 12000 人。

英国公使馆花园里的这座波斯小城真可谓是一道独特的风景。到处都是根据行会所组成的帐篷群。生活很快步入轨道，警卫亭后面设有厨房，饭盆在各“街区”间流动，每餐饭耗时三小时。

一切井然有序，几乎没有什么声响。人们在此寻求庇护，波斯人称之为罢思特[1]，换句话说，也就是假借某处圣所的庇护，进行消极抵抗。德黑兰地区有好几处类似的圣所，例如阿布杜勒·阿兹姆陵、皇家马厩等，其中最小的罢思特，要数炮台广场上的炮车，假如有哪个逃犯抱紧大炮的话，执法者就不能再抓他了。

但是，贾玛拉丁的经历表明，权力部门对这种形式的抵抗的容忍

[1] 罢思特是波斯语“庇护所”之意。

是有限度的。政府唯一认可的豁免，只剩下外国公使馆。

避难者带着嘎里烟和梦想来到英国人的屋檐下，每座帐篷之间，都是一片差异的汪洋。聚集在法热勒周围的是有现代思想的精英分子，人数并不在少数，有数百人之众，他们之中既有热血青年，也有耄耋老者。这些人组成不同的安筑幔[1]，也就是各种秘密社团，他们谈话内容必然包括日本、俄国，尤其是法国。他们说法语，如饥似渴地阅读法国书籍和报刊，对圣西蒙[2]、罗伯斯庇尔、卢梭[3]、瓦尔德克－卢梭等如数家珍。法热勒小心翼翼地剪下一年前在巴黎全票通过的政教分离法案，翻译出来，交给同伴阅读，大家就此展开热烈的讨论。不过，他们总是尽可能压低音量，因为离他们的小圈子不远住着一群毛拉。

宗教人士彼此间亦有分歧。其中一派拒绝任何来自欧洲的东西，尤其是民主思想、议会和现代主义观念。“既然我们已经有了《古兰经》，”他们说：“何苦再去制定一部宪法呢？”对此，具有现代思想的教士回答说：“《古兰经》鼓励人们通过民主方式实现自治，因为经书上写着：所有事务皆须经过你们大家彼此同意。”他同时巧妙地补充说：“如果先知归真时，穆斯林就拥有一部明确规定新生的国家政权应当如何运行的宪法的话，争夺继承权的流血斗争就不会发生，伊玛目阿里也就不会遭到驱逐了。”

除了有关教义的争论，大部分毛拉其实是认同以宪政取代王权专制的思想的。来此寻求罢思特的数百位宗教学者皆乐于将他们自身的

---

[1] 安筑幔是波斯语“社团”之意。

[2] 圣西蒙（公元 1760 年 –1825 年）是法国哲学家、经济学家及早期的社会主义者。罗伯斯庇尔（公元 1758 年 –1794 年）是法国大革命时期极具影响力的重要人物。

[3] 卢梭（公元 1712 年 –1778 年）是 18 世纪启蒙运动时期法国重要哲学家和作家，其政治理论对后来的法国大革命以及现代政治和教育思想产生很大的影响。瓦尔德克 – 卢梭（公元 1846 年 –1904 年）为法国政治家，出任总理期间（公元 1899 年 –1902 年）促成法国工会合法化。

这一举动比作先知迁往麦地那，将人民的疾苦比作伊玛目阿里之子胡赛因[1]所遭受的苦难。胡赛因对于伊斯兰教的热情不逊于耶稣基督。

在公使馆的花园里，罗择汉[2]，也就是专业哭丧的人，为大家讲述胡赛因的悲惨遭遇。众人一边哭泣，一边鞭打自己，为胡赛因，为自己，也为在充满敌意的世界中迷惘不堪、身陷衰败的泥潭而无力自拔的波斯，所有人都唏嘘感叹不已。

法热勒的朋友们与这些表演保持着适当距离。贾玛拉丁曾告诫他们要提防罗择汉，因此他们只是勉为其难地听听了事。

雪琳在一封信中，对时局所做的冷静分析给我留下了深刻印象。

> “波斯病了，”她写道：“她的病床边聚集着好些医生，一些人主张现代疗法，另一些则倾向于传统疗法，每位医生都开出了自己的处方。谁能治愈她，未来就属于谁。如果眼下的革命能取得成功，毛拉就得服从民主；一旦失败，民主人士就不得不受制于宗教学者。”

目前，这两派人士正同处一道战壕，躲在同一座花园里避难。据统计，8 月 7 日当天，英国公使馆里总计有 16 000 名罢思体[3]，市区

[1] 胡赛因·伊本·阿里（约公元 626 年 –680 年），为什叶伊斯兰的第一位伊玛目（也是逊尼伊斯兰的第四位哈里发）阿里的次子，本身则是什叶伊斯兰的第三位伊玛目。阿里死后，其长子哈桑·伊本·阿里被迫放弃哈里发继承权，由穆阿维叶一世建立倭马亚哈里发朝，自己则率领阿里家族退居麦地那。哈桑死后，胡赛因继位为阿里家族领袖。680 年，卡尔巴拉战役爆发，胡赛因及其两百名拥护者于卡尔巴拉被倭马亚的亚济德一世的六千大军包围，最后全部战死。当天是伊斯兰历法的穆哈拉姆月十日，从此什叶派将那天定为阿舒拉日以哀悼伊玛目胡赛因的牺牲，而卡尔巴拉也从此成为什叶派的圣地。

[2] 罗择汉（正确的波斯语音译应为 rozeh-khaan）是指什叶伊斯兰十二伊玛目派中专门以说唱方式描述伊斯兰的历史故事（尤其是与伊玛目胡赛因有关的故事）的人。他们在讲述中会引用《古兰经》，因此兼具布道的功能。

[3] 罢思体即为寻求“罢思特”的人。

的街道空空如也，凡是有点声望的商贾都“迁走”了。最后，国王只得让步。8 月 15 日，从罢思特开始不到一个月的时间，国王宣布将通过投票方式选举产生国务协商会议，其中，德黑兰地区将举行直接选举，其他省份则举行间接选举。

波斯历史上的第一届议会于 10 月 7 日正式成立。国王明智地选择了马寇姆·汗亲王担任发言人，此人是一个坚定的反对派人士，来自伊斯法罕的亚美尼亚人，贾玛拉丁的朋友，大师最后一次访问伦敦时就住在他家。这是一位了不起的长者，十足的英伦做派，他一生都梦想着能在议会上向人民代表宣读立宪君主的旨意。

想对这段历史作近一步考证的人们，请不要在当时的文献中寻找马寇姆·汗的名字。因为，无论在今日，还是在卡亚姆的时代，波斯人在称呼其领导者时，从来不用他们的名字，而是采用头衔，如“王国之阳”“宗教之柱”“苏丹之影”等。这位有幸开启民主新纪元的人被尊以最荣耀的头衔，即尼札姆·穆勒克。

在动荡中屹立不倒，经千锤百炼而本色不改，这就是波斯，转型中的波斯！

35

能够亲眼见证东方的苏醒，于我而言是何等荣耀，那真是一段充满感动、激情和疑虑的时光。在它沉睡的大脑中，究竟萌生了哪些卓绝或怪异的思想？醒来后，它会做些什么？会不顾一切地猛扑向那些曾经迫害过它的人吗？读者的来信接踵而至，忧心忡忡地提出一个又一个问题，请求我对未来局势的发展做出预测。

读者们对1900年发生在北京的义和团起义仍然记忆犹新，外交使节沦为人质、远征军在对抗老太后，也就是那位可怕的“天朝之女”时身陷险境，这一切使他们对亚洲心有余悸。

波斯会有所不同吗？我无比坚定地回答说“绝对不同”，因为我对波斯新生的民主制度充满信心。事实上，波斯刚刚颁布了宪法和公民权利宪章。每天都有新社团和新报纸如雨后春笋般出现。短短几个月之内，已经先后创办了九十份日报和周刊，例如《文明报》《平等报》《自由报》，或者是名字更夺人眼球的《复活号角报》等。这些报刊的内容经常被英国媒体，或俄国反对派报纸引用，如自由派的《言论报》、倾向于社会民主人士的《现代报》等。

在德黑兰，一份讽刺报纸从创刊之初即大获成功，该报的漫画家们最喜欢拿卑劣的朝臣、沙皇的走狗，尤其是冒牌的伪信徒开涮。

雪琳对波斯国内发生的一切甚感欣慰，“上周五，”她写道：“几个年轻的毛拉试图在市集里聚党结众。他们称宪法为异教徒的发明，并且还想煽动群众到位于巴哈利斯坦区的国会示威游行，结果落得个徒劳无功。他们把嗓子喊哑了仍是白费力气，人们依然无动于衷。偶尔有路人停下来，听上一句半句，然后又耸耸肩走开了。后来，城中最富盛名的三位乌里玛（即伊斯兰教的学者）来到他们面前，毫不客气地请他们赶紧以最快的速度抄近路各自回家，并且命令他们一路上视线不得超过膝盖的高度。我简直不敢相信，波斯终于恢复理智了！”

我曾经写过的最精彩的一篇文章选了最后这句话作为标题。公主的热情深深地感染了我，于是乎我的这篇文章几乎具有了誓言的味道。尽管报社社长建议我保持中立，但读者们却对我的热情表示首肯，这从纷至沓来的读者来信便可见一斑。

其中一封读者来信署名为霍华德·巴斯克维尔，此人当时正在新泽西州普林斯顿大学求学，刚刚取得艺术学士学位的他，梦想能到波斯亲眼目睹我所描述的一切。他的来信中有一句话令我深感震惊。“我深信，在此世纪之初，若东方无法觉醒的话，那么西方很快就将无法入眠。”我在回信中鼓励他赴波斯旅行，并且答应一旦他下定决心，就为他引荐我的几位朋友，以便旅途中有个照应。

几星期后，巴斯克维尔竟然来到安纳波利斯，亲口告诉我说他在美国基督长老会大布里士纪念男校谋到一份教职，负责教波斯男孩学习英语和科学，临行前，特地来征询我的建议和忠告。我急忙向他表示祝贺，随口答应如果我去波斯的话，一定去看望他。我想短时间内我是去不成的，并不是我不想去，而是因为强加于我的莫须有的罪名。我不是被假定为刺杀国王的凶手的共犯吗？尽管德黑兰已经发生巨变，但我还是担心会因为某张灰扑扑的公文而在边境遭到逮捕，甚至连通知朋友或公使馆的机会都没有。

巴斯克维尔的离去促使我行动起来，我早就答应过雪琳绝不给她写信。既然不愿冒险看到她终止通信，我只好给法热勒写信，据我所知，他的影响力日益巩固，在决定国家大略方针的国会中，他可是最受重视的议员。

三个月后，我终于收到了他的回信。这封友好亲切的来信为我带来了一份盖有司法部公章的公文，上面清清楚楚地写明我与老国王遇刺事件毫无瓜葛。因此，从今往后，我可以在波斯各地自由往来。

事不宜迟，我立刻乘船赶往马赛，再从那里辗转到萨洛尼卡[1]、君士坦丁堡和翠比松，然后骑着骡子翻越亚拉腊山，最后到达大布里士。

抵达大布里士时，正赶上一个炎热的六月天。等我在亚美尼亚区的一家旅店安顿下来，时间已要进入黄昏。我一心想要早点见到巴斯克米尔，于是直接赶到基督长老会去。

长老会这里的建筑尽管低矮，却分布极广，外墙新刷了明晃晃的白色，四周种满了杏树。大门上有两个朴素的十字架，房门口正上方的屋顶上悬挂着星条旗。

一个波斯园丁迎上前来，把我带到主事牧师的办公室。主事牧师人高马大，一头红发，满脸胡须，看上去更像是个水手。他紧紧地握住我的手，好客之情溢于言表。还没请我坐下，他就已经先邀我住在他那里了。

"我们总是备有一个房间，留给意外来访的同胞。这并非对您才有的特殊待遇，只是本会行之已久的传统罢了。"

我婉言谢绝道：

"我已经在一家旅馆安顿好了，并打算后天就动身到德黑兰去。"

"大布里士很值得您多做停留，好不容易大老远赶来了，怎么能不多花一两天时间，逛逛东方最大的市集呢？怎么能不去看看《一千零

[1] 萨洛尼卡为希腊第二大城，也是马其顿区的首府，旧译多按希腊语译为Thessaloniki（帖撒罗尼迦）

一夜》中提到的蓝色清真寺的遗址呢？现如今的旅客总是来去匆匆，但是旅行并非只意味着到达终点。每段旅程都会到达一个地方，每迈出一步都会发现地球上某个隐秘的侧面。人们所能做的，就是观察、期盼、相信、爱。”

他看似非常遗憾，以为我是个差劲的旅客。我不得不解释说：

“实际上，我在德黑兰有急事要办，绕道大布里士只是为了见一位朋友，他在你们这里当教员，名叫霍华德·巴斯克维尔。”

一提到这个名字，气氛立刻变得凝重起来，先前的喜悦、生气、慈祥的叨念此刻全都烟消云散了。只见主事牧师一脸尴尬，直教我感觉不可捉摸。一段压抑的静默之后，他说道：

“您是巴斯克维尔的朋友吗？”

“从一定意义上说，他到波斯来，这当中有我的责任。。”

“多么沉重的责任啊！”

我在他的嘴唇上看不到一丝笑意。他似乎一瞬间变老了、倾颓了，肩膀下垂，眼神中露出焦虑。

“我主持这个基督长老会已经十五年了，我们的学校是这座城市中最好的，我坚信，我们所做的一切都是有益众生的，也是符合基督教义的。参与我们工作的人，无不把当地的进步视为己任，否则，请您相信，任何理由也不能迫使他们千里迢迢跑到这个不甚友善的地方来。”

对此，我没有任何理由表示怀疑，但他为自己辩白的急切态度令我颇感不快，我来到他的办公室才不过区区几分钟而已，我既没有指责他什么，也没有向他要求什么，因此我只是礼貌性地点了点头。他继续说道：

“当一位传教士对波斯人民饱受苦难表现得漠然置之，或当一位教员面对学生的进步不再感到快乐时，我干脆会劝他们回美国去。热情有时是会衰退的，尤其是在年轻人身上。人性莫不如此！”

说完这段开场白之后，牧师陷入沉默，粗粗的手指烦躁不安地握着烟斗，看样子他似乎正在艰难地斟酌下面要说的话。我很想替他解围，于是用一副无关痛痒的口吻说道：

“您的意思是说，仅仅过了几个月，霍华德就泄气了吗？他对东方的热情只不过是一时冲动吗？”

他吓了一跳。

“上帝啊，不，巴斯克维尔可不是那样。我刚刚是在向您解释我们的某些新成员偶尔会发生的状况。您的朋友恰好相反，因此我才更加担心。从一定意义上来说，他是我们所聘用过的最好的教员，他教的学生进步神速，家长们都很信服他，长老会从未收到过这么多礼物，羊啊、鸡啊、甜品啊，全都是为了向巴斯克维尔表示感谢。他的问题在于，他不肯只做一个普通的外国人。如果他只是喜欢穿得和当地人一样，像他们一样吃抓饭，或是用当地方言跟我打招呼，我会一笑置之。

但是巴斯克维尔并不是那种只注重表面工夫的人，他已经义无反顾地投入到当地的政治斗争中去了。他在课堂上赞扬宪法，鼓励学生批判俄国人、英国人、当今国王，以及思想落伍的毛拉。我甚至怀疑他是当地人所说的‘亚当之子’，也就是秘密社团的成员。”

他叹了口气。

“昨天早上，两位极富声望的宗教领袖带人到校门口示威，要求把巴斯克维尔赶走，否则就让长老会关门大吉。三小时后，就在同一个地方，又有另一拨人来示威，他们声援霍华德，要求他继续留任。您看，如果这样的冲突继续下去，我们迟早得离开这座城市。”

“我想，您应该已经跟霍华德谈过这个问题了吧？”

“谈过上百次了，好话坏话全都说尽了，但他总是坚持认为东方的觉醒比长老会的命运更重要，他说如果立宪革命失败的话，我们早晚都得走人。当然，我可以终止他的聘约，但这样做只会引起长期支持我们的民众的误解和敌意。唯一的解决办法就是让巴斯克维尔冷静下来。也许您能劝劝他？”

我并没有正式答应牧师的请托，只说想先见见霍华德。一抹胜利的光芒瞬间照亮了他的那捧红胡子，他腾地站了起来。

“请跟我来，”他说，“我带您去找巴斯克维尔，我想我知道他在哪儿。您只要悄悄地看看他，就会理解我的苦衷，体会到我慌乱不安的心情了。”

Ⅳ 海上诗人

上天是棋手，而我们，只不过是一粒粒棋子。

这就是事实，并非修辞。

在世界的棋盘上，他将我们移来移去，

然后突然撒手，任由我们掉进虚无的深井。

——奥马尔·卡亚姆

36

赭石色的薄暮中，一群人正在墙内的花园里演戏。怎么才能认出巴斯克维尔呢？每张脸都是棕褐色！

我背靠着一棵树，等着，观望着。一间亮着灯光的小屋门口，正在上演一出戏，罗择汉一边讲述，一边嚎啕，试图召唤信徒的眼泪、哀号和鲜血。

一个男人从阴影中走了出来，他光着脚，裸着上身，双手上缠着两根铁链，他将铁链抛向空中，让它们越过肩膀落在后背上，光滑的铁链在皮肤上留下青一块紫一块的伤痕，但并未出血，须得抽到三十下，甚至五十下，第一股血才会涌出，这种苦肉计戏码，乃是古老的煽情游戏。

鞭打愈发激烈了，同时伴随着响亮的喘息声，台上台下响成一片。铁链一下接一下地抽打，说故事的人不得不抬高音量，才能盖过呼啸的鞭子声。这时，另一位演员登场了，他一边挥舞长刀威胁观众，一边做出狰狞的表情，咒骂声四起，紧接着石块满天飞。他并没在台上独演太久，他的迫害对象很快就出场了。众人发出一声惊叫，我自己也情不自禁地叫出声来。原来这个踉踉跄跄的家伙竟然没有头。

我惊惧地转向牧师。他悄声安慰我说：

“这不过是个小把戏罢了。他们事先找来一个孩子，或是一个矮小的男人，然后将砍下来的羊头倒放在他头上，让血淋淋的脖子朝上，然后再在白布上挖个洞，盖在上面。您看，这效果多逼真啊。”

说罢，他抽了一口自己随身带的烟斗。那位无头人在台上颠颠跳跳地兜了好一阵子圈子，后来，又上来一个哭哭啼啼的怪人。

竟然是巴斯克维尔！

我再次向主事牧师投去询问的目光，但他只是故作神秘地扬了扬眉毛。

最诡异的是，霍华德竟然一身美式打扮，甚至还戴了一顶大礼帽，在现场的悲剧气氛中，制造出一种难以抑制的喜剧效果。

可是，在场的人们却在哭嚎、悲叹。根据我的观察，任何人脸上都没有流露出丝毫觉得这个场面搞笑的表情，除了主事牧师之外。他终于向我解释说：

“在这个阴森的戏剧里，总会出现一个欧洲人，而且奇怪的是，他还是个‘好人’。据说什叶派最崇高的殉道者胡赛因的壮烈牺牲，让倭马亚王朝[1]的一位法兰克使者深受感动，他大声疾呼，谴责这桩罪行，

---

[1] 倭马亚哈里发朝（公元 661 年 –750 年）为伊斯兰历史上的第二个哈里发政权（第一个世袭哈里发朝），以大马士革为首都。按照逊尼伊斯兰的观点，由于先知穆罕默德并未指定死后的继承人，故穆斯林领袖是由人民推举的。先知死后的第三位哈里发乌斯曼·伊本·阿凡（公元 644 年 –656 年）为倭马亚家族的一员，成为哈里发后，他大力扶持本家族成员在帝国境内担任要职，使倭马亚家族在奥斯曼时代势力大为扩张，此举引起很多人的不满。656 年，哈里发乌斯曼遇刺，其堂弟叙利亚总督穆阿维叶一世反对由阿里继任哈里发，于是引起大规模内战。657 年，穆阿维叶于隋芬之役中战胜阿里，并在阿里于 661 年被刺杀后镇压反对者，成为哈里发。679 年，穆阿维叶一世宣布其子亚济德一世为哈里发继承人，从此破坏了哈里发的选举制度，阿拉伯帝国自此成为一个由世袭王朝统治的封建国家。750 年，倭马亚哈里发朝被阿拔斯哈里发朝推翻后，剩余势力退至伊比利亚半岛的安达鲁西亚地区，史称哥多华哈里发朝或后倭马亚王朝。由于其延续乌迈亚王朝服饰尚白的传统，故中国史籍称之为“白衣大食”。

并最终因此送命。当然，他们并非随时都能找得到欧洲人上台扮演这个角色，只好找来一个肤色白皙的土耳其人或波斯人来代替。但是自从巴斯克维尔来到大布里士之后，人家就一直叫他扮演这个角色。他演得惟妙惟肖，而且哭也是动真格的！”

这时，那个持刀男子又回到戏台上来，绕着巴斯克维尔转来转去。后者一动不动地站着，他手指轻轻一弹，帽子掉了下来，露出一头梳得熨熨帖帖、分着左头路的金发，紧接着，他像木头人似的缓缓跪下去，倒在地上，一束光照在他如孩童般干净的脸上，双颊泪水涟涟，附近有一只手在他的黑衣上撒下一把花瓣。

我对周围的人声已充耳不闻，只顾紧盯着我的这位朋友，焦急地等待着他站起来。但这个场景却好似永无止境一般，我迫不及待地想把他唤回来。

一小时后，我们回到长老会，围坐在一起喝石榴汤，主事牧师留下我俩单独相处。四周静得颇为尴尬，巴斯克维尔的眼睛仍然红红的。

“我需要时间慢慢找回西方人的感觉。”他抱歉地说，一边露出牵强的微笑。

“慢慢来，这个世纪才刚刚开始。”

他轻声咳了一下，将热汤碗端到嘴边，再次陷入无声的沉思。

稍后，他费力地说道：

“刚到这里的时候，我想不明白为什么胡子一大把的大男人会为一桩 1200 年前发生的谋杀案悲痛不已，呜咽啜泣。现在，我终于明白了，波斯人之所以生活在过去，那是因为现实对他们来说是一个全然陌生的地方，这里的一切都不属于他们。凡是对我们来说意味着现代生活、代表人类自由发展的东西，在他们看来全是外权统治的象征，比如公路是俄国人控制的；铁路、电报、银行是英国人控制的；邮政是奥匈帝国控制的……。”

“科学，是美国基督长老会的巴斯克维尔先生教的。”

“没错。但大布里士人还能有其他选择吗？难道把孩子送去传统学堂，让他们花十几年时间去背诵他们的祖先在12世纪时就已经在背诵的那些语焉不详的字句？还是把他们送到我的课堂上来，让他们在十字架和星条旗的影子下，获得跟美国孩子相当的教育？我的学生们一定会成为最优秀、最能干、最能为国家做出贡献的人。但是，如何不让其他人将他们视作叛教者呢？从我刚来到这里，我就一直在琢磨这个问题。后来，在一次与你刚刚看到的相类似的戏剧表演上，我终于找到了答案。

“我汇入人群，周围响起的尽是呻吟喘息声。看着那一张张布满泪水的饱受蹂躏的脸庞，望着那一双双惊慌失措的乞求的眼睛，我感受到了波斯的全部苦难，她的灵魂支离破碎，深陷在永无止境的哀悼中。我的眼泪不由自主地流了下来，竟然连我自己都没意识到。人群中有人注意到了，他们看着我，深受感动，于是有人将我推上戏台，让我扮演法兰克大使的角色。第二天，学生家长来找我，他们非常高兴，终于知道自己今后该如何回答那些责备他们把孩子送到长老会学校读书的人了。‘我把儿子托付给那个会为伊玛目胡赛因而哭泣的老师了。’这让一些宗教首领感到非常恼火。他们之所以敌视我，正是因为我所取得的成功。他们认为外国人就该有外国人的样子。”

尽管对他的行为有了更多了解，但我的疑虑尚未完全消除。

“所以，对你而言，要解决波斯的问题，就要加入那群哭丧的人？”

“我并没有那么说。哭既不能解决问题，也不算本事，哭只不过是一种无益的、幼稚的、毫无价值的举动，任何人都不应该强迫自己流泪。但不蔑视他人的悲剧，这才是唯一重要的。人们一旦看到我哭，看到我已经褪去了外国人高高在上的漠然态度，就会来与我推心置腹地交谈，他们告诉我说哭是无用的，波斯不需要更多的哭丧人，我所能做的最大善事就是给大布里士的孩子们提供得体的教育。”

“言之有理，换做是我，也会对你说同样的话。”

“只不过假如我当初没有哭，他们根本就不会来找我说话。如果他们没看见我哭，就不会允许我对学生灌输国王腐败透顶、宗教领袖也好不到哪里去的思想。”

“你真在课堂上讲了这些话？”

“没错，我说了，就是我这个不长胡子的美国小伙子说的，就是我这个基督教长老会的小教员说的。我抨击王权，反对妇女戴头巾，学生们和家长们都认同我的观点。只有主事牧师气炸了。”

看到我一脸茫然的样子，他接着说：

“我还跟这群男孩们聊卡亚姆，我告诉他们，数百万美国人和欧洲人都将他的《鲁拜集》当作枕边书。不仅如此，我还教他们背诵菲茨杰拉德的诗。隔天，一名学生的祖父来见我，说孙子回家告诉他的学校里的事让他激动不已，老人家对我说：‘我们也很尊敬美国诗人！’当然，他恐怕连一个美国诗人的名字也不知道，但这又有什么关系呢，这只不过是他表达自豪和感激的一种方式罢了。

“不幸的是，并非所有家长都这样。有一位家长跑来告我的状，当着主事牧师的面朝我大吼：‘卡亚姆是个酒鬼，是个无神论者！’我回答说：‘您这不是侮辱卡亚姆，反而是在歌颂醉酒和渎神！’主事牧师险些气得背过气去。”

霍华德像个孩子似的笑了。真是个无可救药的家伙，可要生他的气又实在办不到。

“这么说来，你倒乐于承认他们对你的所有指控！莫非你也是‘亚当之子’吗？”

“主事牧师连这都跟你说了？我怎么觉得你们似乎谈了不少关于我的事呀。”

“那是因为你是我们唯一共同认识的人。”

“我也没什么可瞒着你的，我的良心就像新生儿的呼吸一样洁净。大约两个月之前，有个男人来找我，他身材魁梧，留着唇须，但表情却十分腼腆。他问我是否能在他的安筑幔——也就是他的社团，做一次演讲。讲什么题目？你绝对猜不到！是达尔文的进化论！在这个政局动荡不安的国家，这件事反倒让我觉得既好玩，又感动，于是我就答应了。我把所能收集到的有关这位大学问家的资料全都找来了，并且还介绍了诋毁达尔文的人的论点。尽管我觉得自己讲得枯燥乏味，但现场却座无虚席，每个人都聚精会神地听讲。从那以后，我在他们的聚会上讲过各种五花八门的题目。在这些人身上，有一种非常强烈的求知欲望，他们也是最坚定的立宪拥护者。我时常参加他们的聚会，听取来自德黑兰的最新消息。你真该见见他们，他们和你、我共同梦想着同一个世界。”

37

大布里士的市集到了晚上只有寥寥几家店铺还开着，但街道上却热闹起来，男人们聚集在十字路口，把藤椅围成圈权充沙龙，一边聊天，一边抽嘎里烟，烟味逐渐掩盖了白天的种种气息。

我紧跟在霍华德身后，他不加思量地穿街走巷，有时还停下来和学生家长打个招呼，孩子们一看见他过来，全都停止玩耍，作鸟兽散。

最后，我们来到一扇生锈的大门前。我的同伴推开门，我们穿过一座杂草丛生的小花园，最后来到一栋土屋前。敲了七下之后，门吱嘎一声打开了，里头是个大开间，天花板上悬着一排防风灯，穿堂风吹得灯摇来摆去。

在场的人想必早就习惯了摇曳的灯光，但我却感觉好像登上了一艘摇摇欲坠的破木筏。我甚至无法盯准人家的脸看，只想快点躺下，闭会儿眼睛。但欢迎仪式却迟迟不肯结束。

巴斯克维尔并非“亚当之子”聚会中的生客，他的到来引起一片沸腾。因为是陪他一起来的，所以我也受到友爱的拥抱。等到霍华德介绍我说我就是他来波斯的始作俑者时，大家又都争相拥抱我。

等我终于可以倚着墙坐下来的时候，一个高大的男人从屋子尽头站出来。他肩上披着一件洁白的斗篷，一看就知道是这群人中领头的。

他朝我这边走过来。

“本杰明！”

我复又站起来，向前走了两步，揉揉眼睛。原来是法热勒！我们万分惊喜地投入彼此的怀抱。

为了向大家说明自己为何一反常态而如此激动，他向伙伴们说道：

“雷萨吉先生是赛义德贾玛拉丁的朋友！”

一瞬间，我从一位特殊访客，摇身一变成了一座历史丰碑，甚至是宗教圣物。大家满怀景仰之情将我团团围住，这反倒让我不好意思起来。

我把霍华德介绍给法热勒，之前他们只听说过彼此的大名。虽然大布里士是法热勒的出生地，但他已经一年多没到这里来了。因此，在这样一个夜晚，法热勒出现在这样一间墙壁斑驳、灯影摇曳的屋子里，难免显得非同寻常，令人隐隐感到不安。

他不是国会中民主派的领袖之一、宪政革命运动的栋梁吗？这样的节骨眼儿他怎么能离开首都呢？我向他提出心中的疑问。他不禁显出为难的神色。幸而，我说的是法语，而且声音压得很低。

他偷偷打量了一下左右的人，非但没有答话，反而问道：“你住在哪儿？”

“亚美尼亚区的旅社。”

“我夜里去找你。”

午夜时分，一共六个人聚在我的房间里，有巴斯克维尔、我、法热勒，以及他的三位同伴。为了保密，他只匆匆介绍了他们的名字，而没有正式介绍他们的姓氏。

“在安筑幔的时候，你问我怎么会在这里，而不是待在德黑兰。原因就是首都的立宪失败了。我不能当着三十来个人的面说这些，那会引发恐慌，但这就是事实。”

众人无不愕然，全都无言以对。他解释道：

“两个星期前，一位圣彼得堡的记者前来找我，他是《言论报》的特派员，名叫帕诺夫，‘坦恩’是他的笔名。”

我听说过这个人，伦敦的报纸常引用他的文章。

“他是社会民主人士，”法热勒继续说，“沙皇政权视其为眼中钉。几个月前，他来到德黑兰，设法隐藏住自己的政治观点，经过一番周密安排，混进了俄国公使馆。不知是事出偶然，还是蓄意为之，总之，他接触到一批特殊文件。文件上白纸黑字清清楚楚地写明哥萨克军队将发动政变，复辟专制王权。匪盗团伙将入侵市集，以此削弱商人对新政体的信心，此外，宗教领袖还将向国王递交请愿书，借口宪法违反伊斯兰教义，请求国王废除宪法。帕诺夫冒着极大的风险把这些文件交给了我，令我甚是感激。我立即在国会召开紧急会议，将危急情况一一说明，同时要求罢黜现任国王，由其子继位，解散哥萨克军队，逮捕涉事宗教人员。多位议员相继上台发言，表达愤慨之情，并支持我的提议。

“突然，一位工作人员进来通报，说俄、英两国的全权代表来了，有紧急公函要转交给我们。我们只得暂时休会，让马吉利斯[1]主席和首相出去与他们会谈。等他们回来时，却面如死灰，原来，来使警告说，一旦波斯国王遭到罢黜，那么俄、英两国将不得不非常遗憾地采取武力措施。看来他们非但一心要扼死我们，还不准我们自卫。”

“如此丧心病狂，真是岂有此理？”巴斯克维尔骇然道。

“沙皇当然不希望他的国境周围出现民主政体，光是‘国会’二字就足以让他气得发抖。”

“这总不关英国的事吧！”

“不是。问题在于，假如波斯实现独立自治，印度人就会有同样的想法！这样一来，英国就得卷铺盖走人了。再者，还有石油的问题。1901 年，英国人诺克斯·达西以两万英镑的价格取得了在波斯帝国全境开采原油的权利。尽管到目前为止，产量并不可观，但是，就在几

[1] 马吉利斯为波斯语“国会”之意。

星期前，在巴赫提牙利部族的领地刚刚探勘到巨大的油田，想必诸位也听说了。对国家而言，这可是一个重要财源。因此，我恳请国会重新审议与伦敦方面签署的条约，以便争取更加平等的利益分成关系，大部分议员都赞同我的提议。从那之后，英国公使就再也不邀请我去他那里了。”

“罢思特可是在英国公使馆的花园里进行的啊！”我若有所思地说。

“那是因为当时英国认为俄国的势力过大，而英国从波斯这块大蛋糕上所分得的一份又太小，因此他们才会支持我们抗议，并向我们开放花园。据说，那张让纳乌斯先生栽了大跟头的照片正是英国人印的。等到我们的运动取得胜利时，英国趁机与沙皇达成利益分享协议：波斯北方属俄国势力范围，而南方则变成英国的囊中之物。一旦英国得到它想要的东西，就对我们的民主失去了兴趣。跟沙皇一样，现在他们认为波斯民主碍手碍脚，一心只想除之而后快。

“凭什么！”巴斯克维尔怒道。

法热勒向他露出慈祥的微笑，然后继续说道：

“那两位使节走后，议员们都感到非常沮丧，要同时应付这么多敌人令他们感到手足无措，因此他们只好反过来将一切怪罪在可怜的帕诺夫身上。有人指控他是骗子、无政府主义者，说他唯一的目的就是挑起俄国和波斯之间的战争。当时，帕诺夫也跟我一起到国会去了，我请他在大厅门边的办公室里等着，以便在必要的时候请他出来作证。而现在，议员们却要将他抓起来，押送到沙皇公使馆去，甚至就此提出了动议。

“这个人为了帮助我们，不惜对抗自己的政府，而我们却要将他送入虎穴！尽管平时为人冷静，但那时我却控制不住了。我跳上一张椅子，像疯了似的大吼道：‘以故乡的土地起誓，如果这个人遭到逮捕，我必将召集‘亚当之子’，血洗国会！谁要是敢赞同这项提案，就甭想活着出去！’他们大可取消我的豁免权，将我一起抓起来，不过，他们没敢，他们宣布休会到第二天。当天夜里，我离开首都，赶往故乡，今天我终于到家了。帕诺夫也跟我一起回来了，现在他正躲在大布里士的某个角落，随时准备逃往国外。”

我们聊了很久，等到发现天已破晓时不禁吓了一跳。随着第一声叫拜响起，天色已然更亮了。我们一边讨论，一边勾画出种种晦暗不明的前景，然后再继续讨论，尽管筋疲力尽却无法停下来。

巴斯克维尔伸了个懒腰，话说到一半突然停了下来，他看了看手表，梦游般地站起来，用力搔了搔脖子。

“上帝啊，已经六点了！一宿没睡！我要怎么面对学生们啊！主事牧师看到我这时候才回去，不晓得又会说什么了。”

“你可以说跟女人厮混去了！”

霍华德可没心情开玩笑。

我不愿称之为巧合，因为就这件事而言，偶然因素起不了太大作用。就在法热勒告诉我们帕诺夫窃得的文件内容，说明波斯刚刚萌芽的民主政体正受到威胁时，政变已然发生了。

正如我事后得知的那样，1908 年 6 月 23 日，星期三，凌晨四点，里雅寇夫上校率领一千名哥萨克军人向国会所在地，即位于德黑兰中心的巴哈利斯坦区发起围攻。

国会大厦被包围，各个出口皆有官兵把守。当地一个安筑幔的成员发现了军队的行动，赶紧跑到邻近的学校，那里最近刚装了电话，他赶紧给几位议员，以及贝赫拔哈尼阿亚图拉”[1]、塔拔塔拜阿亚图拉等民主派宗教人士打了电话。

天还没亮，这些人就赶到事发现场，用行动表示对宪法的支持。怪哉，哥萨克兵竟然放他们进去了。因为他们接到的命令是只准进、不许出。

抗议的人群越聚越多，天亮时，已达数百人之多，其中包括众多

[1] 阿亚图拉为什叶伊斯兰对伊斯兰学者的最高称呼，获得此称号的人必定是对伊斯兰的哲学、法学、伦理学等各方面皆极为专精之人。

“亚当之子”。他们虽然荷枪实弹，但是弹药并不多，每人只有六十来发子弹，根本不足以抵抗敌人的围攻。更何况，就是这点儿枪支弹药，他们还拿不定主意到底该不该把它们派上用场。他们在屋顶和窗后各就各位，但不确定是该先下手，由此引发一场无法避免的大屠杀呢，还是消极等待，直到对方的政变准备工作就绪。

哥萨克军队之所以迟迟没有发动攻击，原因即在于此。里雅寇夫上校率领一干俄国和波斯军官，正忙着排兵布阵，架设火炮。六门火炮中火力最强的一门被设在炮台广场上。这期间，上校有好几次骑马闯进守方的射击范围之内，但现场有头有脸的波斯要人都极力劝阻“亚当之子”开枪射击，唯恐沙皇以此为借口入侵波斯。

晌午时，终于发布了进攻命令。尽管双方实力相差悬殊，但却足足激战了六、七个小时。抵抗者同心协力，英勇出击，捣毁了敌方三门火炮。

但这只不过是绝望的义勇罢了。到太阳落山时，波斯历史上第一届国会升起了代表失败的白旗。但是，在交火停止仅仅几分钟后，里雅寇夫便下令炮兵再次射击。沙皇的指示昭然若揭，那就是推翻国会还不够，还要摧毁国会大厦，让德黑兰民众亲眼目睹它成为废墟，以此为永久的教训。

38

首都的战火尚未平息，大布里士就打响了第一枪。当时，我正要去接霍华德下课，我们约好在安筑幔碰头，然后同法热勒一起去他的一个近从那里吃饭。还没走进迷宫般的市集，我们就听到了枪声，交火地点似乎就在附近不远的地方。

受好奇心驱使，我们朝枪响的方向走去。只见大约百米开外，一群人一边大喊大叫，一边往前走，尘土、硝烟、密密麻麻的木棒、枪支、熊熊燃烧的火炬，我听不懂他们在喊什么，那是大布里士当地人讲的一种土耳其方言。于是，巴斯克维尔尽力为我翻译："宪法去死！国会去死！无神论者去死！国王万岁！"

街上的市民四散奔逃，一个老头儿用绳子拴着一头受惊的山羊；一个女人跌倒了，她那不过五、六岁的儿子赶紧将她扶起来，搀着她一瘸一拐地逃走了。

我俩也加紧脚步，向约好的地方赶去。路上，正好遇见一群年轻人在设置路障，两根树干上横七竖八地堆满了桌子、砖头、椅子、箱笼、木桶。他们认出了我们，于是放我们过去了，还劝我们快走，因为"他们正往这里来呢"，"他们打算烧毁这片区域"，"他们发誓要铲除所有'亚当之子'"。

在安筑幔，已有四、五十人聚集在法热勒身旁，他虽是唯一没有佩长枪的人，却握着一把奥地利曼利夏手枪，不过这把枪的唯一用途似乎就是向每个人分派他的岗位。他神色平静，已不似前一晚那般焦虑，当难以承受的等待终于结束时，一个有行动力的人就应当保持这样的安静。

“瞧！”他带着几乎难以察觉的胜利口吻对我们说：“帕诺夫并没有说谎。里雅寇夫上校果然发动政变了。他自封为德黑兰军事总督，并下令实施宵禁。从今早起，首都及其他各地均已开始公开搜捕立宪支持者，大布里士首当其冲。

“这一切发生得太快啦！”霍华德惊叹道。

“俄国领事接到电报，得知政变发生后，今天一早就把这个消息告诉给了大布里士的宗教领袖。后者于正午时分召集他的拥护者在驼骑区集合，人群从那里出发，向城内各处进发。他们首先去到我的一位记者朋友阿里・梅谢谛的家里，在他的妻子和母亲的尖叫声中，把他拖出家门，割断了他的喉咙，砍下了他的右手，最后把他丢在血泊中扬长而去。不过，不要怕，天黑前就会有人替阿里报仇。”

他的声音泄露了他内心的情感。他略微停顿片刻，深吸一口气，然后继续说道：

“我之所以到大布里士来，是因为我相信这座城市会奋勇抵抗。我们此刻立足的这片土地仍受宪法管辖，今后，这里就是国会的所在地，就是合法政府的所在地。这将会是一场硬仗，我们将取得最后的胜利。跟我来！”

我们和另外六、七个支持者一起跟上他。他带领我们朝花园走去，然后沿着房子绕到一座隐没在树丛中的木梯前。我们爬上屋顶，穿过一条走道，又爬了几阶楼梯，最后走进一间屋里，这里墙壁厚实，窄小的窗户极具杀伤力。

法热勒要我们四处看看，原来我们正站在该地区最易受到攻击的入口的正上方。现在，路口已经筑起路障，二十来个守卫者全都单膝蹲地，摆出端枪瞄准的姿态。

“还有其他人呢。”法热勒解释道，“他们各个都是意志顽强的好汉。这片街区的所有入口都已经被封堵起来了。如果那帮人敢来的话，就一定要给他们点颜色瞧瞧！”

正如他所言，那帮人已经不远了。他们沿途烧毁了二三处“亚当之子”的会址，但仍怒火难消，叫嚣声、枪炮声愈来愈近。

我突然感到一阵颤栗，尽管早有心理准备，尽管藏身在隐蔽处，但眼看着一群骚乱的人一边喊着“去死”，一边朝我们扑将过来，这可真是一种无比恐怖的经历。

我情不自禁地低声问道：

“他们有多少人？”

“一千，顶多一千五百。”法热勒高声答道，他的声音一清二楚，听了让人感到些许安慰。

随后，他像下达命令似的继续说道：

“现在该轮到我们吓吓他们了。”

他让助手给我们每人发了一支枪。霍华德和我交换了一个愉快的眼神。我们掂量了一下这件冷冰冰的家伙，既为它的魅力所吸引，又难免感到厌恶。

“请大家到窗边各就各位，”法热勒下令说：“谁敢靠近就崩了他。我要先离开一下，我给这些兔崽子们准备了一点惊喜！”

没等他走出屋，战斗就打响了。若称之为战斗未免言过其实，只见那帮人扑将上来，一群没脑子的只会大呼小叫的乌合之众，前排的人像参加障碍赛跑一样扑向路障。“亚当之子”枪炮齐发，紧接着又是一轮齐发。十几个进攻者倒下了，其他的人全都退了回去，只有一个人设法爬上了路障，却被刺刀刺穿了。他痛苦地哀号着，我别过脸去，不忍卒睹。

示威者的主力谨慎地龟缩在后方，充其量只敢用沙哑的嗓子重复喊着同一句口号："去死！"后来，又有一小拨人向路障发起进攻。这一次他们总算学聪明了，知道朝守军和有子弹射出的窗户射击了。一名"亚当之子"前额中弹，成为防守阵营里唯一的牺牲者。不过，他的同志们枪炮齐发，将前几排进攻者消灭殆尽。

攻势受阻，进攻者退下去，吵吵嚷嚷地商讨计策。正当他们重整队形准备再次出击时，轰隆一声巨响摇撼了整个街区。一枚炮弹不偏不倚地落在人群中，顿时死伤遍地，剩下的人四散逃命。这时，防守者挥舞着枪支，齐声呐喊："马须入踏[1]！马须入踏！——立宪！"只见路障的另一侧横七竖八地躺着几十具尸体。霍华德悄声说道：

"我的武器还冰冰凉呢，一颗子弹都没发出去。你呢？"

"我也没有。"

"瞄准一个陌生人的头，然后扣下板机杀死他……"

几分钟后，法热勒回来了，看来心情甚好。

"你们觉得我的这份惊喜大礼怎么样？那是一门老式法国德班日[2]火炮，是一位禁卫军军官卖给我们的。它现在就架在屋顶上呢，快来看看吧！

不久的将来，我们要把它摆在大布里士最大的广场上，并且要在下面写上：'这门大炮拯救了宪法！'"

不可否认，他在短短几分钟之内就取得了重大胜利，但我还是觉得他太乐观了。他的目标很明确：为目前仅剩的支持宪政者保留一小块根据地，使大家互相保护，从而能从长计议未来大计。

---

[1] 马须入踏是指一种政治制度，相当于君主立宪；在此制度下，国王的权力受到限制，必须立宪，同时设立由人民选举产生的机构（如国会）。

[2] 德班日（公元 1833 年 –1914 年）是 19 世纪法国著名炮兵工程军官，尤以发明螺旋式炮尾闭锁（炮栓）而名垂火炮发展史，他的这项杰出的发明沿用至今。另外他还设计过多款不同口径的火炮，名闻法国及海外，并广泛应用于第一次世界大战战场。

在那个危机四伏的六月天，如果有人告诉我们说，从大布里士市集纵横交错的巷弄，仅凭两捆长枪和一门德班日火炮，我们就能把那被窃取的自由还给波斯，谁会相信呢?

但事实就是这样。只不过，我们当中最纯洁的那个人为此献出了生命。

39

对卡亚姆的祖国来说，这是一段相当黑暗的日子。

这就是许诺给东方的黎明吗？从伊斯法罕到嘎兹温，从设拉子到哈玛丹，成百上千个丧失理智的胸膛中发出一致的呼喊："去死！去死！"

从今往后，若想谈论自由、民主、正义，只能偷偷摸摸地进行，未来只是一个不可能实现的梦想，支持宪政的人四处遭到搜捕，"亚当之子"的会址被捣毁，那里的书籍被成堆焚毁，暴力在波斯大地上四处蔓延。

但大布里士除外。在这座英雄的城市里，当政变发生的那一天终于缓缓落幕时，全城三十个主要区域中，只有一个还在奋起抵抗，那就是市集西北方的阿密尔·希兹区。那天夜里，几十个年轻的游击队员轮流把守各处通道，与此同时，在充当临时总指挥部的安筑幔内，法热勒在一张皱巴巴的地图上画满雄心勃勃的箭头。

我们大约十二、三个人满怀热忱地注视着他手中的铅笔，摇曳的防风灯放大了它每一下细微的移动。这时，我们的国会议员挺起身来。

"敌人还没从我们给他们造成的损失中回过神来，他们把我们想象得比实际强大。他们没有火炮，也不清楚我们的底细。因此，我们必须抓住这个有利时机，尽快扩大地盘。国王绝不会按兵不动，不出几星期援兵就会赶到大布里士。在此之前，我们必须解放全城。从今晚开始，我们就要发动进攻。”

他低下头，其他人也跟着低下头。有的人光着头，有的人包着头或缠着头巾。

“我们要出其不意地渡过河去，”他解释道：“向城堡逼近，然后兵分两路，从市集和墓地两个方向进行夹击。天黑之前，它就是我们的了。”

事实上，我们花了整整十天才攻陷城堡。每条街巷里的战况都异常惨烈，但我们的义勇军不断向前挺进，拿下了每一场战斗。星期六那天，几名“亚当之子”占领了印欧电报局总部，这样一来，我们就可以与德黑兰及国内其他各地，以及伦敦、孟买保持联系。同一天，一队武装警察前来投诚，为表诚意，他们带来了一挺马克沁机关枪和三十箱弹药。

这些胜利让民众信心大增，好几百口老老少少鼓起勇气，涌入解放区，有时还带着武器。仅仅几周时间，敌军就被驱赶到城郊，只有城东北方向，介于驼骑区和萨希卜·迪凡营地之间的一片人口稀少的区域还控制在他们手中。

将近七月中旬时，我们组建了一支志愿军和一个临时行政机构，霍华德被委以保障全城物资供给的重任。从那时起，他把大部分时间花在市集上，用于清点物资，商人们也都乐于配合。他本人在进行波斯度量衡单位换算时那可真是游刃有余。

“你得把公升、公斤、盎斯、品脱这些单位抛到脑后，”他对我说，“在这里，人们用的是臼[1]、米斯嘎勒、细耳、哈耳瓦耳[2]（一头毛驴

---

[1] 臼即波斯语“大麦”的意思。如今，伊朗人已改用“甘豆姆”（“小麦”之意）为量词。

[2] 伊朗的传统重量单位中，最大的重量单位是“哈耳瓦耳”，为 300 公斤。“哈耳瓦耳”以下的重量单位则视地区而有所不同。以大布里士为例，1“哈耳瓦耳”等于 100“曼”，所以 1“曼”为 3 公斤。1“曼”的四十分之一为 1“细耳”，约为 75 克；1“细耳”等于 17“米斯嘎勒”（正确的音译应为 misqal）；1“米斯嘎勒”等于 24“诺厚德”（“鸡豆”之意）；1“诺厚德”等于 4“甘豆姆”。

的负重)。”

他试着教我。

“臼是基础单位，即一颗中等大小、未脱麸皮、两端已去须的大麦粒。”

“好精确啊！”我大笑道。

老师向学生投以责备的眼神。为了将功赎罪，我急需证明自己是用心听讲了的。

“所以，臼是最小单位？”

“才不是呢！”霍华德生气地说。

他从容地参考了一下笔记，继续道：

“一粒大麦的重量相当于七十粒黑芥，或者说，相当于六根骡尾巴毛的重量。”

相比之下，我的任务就轻松多了。因为不懂当地方言，所以我唯一的工作就是和城里的外国侨民保持联系，让他们了解法热勒的想法，并关照他们的人身安全。

外高加索铁路于二十年前兴建完工，在此之前，大布里士乃是波斯的门户，是旅客、货物、文化思想进入波斯的必经之路。许多欧洲公司都在大布里士设有分号，比如德国的摩西格与舒内曼公司、奥地利的东方贸易公司等。此外还有领事馆、美国基督长老会及其他多家机构。我很高兴，在大布里士遭到围攻的那几个艰难的月份里，没有任何一个外国人受到攻击。

更令人欣慰的是，城里洋溢着一股感人的手足亲情。我所指的并不是巴斯克维尔、我本人，或者是很快就加入到我们的抵抗行列的帕诺夫。我要致以敬意的另有其人，如《曼彻斯特卫报》的记者摩尔先生，他毫不犹豫地拿起武器，加入法热勒的阵营，并且在战斗中英勇负伤。

还有安吉尼尔船长，他帮我们解决了不少后勤问题，并且他在《法语亚洲报》上发表的文章在巴黎及全世界范围内激起团结的热潮，拯救了大布里士，使其免于可怖的命运。

但对当地某些宗教人士而言，这些活跃的外国人无非是“一群杂七杂八的欧洲人、亚美尼亚人、巴孛教教徒和异教份子。”

然而，民众对这种宣传不为所动，心怀感激之情团结在我们周围。这里的每个男人都是我们的兄弟，每个女人都是我们的姊妹或母亲。

毋需赘言，打从第一天起，波斯人就自发地为抵抗运动提供了莫大的支持。首先是大布里士的自由居民，其次是那些为了坚持信仰而背井离乡，来到这座守护宪法的最后堡垒寻求保护的人们。

这当中包括数以百计的“亚当之子”，他们从帝国各地纷纷赶来，一心只想拿起武器参加战斗；还包括许多来自德黑兰的议员、公使和记者，他们想方设法逃出雅寇夫上校布下的天罗地网，成群结队来到大布里士，到达时几乎筋疲力尽、神智恍惚了。

毋庸置疑，我们最珍贵的生力军乃是雪琳公主。她不顾宵禁，驾车离开首都，哥萨克武装拿她束手无策。当她的敞篷车抵达大布里士时，受到了民众的热烈欢迎。原来她的司机也是大布里士人，当时在波斯会开这种车的人可谓凤毛麟角，而他就是其中之一。

公主在一座荒废的宫殿里落了脚，兴建这座宫殿的人正是她的祖父，也就是那位被刺杀的老国王。他原本打算每年来这里消磨一个月，但据说打从第一天晚上起，他就感到头昏目眩，占星师建议他再也不要踏进这个受诅咒的地方半步。三十年来，这里一直无人居住，人们怀着些许恐惧的心情称这里为“空殿”。

雪琳才毫不在乎什么厄运或诅咒，自从她住到宫殿里，这里就成了全城的中心。宫殿的大花园仿佛夏日夜晚凉爽的小岛，抵抗运动的领袖们喜欢在这里聚会，我也时常与他们同行。

每次见到我时，公主似乎都很高兴。鱼雁往返在我们彼此间结成一张默契的网，外人很难参透。当然，我们从未有机会独处，每次聚会或每次用餐时，总有好几十人在场。我们不知疲倦地讨论，时而开些无伤大雅的玩笑。

在波斯，亲密的言行没有市场，礼貌几乎达到苛刻、夸张的程度。在这里，人们时常对交谈对方如是说：“伟大如您，我不过是您影子的奴仆。”一旦对方贵为亲王，尤其是公主，就得亲吻地面，虽不见得非要付诸行动，但至少要极尽浮夸之能事，口头表达出类似的心意。

于是乎，那个动情的星期四夜晚来临了。准确地说，是 9 月 17 日。我如何能忘呢？

出于各种各样的原因，我的同伴们都走了，我与最后剩下的几个人也一起告辞离开了。正当我即将迈出大门时，突然想起存放重要文件的公事包落在座位旁了，于是赶紧回头去拿，并没想到还会见到公主，我以为她与客人告别后一定也回房间休息去了。

公主仍独自坐在二十张空椅子中间，满面愁容，心绪不知飘在何方。我一边盯着她看，一边蹑手蹑脚地拿起公文包。雪琳仍旧一动不动，侧对着我，全然没有意识到我的存在。我在这冥想般的寂静中坐下来，看着她挪不开自己的视线。恍惚中我仿佛回到十二年前，我看到自己，看到她，在贾玛拉丁位于君士坦丁堡的居所里。

那时她也是这样侧身坐着，一条蓝丝巾从她头顶一直蜿蜒到椅脚。她当时几岁？十七？还是十八？如今三十岁的她已是一位从容、成熟、端庄的女子，但仍如当初般纤细、苗条。很显然，她懂得如何抵御她这一阶层的女人常常受到的诱惑：无所事事、珍馐美馔、终日流连在鸦片烟床上。她结婚了吗？还是已经离婚了？或是守寡呢？我们从未谈过这些。

我真想底气十足地对她说：“自从君士坦丁堡初遇，我便对你一见倾心。”我的嘴唇颤抖着，复又抿紧，却连一个字音也未能出口。

不曾想，雪琳却轻轻地向我转过身来，她望着我，丝毫不感惊讶，仿佛我既不曾离开，也未曾折返。她眼中流露出些许犹豫的神色，改用“你”的人称对我说：

“你在想什么？”

答案自我唇间逸出：

“想你。从君士坦丁堡一路想到大布里士。”

她的脸上掠过一丝微笑，或许有些难为情，但绝非拒人千里之外。我不知如何是好，于是干脆引用了她本人的那句话，那好像已经成了我们彼此间的暗语：

“谁知道呢，也许我们的路会再次相交。”

静默，我们各自沉浸在回忆中。随后，雪琳开口道：

“我把书一起带到大布里士来了。”

“《撒马尔罕手稿》？”

“我一直把它放在床边的五斗橱上，读也读不厌。书中所有鲁拜诗以及留白处的编年史，我都能背得出来。”

“我愿用十年生命为代价，换得与此书共度一宵。”

“我愿用一夜作为交换。”

随即，我贴近雪琳的脸，双唇相交，四目紧闭，四周的一切不复存在，除了知了单调的鸣唱，在我们模糊的头脑里无限放大。悠长的吻，热烈的吻，跨越时间长河的吻，克服重重阻隔的吻。

为避免被其他访客或仆人撞见，我们站起身，我随她穿过一条隐蔽的走廊，迈过一扇不起眼的小门，沿着破旧的楼梯，一直来到老国王的寝宫，如今这里已经成了他孙女的闺房。两扇沉重的大门合上了，厚重的门销落了下来。终于，只剩下我们俩。大布里士不再是一座与世隔绝的城市，恰恰相反，是整个萎靡的世界从大布里士剥离开了。

好一张雄伟的大床，笔直的床柱挑起袅袅罗幔。我在这张床上拥吻我的王室情人。我亲手解开每一个衣结，每一颗纽扣，我用手指、掌心、嘴唇描绘她身体的每一条曲线。她任由我抚摸，任由我笨拙地亲吻，紧闭的双眼中溢出温热的泪水。

黎明已至，我却还没来得及翻开手稿。我看见它就摆在床边的柜子里，但雪琳正赤裸裸地睡在我怀里，头抵着我的脖子，胸贴着我的侧肋，无论如何我绝不会动一下。我呼吸着她的气息、她的香气；我注视着她的睫毛，徒劳地猜想是什么美梦抑或烦恼让它们微微颤动。

等她醒来时，城市的喧嚷声已清晰可闻，我必须尽快离开了，但我在心里暗暗保证，下一个爱情之夜，我一定要好好拜读卡亚姆的大作。

40

离开空荡的宫殿，我一边走，一边缩着身子——大布里士的清晨向来不暖和；我往旅馆方向走去，没想着要抄近路。我并不急着回去，反而需要时间想一想，昨晚的激情尚未平复，各种影像、姿态、绵言细语不断浮现在我眼前。

我不确定自己是否感到快乐，但我的确感到某种完满，其中却又掺杂着地下情所特有的不可避免的罪恶感。

各种想法不断涌进我的脑袋里，如同无眠之夜里挥之不去的思绪。“我离开后，她又带着笑容睡着了吗？她会后悔吗？下次见面时，如果有旁人在场，她会表现得卿卿我我，还是遥不可及？今晚我要再去一趟，看看在她眼里是否还找得到一丝情意。”

猛然传来一阵炮响，我停下脚步，仔细倾听。是我们那门一夫当关的德班日火炮吗？片刻寂静之后，又是一阵密集的射击声，而后又归于寂静。我继续往前走去，脚步却不似先前那般从容了。一边走，一边支愣着耳朵。又是轰隆一声巨响，紧接着又是第三声。这下，我不禁担心起来，单独一门火炮岂能以这样的速度连续发射？由此看来，至少有两门，甚至更多门大炮。两枚炮弹在距离我几条街远的地方炸开了，我赶紧往城堡方向撒腿就跑。

法热勒很快就证实了我的担忧。国王派出的第一批军队已在昨晚抵达，并在宗教首领掌控的区域拉开阵势。其他部队紧随其后，从四面八方汇聚而来，大布里士已经被团团包围了。

德黑兰军事总督、政变的始作俑者里雅寇夫上校在军队开拔之前，发表了慷慨激昂的演说。

> “英勇的哥萨克将士们，波斯国王正大难当头！大布里士民众不仅拒绝服从他的权威，还向他宣战，妄图逼迫国王接受宪政。可是，宪法蓄谋取消你们的特权，解散我们的武装。立宪一旦成功，你们的女人和孩子都要忍饥挨饿！宪政是你们的死敌，你们要像雄狮一样与之奋勇作战。摧毁国会的英勇行为已经为你们赢得了全世界的景仰。继续把你们的崇高事业推向前进，踏平那座叛变的城市吧！我谨代表俄国和波斯两国的最高统治者向你们保证，你们必将获得金钱和荣誉！大布里士的全部财富都是你们的，你们尽管享用吧！”

无论是德黑兰和圣彼得堡的叫嚣，还是伦敦的窃窃私语，传达的都是同一个命令：摧毁大布里士，严惩不贷。打败它，就不会有人再敢提宪法、国会或民主，东方将再次沉入死寂般的昏睡。

于是乎，在接下来的几个月里，全世界将目睹一场令人心碎的奇异竞赛：一方面，大布里士点燃了波斯各地的反抗热情，另一方面，这座城市自身却遭到日益激烈的围剿。宪政拥护者们能否及时振作起来，联合起来，拿起武器捍卫他们最后的堡垒？

一月，他们迎来了第一个大胜利。响应巴赫提牙利族领袖，也就是雪琳舅父们的号召，故都伊斯法罕发动起义，宣布支持宪法，与大布里士并肩作战。当消息传到深陷战火的大布里士时，全城顿时欢声雷动，人们整晚都在高声呐喊：“大布里士－伊斯法罕，国家觉醒啦！”

然而，就在第二天，敌军发动了一轮强力攻势，抵抗军被迫放弃了城南和城西的多个要塞。大布里士与外界联系的通道只剩下一条，也就是向北通往俄国边界的那一条。

三周后，拉什特城起兵造反。与伊斯法罕一样，它也拒绝王权统治，宣布支持宪政，支持法热勒领导的抵抗运动。大布里士再次欢欣雀跃。但与此同时，围城军队立即发动反扑，截断了大布里士唯一的对外通道，实现了对全城的合围。邮政瘫痪，粮食断绝，为确保城里二十万军民不断炊，不得不实施最严格的粮食配给。

1909 年 2、3 月，更多城市加入抵抗运动的阵营。宪政的版图遍及设拉子、哈玛丹、马什哈德[1]、阿斯塔拉巴德、班达尔 – 阿巴斯、布夕尔等地。在巴黎，成立了一个专门捍卫大布里士的委员会，由知名东方学学者迪厄拉富瓦先生担任会长。伦敦也出现了类似的组织，领头人是拉明顿爵士。更重要的是，在奥斯曼伊拉克的卡尔巴拉，什叶派主要宗教领袖们郑重而明确地表明了立场，宣布支持宪政，唾弃思想迂腐的宗教学者。

大布里士胜利了。

但是，大布里士却濒临生死边缘。

面对此起彼伏的叛乱和反对声浪，国王孤注一掷：务必彻底消灭大布里士这座万恶的深渊。只要制服它，其他地方也会跟着屈服。既然没办法攻占它，何不干脆饿死它。

尽管实施了口粮配给制，面包数量仍日益减少。到了 3 月底，已有许多人饿死，尤以老人和小孩居多。伦敦、巴黎、圣彼得堡等地媒体对此深表愤慨，批评的矛头纷纷指向列强，毕竟这些国家在围城之内仍有不下少数的侨民，他们的性命已是危在旦夕，这些声浪通过电

[1] 马什哈德的正确波斯语音译为 Mashhad，为伊朗第二大城，位于德黑兰以东 850 公里处，乃呼罗珊省的首府，亦为什叶伊斯兰的圣城之一。

报传到了我们耳中。

一天，法热勒把我叫去，宣布道：

“俄国和英国很快就要撤侨了，如此一来，大布里士的毁灭就不会在世界其他地方激起太多涟漪。这对我们将会是个沉重的打击，但我希望你要清楚，我并不反对撤侨计划，我不会强制任何人留在这里。”

他委托我转告相关侨民，为方便他们撤离，大布里士将做好各种准备。但是，最不寻常的事情发生了，我很荣幸能亲眼见证这一切，这让我不再只盯着人性龌龊的一面。

于是，我开始执行法热勒委托给我的任务，第一站就是美国基督长老会。一想到要再见到主事牧师，聆听他的训诫，不禁让我有些惶惶然。他原本嘱托我说服霍华德“迷途知返”，而我自己却反倒加入他们一伙，他莫不会怪罪我吗？果然，接待我时他表现得相当漠然，仅仅维持必要的礼貌。

但是，等我说明来意之后，他毫不迟疑地表示：

“我是不会离开的，既然他们能组织人马疏散侨民，那也一定能筹运粮食送到这座饥饿的城市来。”

果然是怀有宗教情操和人道精神的人！我对此深表谢意。之后，我又去拜访了附近的三家商会。令我震惊的是，他们竟然也给出了同样的答复！无论牧师，还是商人，大家都不想离开，其中有个意大利人如此解释说：

“如果我在这样艰难的时刻离开大布里士，将来就没脸再回来做生意了。所以，我要留下来，也许我的存在会促使我国政府有所行动。”

无论走到哪里，人们好像事先商量好了似的，全都做出同样的、明确的、无可辩驳的回答。无论是英国领事莱提斯洛先生，还是俄国领事馆官员——但领事普希塔诺夫先生除外，全都是一样的回答：“我们绝不离开。”这一情况不禁令各国政府愕然。

外国侨民的不离不弃精神令人叹服，这增强了城内军民的斗志。

尽管如此，事态却仍是岌岌可危。4 月 18 日，莱提斯洛先生致电伦敦："今日粮食短缺，明日将愈发稀少。"19 日，他再发电文："情况危急，据说将进行最后突围。"

的确，那天法热勒在城堡召开会议，宣布护宪大军正从拉什特向德黑兰进军，现任政权即将垮台，其覆没也已指日可待。随后，霍华德发言说，目前市集已经空空如也，再也找不到任何食物了。

"家畜和流浪猫都已经杀光了。全家老小日日夜夜在街上游荡，就为了寻找一颗干瘪的石榴，或是一小片掉在水沟里的面包。恐怕很快就会发生人吃人的事情了！"

"两星期，我们只要再撑两星期就够了！"

法热勒的声音里充满恳求的意味，但霍华德的确无能为力。

"我们的存粮只够维持到现在，现在真是连一粒粮也发不出去了，什么都没有了。两周后，人们会纷纷倒毙，大布里士将饿殍遍野。最近几天已经死了八百人。有活活饿死的，也有死于饥饿引发的各种疾病的。"

"两星期！只要两星期！"法热勒重复道，"就算不吃不喝也要撑下去！"

"我们已经好几天水米未进了！"

"那怎么办？投降吗？让我们苦心竭力培养起来的浩大的支持声浪就此偃旗息鼓？真的没办法继续坚持下去了吗？"

坚持！坚持！十二个男人，饥饿疲倦让他们惶惶然，与此同时，唾手可得的胜利果实又让他们头晕目眩，他们只有一个顽强的念头：坚持！

"倒是有一个方法，"霍华德说。"或许……"

众人将目光集中在巴斯克维尔身上。

"趁敌人不备之际杀出一条血路。如果我们能占领这个据点，"他手指着地图上的一点，"我们的人就可以冲出缺口，重新和外界取得联络。等敌人回过神来，救援也许就到了。”

我立刻表示反对，军官们也跟我意见一致，大家无一例外地认为这根本是自寻死路。敌营就建在距离我们五百米远的岬角上，这意味着行动过程中，我们先得越过这一大片平坦区域，爬上一堵高高的泥墙，干掉守卫，然后还要在据点里驻扎充分的人手，以便抵御敌人不可避免的反击。

法热勒迟疑了，他甚至没有看地图，他要考量的是这一行动可能带来的政治影响。它能帮我们赢得几天缓冲的时间吗？讨论一直在进行，越来越激烈。巴斯克维尔坚持己见，据理力争，很快就争取到摩尔的支持。这位《卫报》记者根据他本人的军事经验，认为攻其不备的战术可能会带来重大突破。法热勒终于下定了决心。

“尽管我还没被说服，但既然没有其他办法，我也就不反对霍华德的提议了！”

第二天，也就是 4 月 20 日，凌晨三点，进攻打响了。事先约定，如果五点钟能拿下这个据点，那么其他据点也将发动攻势，以便牵制敌人，防止敌军反扑。然而，从最开始，行动就遇到了阻力。摩尔、巴斯克维尔及其他六十来名志愿者组成的第一支敢死队受到敌方炮火的猛烈阻击。显然，敌军对我们的行动一点都不感到意外。难道有间谍向敌人泄露了我们的计划吗？这一点我们永远不可能知道。敌营防守严密，守军将领是里雅寇夫最得力的干将之一。

法热勒审时度势，立即下令停止行动，他命人发出撤退的长哨声，战士们奉命撤退，包括摩尔先生在内的多人负伤。

只有一个人没有回来，那就是巴斯克维尔，他在敌军的第一波炮火攻击中牺牲了。

接连三天，大布里士举城哀悼，基督长老会低调致哀，“亚当之子”的占领区群情激奋。我双眼红肿，与前来致哀的素不相识的人们握手、拥抱。

英国领事也在吊唁的人群中，他把我拉到一旁：

“我有个消息要告诉您，这对您或许是种安慰。您的朋友牺牲后六小时，伦敦发来一条消息，称列强已就大布里士问题达成协议。巴斯克维尔先生不会白白牺牲，此时此刻，一支远征军正向这里进发，一方面是为了解困大布里士，运送补给物资，另一方面则是要组织侨民撤离。”

“莫非是一支俄国远征军？”

“当然，”莱提斯洛先生答道，“只有他们在附近地区有驻军。但是，我们已经得到保证，宪政拥护者不会受到刁难，一旦完成任务，沙皇部队会立即撤离。拜托您说服法热勒放下武器。”

我为什么要答应呢？因为心情沮丧？因为精疲力竭？因为在我身上渐渐滋生的波斯宿命思想？原因我不抱怨，因为我好说话，于是这个可恶的任务就落到了我头上。不过，我并不打算直接去找法热勒。我宁可先逃避一会儿，去找雪琳。

自从那一夜温存之后，我只在公开场合见过她。围城给大布里士造成一种新气候，人们开口闭口谈的都是敌军渗透，随处随地看到的都是间谍的影子。荷枪实弹的士兵沿街巡逻，严守主要建筑物的出入口。雪琳的宫殿外通常有五、六个士兵把守，有时甚至更多，虽然他们看到我总会露出最灿烂的笑容，但我却不得不谨慎行事。

那天晚上，恰好赶上警戒松懈，我伺机溜到雪琳房门口，不声不响地推开半掩的房门。

雪琳正坐在床上，手稿摊开在她蜷起的膝盖上。我走到她身边，与她肩并肩、胯贴胯，无论是她，还是我，都无心缠绵，这一夜，我们要用另一种方式谱写恋曲——共同阅读一本书。这一次由她来指引我的双眼和双唇，她谙熟书上的每个字、每幅画，而我则是第一次。

她用自己的方式将诗句翻译成法文。这些诗句蕴藏着深刻的智慧，洋溢着永恒的美感，竟让人忘记了这是八百年前，在尼夏浦尔、伊斯法罕或撒马尔罕的某座小花园里写就的。

> 负伤的鸟儿将自己藏起，死去。

这是一个被世事制服却心有不甘的诗人的独白，字里行间隐藏着怨恨，却又潜伏着慰藉。

> 人儿啊，愿你在冥间寂然的黑暗中安息。

但也不乏闪耀着喜悦与洒脱的字句：

> 来点酒吧！愿这琼浆如你的双颊一般绯红。
> 愿我心间的愧疚如你的发丝一般轻盈。

我们把所有四行诗从头念到尾，细细欣赏每一幅细密画，然后再把书重新翻到最前面，开始研读留白处的编年史。首先是亚美尼亚人卧耳坦的记录，他的文字占了一大半篇幅。借助他的记录，那晚我了解到卡亚姆、佳涵和那三位好朋友的故事。接下来是由阿拉穆特祖孙三代图书馆员所做的记录，每个人大约写了三十页左右。这部分内容记载了手稿在木鹿被偷之后的神奇命运、它对阿煞星的影响，以及蒙古入侵前阿煞星的简史。

最后几行字迹我看不太清，于是雪琳便念给我听：

> “我必须在阿拉穆特毁灭之前，带着举世无双的尼夏浦尔的卡亚姆的手稿，逃回我的故乡克尔曼。我决心从今往后把它藏起来，但愿在值得拥有它的人出现前，它不要被人发现才好。我将一切交付真主，由他决定将谁引来，或让谁误入歧途。”

文字下方署有一个日期，我推算应该是 1257 年的 3 月 14 日。

我陷入沉思。

“手稿止于13世纪，”我说，“贾玛拉丁收到这份礼物是在19世纪。这中间发生了什么事？”

“长眠，”雪琳说，“东方式的漫长午休。后来，在狂人米尔札·雷札的怀里猛然惊醒。他不是跟阿拉穆特的图书馆员一样都来自克尔曼吗？如果发现他有位阿煞星祖先，你会感到震惊吗？”

她站起身，走过去坐在椭圆梳妆镜前的一张矮凳上，手中拿着一把梳子。我情愿一直看着她光洁的手臂优雅的动作，但她却将我拉回平庸的现实。

“如果你不想被人发现在我床上的话，最好收拾一下赶紧离开。”

确实，天光已然倾泻而入，每片窗帘都透着亮光。

“没错儿，”我气馁地说，“我险些忘了你的声誉。”

她转向我，笑着说：

“是啊，我还得维持自己的名誉呢。我可不想让自己成为茶余饭后的谈资，说有位英俊的外国人在我房里待了一整晚，竟然连衣服都不想脱。这样一来，以后我可真没人要啦！”

我把手稿放回盒里，又在情人唇上吻了一下，然后穿过一条长廊和两道密门，一路小跑返回围城的骚乱中。

41

在那艰困的几个月中，有不少人丧生，为什么我只举出巴斯克维尔呢？因为他是我的朋友，也是我的同胞吗？

也许吧，但最重要的是因为他最大的梦想就是看到东方在自由与民主中重生，而这个东方于他而言其实是一片陌生的土地。

他白白牺牲了吗？再过十年、二十年，甚至一百年，西方还会记得他的事迹吗？波斯还会缅怀他的义举吗？我不想去思考这些事，以免陷入那不可避免的忧郁，就像那些身处希望与失望夹缝间的人们那样。

如果就巴斯克维尔牺牲后紧接着发生的事而论，那我可以说他并没有白白牺牲。

外国势力介入、封锁解除、补给送达，这些都是霍华德的功劳吗？也许这些决定早就做出了，但无疑霍华德的牺牲加速了救援计划的实施，城里数以千计饥饿的民众都因为他的牺牲而活了下来。

可想而知，沙皇军队的解围并不能让法热勒欢欣鼓舞，我只好尽力劝他隐忍顺从。

“人们已无力再战，你所能送给大家的最好礼物，就是让他们免于挨饿。经过了这么多苦难之后，这是最起码的回报。”

“苦战六个月，最后却要听任沙皇尼古拉摆布，他可是给国王撑腰的啊！”

“这并非俄国人的单独行动，而是受国际社会委托而采取的行动。我们在世界各地的友人无不对此表示欢迎。如果拒绝、违逆这番好意，就会失去国际友人的慷慨支持。”

“胜利已然在望，我们却要低头屈服，放下武器！”

“你这话是对我说的，还是在质问命运？”

法热勒吓了一跳，向我投来责备的目光。

“大布里士怎可受此屈辱！”

“我无能为力，你也无能为力。在某些时候，任何决定都是错的，权衡之下，当然应该选择将来可能后悔最少的那个。”

他看似安静了下来，陷入沉思。

“我的战友们会怎样？”

“英国答应保证他们的安全。”

“我们的武器呢？”

“人们可以保留各自的枪支。房舍也不会遭到搜查，除非有人在里面放枪。但重型武器得要交出去。”

他还是不怎么放心。

“谁能确保俄罗斯明天一定会撤军呢？”

“关于这点，我们得信靠真主了。”

“我突然发现你已经算得上是东方人了。”

只有了解法热勒的人才会知道，在他口中，“东方”可不是什么恭维话。尤其是在此刻，他一边说出“东方”二字，一边狐疑地撇了撇嘴。我得赶紧转变战略，于是，我站起身，长叹一声，道：

“也许你是对的，我不该跟你说这些。我这就去告诉英国领事，说我没能说服你，然后我就回来和你并肩作战到底。”

法热勒把我拦了下来。

“我并没有责怪你，也没有拒绝你的提议。”

“我的提议？我只不过是在替英国领事传话而已，这一点我们可要说清楚。”

“别激动，听我说嘛！我非常清楚自己根本无力阻止俄国军队进驻大布里士。我也明白，哪怕稍加反抗，我就会成为千夫所指，首当其冲的就是我自己的同胞，因为他们已坐困愁城，此刻无论哪方伸出援手，他们都会欣然接受。我甚至懂得，围城的结束即意味着国王的失败。”

“这不正是你为之奋斗的目标吗？”

“不是！我的确痛恨国王，但我的斗争矛头并非指向他个人。推翻一位专制君主并不是终极目标。我为之奋斗的，是要让波斯人民意识到，他们是自由的，用我们这里的话来说，就是亚当的后裔，波斯人必须对自己、对自身的力量有信心，如此一来，他们才能在当今世界上立足。这才是我所祈愿的。大布里士奋起反抗君主专制，反抗宗教领袖，反抗外国列强，普遍赢得正义之士的支持和赞赏。但就在大布里士人即将取得胜利的时刻，有些人却不愿看到这样的局面，他们害怕大布里士会成为世人仿效的典范，于是要想方设法羞辱它。看啊！骄傲的大布里士人竟跪在沙皇军队的铁骑下乞食！你生在一个自由的国度，你应该理解的。”

异常沉重的几秒沉默之后，我最后说道：

“你希望我怎么回复英国领事呢？”

法热勒极不情愿地挤出一丝笑容，说道：

“就跟他说，我很乐意再次向英国领事陛下寻求庇护。”

时过境迁之后，我才终于懂得法热勒那时的痛楚，但在当时来说，法热勒似乎多虑了。他先在英国领事馆待了几天，随后莱提斯洛公使派车载他穿过俄国边境，直抵嘎兹温，在那里，他与护宪大军会合。经过长久的等待之后，护宪大军准备随时向德黑兰方向进军。

事实上，当大布里士命悬一线之时，国王尚有足够的威慑力，可以借此恫吓、钳制敌人。一朝围城之势解除，法热勒的战友们便获得了行动自由。

护宪大军分成南、北两路，分别从嘎兹温和伊斯法罕出发，马不停蹄地向首都逼近。其中，南路军主要由巴赫提牙利族成员组成，并于 6 月 23 日攻占了贡木。

几天后，英、俄两国发表联合公报，敦促护宪派立即停止攻势，与国王达成谈判协议。否则，两国将不得不采取介入手段。

法热勒及其战友对此充耳不闻，反而加快进攻的步伐：7 月 9 日，南、北两路大军在德黑兰城下会师；13 日，两千名士兵在没有受到任何阻挠的情况下，从法国公使馆附近的西北城门攻入首都。此情此景不禁让在场的法国《时代报》记者目瞪口呆。

只有里雅寇夫仍妄图抵抗，他率领三百名士兵，凭借几门老旧的火炮和两挺克鲁索机枪，占据了市中心的部分区域。双方展开激烈战斗，直到 7 月 16 日。

当天早上八点半钟，国王象征性地带领五百名士兵和朝臣前往俄国公使馆寻求庇护，此举即意味着让位。

事情发展到这一步，身为哥萨克统帅的里雅寇夫也只好放下武器，他宣誓自此之后服从宪法，听候取得胜利的立宪派差遣。作为交换条件，立宪派同意不解除他的武装。

退位国王年仅十二岁的小儿子被确立为新国王。雪琳看着他长大，认为他是个秉性温和、心思敏感的少年，毫无半点暴戾之气。战斗结束后的第二天，当他在太师史米诺夫先生的陪伴下行经首都时，百姓皆齐声高喊："国王万岁！"而就在前一天，从同样的胸膛中发出的却是"国王去死！"的怒吼。

42

在公开场合，小国王一派器宇轩昂，笑容可掬，挥舞着白皙的手臂，向子民打招呼。可是，一旦回到宫里，他却令身旁的侍从不知所措，因为与父母猝然分离，他哭泣不止。那年夏天，他甚至试图逃跑，要去和父母团聚。被抓回来之后，他又试图在王宫天花板上上吊，等到快要喘不上气的时候，他害怕了，于是连忙呼救，最后总算被救了下来。这件不幸的事件反而起到了意想不到的效果，从那以后，他的心病彻底被治愈了，于是一心一意地做他的立宪君主，行事温良得体。

真正的权力掌握在法热勒和他的同伴们手中，一场肃清行动揭开了新时代的序幕：六名旧王权的拥护者被处死，其中包括两名大布里士的宗教领袖，他们曾率众攻击“亚当之子”；另外还有谢赫法兹鲁拉·努里，他被控参与前一年政变后的大屠杀，被判处合谋谋杀罪，并由什叶派最高领袖签署了死刑判决书。毫无疑问，这一判决还有更深远的象征意义，因为努里曾公开表示宪法有违伊斯兰教义，属于异端。

1909 年 7 月 31 日，他在炮台广场被当众绞死。临死前，他喃喃自语：“我不是反动分子！”随后，他又对围观人群中的支持者宣布：宪法有违宗教精神，宗教才是最终准绳！

新领导人的当务之急就是重建国会，国会大厦从废墟中拔地而起，议会选举如期举行。11 月 15 日，小国王郑重宣布波斯历史上的第二届国会正式成立，他说：

> “以赐予我们自由的真主之名，以护佑众生的伊玛目的神恩之名，怀着喜悦和祝福的心情，我宣布国家参议会正式成立了。
>
> “知识的进步与思想的转变使变革成为不可避免的历史趋势。几个世纪以来，虽然历经种种艰难困苦的考验，波斯却能屡过难关。如今，波斯人民终于得偿所愿。我们欣喜地看到，主张自由、进步的新政府深得人民的支持，正积极致力于恢复和平，重建民族自信心。
>
> “为推行必要的改革，政府和议会的首要任务是根据文明国家的通行标准，组建政府，尤其是要重建公共财政体系。
>
> “祈愿真主能指引这些人民代表的脚步，赐予波斯荣耀、独立和幸福。”

那一天，德黑兰沉浸在一片欢天喜地的气氛中。街上游行的人群络绎不绝，人们在十字路口齐声欢唱，朗诵以“宪法”、“民主”或“自由”为题的诗作；商家免费为行人提供饮料和甜点；数十份在政变时期被迫歇业的报纸也争相发行特刊，宣告复刊。

入夜时分，城市的天空燃起绚烂的烟火。巴哈利斯坦区的公园里布置了观礼台，各国外交使节、新政府成员、宗教领袖、商会代表齐聚一堂。作为巴斯克维尔的朋友，我被安排在前排就座，刚好就在法热勒身后。烟花接连绽放，噼啪声不绝于耳，每当烟花照亮夜空，大家争相抬头仰望，像心满意足的孩子似的脸上笑开了花。公园外，“亚当之子”一连好几个小时不知疲倦地高呼相同的口号。

听着人声鼎沸的喧声，我不禁想起霍华德，在这欢庆的时刻，他理应与我们同在。正在这时，法热勒转过身来对我说：

“你看起来似乎有些悲伤。”

“悲伤？才没有呢。我一直梦想能在东方大地上听到‘自由’的呐喊。只不过，这场景倒是勾起了一些回忆。”

“先别去想那些，开心点。好好享受这最后的欢乐时光吧。”

听了这几句令人不安的话，那晚，我无论如何也再没有心情庆祝了。时隔七个月，难道法热勒又要继续我们当初在大布里士的痛苦辩论了吗？莫非他又有了其他担忧的理由？我本打算隔天去找他问个清楚，但最终却改变了心意。之后，整整一年，我没去找过他。

为什么呢？我想是因为经历了先前那场令人身心俱疲的冒险后，我开始深深地怀疑自己卷入大布里士的战事是否称得上是明智之举。我明明是来东方追寻一部手稿的下落，却卷进一场全然与我无关的战斗，为什么要这样呢？

话又说回来，我凭什么建议霍华德到波斯来？用法热勒和他同志们的话来说，巴斯克维尔是一位殉道者。但对我来说，他却是一位故去的朋友，一位为了别国事务而客死异乡的朋友。将来有一天，他的父母很可能写信给我，带着令人心碎的礼貌质问我为什么要让他们的儿子走上不归路。

因为霍华德而感到良心不安吗？其实，更确切地说，倒不如说是出于某种审慎的考虑。也许这个字眼并不准确，但我想说的是，在我的朋友们取得胜利之后，听到德黑兰的人们对我在大布里士所做的事大加夸奖，我却连丝毫炫耀的心情也没有。要说我在其中起了什么作用的话，那也纯属偶然，而且是相当微不足道的。更何况，我的这位同胞才是真正的英雄，我不想利用人们对他的怀念，获得本不该属于我的特权和名誉。

坦率地讲，我迫切需要逃离这里，淡出众人的记忆，断绝与政客、安筑幔成员或外交官的往来，我想每天只见雪琳一个人，这样的愿望与日俱增。我说服她搬到她家族位于札尔干达山区的一栋别墅，那里是一片远离德黑兰的度假胜地。我自己也在那附近租了一间小房子，不过那只是为了掩人耳目罢了，因为我每天每夜都跟雪琳厮守在一起，幸而有她的仆役替我们保守秘密。

那年冬天，我俩一连好几个星期都待在她的大卧室里，足不出户。房间里有一个铜火盆，把屋里烤得暖烘烘的。我们一起阅读卡亚姆的手稿或其他书籍，一起抽嘎里烟，喝设拉子葡萄酒或香槟，一起嚼着克尔曼开心果和伊斯法罕牛轧糖，漫不经心地消磨时光。我的公主既懂得如何做一位尊贵的夫人，又很会小鸟依人，我俩时时刻刻情意缠绵。

天气乍暖，札尔干达就活泛起来。许多外国人和波斯望族都在此购置豪宅，他们喜欢在这一片草木扶疏中，享受几个月闲散的日子。对很多外交官来说，如果没有这个天堂般的所在，那么灰暗沉闷的德黑兰着实令人难以忍受。不过，一到冬天，札尔干达就人去楼空，只剩下园丁、护卫，以及少得可怜的当地人，而我和雪琳正需要这样的冷清。

从四月起，人们陆续重新回到山里避暑，大门前、小径上，随处都是闲逛的行人。一夜醒来或午休之后，雪琳总要接待女客，跟她们喝茶聊天。这些人的眼睛可毒呢，什么也逃不出她们的眼睛，每当这时，我就得忙不迭地躲起来，从走廊上仓皇逃跑。慵懒的冬眠期结束了，该是离开的时候了。

当我向她说明心意时，我的公主尽管伤心，却也只能默默接受。

“我以为你在这里过得很快乐。”

“我在这里度过了绝无仅有的快乐时光，我希望暂时将它完好无损地搁置起来，以便日后慢慢享受。你总是让我看也看不够，我注视你的目光中既有惊奇，又充满爱意，我不希望度假人潮的到来打扰了我欣赏你的兴致。夏日的离别是为了冬日的重聚。”

“夏去冬来，你去了又回。你以为自己可以任意支配四季、年月，还有你、我的生命吗？卡亚姆是怎么教你的？‘顷刻间，上天竟连你润湿双唇的时间都夺去了。'"

她凝视着我的眼睛，好像在阅读一本翻开的书。她什么都懂了，于是叹了口气。

"你要去哪儿？"

我还未打定主意。我两次来波斯，两次身陷绝境。从博斯普鲁斯海峡到中国海，广袤的东方世界等待着我去探索。比如土耳其，它和波斯几乎同时爆发起义，推翻了苏丹－哈里发，选举了人民代表和议员，各类社团和反对派报纸纷纷成立。又如傲气十足的阿富汗，英国付出了极大代价才最终压制住它。当然，还有整个波斯等着我去走一走，看一看。目前为止，我只到过大布里士和德黑兰，但是设拉子、卡尚、克尔曼等地我都从没去过！我也想去看看尼夏浦尔和卡亚姆的墓地，据说，多少世纪以来，那灰色的墓碑上总是洒满花瓣。

前方有这么多条路，该选择哪一条呢？卡亚姆的手稿替我做了决定。于是，我搭火车来到克拉斯诺伏斯克，穿过阿什哈巴德和木鹿古城，直到布哈拉。

最重要的是，我到了撒马尔罕。

43

我很好奇卡亚姆度过青春岁月的城市，现在究竟变得如何?

阿斯菲札尔区以及卡亚姆、佳涵谈情说爱的花园现在是怎么一番模样？玛突利德郊区是否还有迹可循? 11世纪时，那里的犹太造纸商曾按照中国的古老造纸术，用白桑树枝制作纸浆。一连好几个星期，我时而走路，时而骑驴，走遍大街小巷，向商家、路人，以及清真寺的伊玛目苦苦询问。可是，他们给我的唯一答案，要么是无可奉告地撇撇嘴，要么是露出愉快的笑容，然后请我坐在他们天蓝色的长沙发上，跟他们一块儿喝茶。

幸运的是，一天早上，我来到雷吉斯坦广场[1]，一队骆驼商旅正巧行经此地，这是一支小型商队，仅有六、七匹皮毛浓密、脚蹄厚实的双峰骆驼组成。在离我不远的地方，一个赶骆驼的老人站在陶匠铺

[1] 雷吉斯坦广场（正确意译应为 Rigestan Square）位于撒马尔罕的中心，本文此处的描述应与目前的格局相去无多。该广场主要由三座大经学院建筑群构成：西面的是兀鲁伯经学院、北面的是提里牙－卡利经学院、东面的是锡尔·兜尔经学院。其中兀鲁伯经学院为15世纪时由帖木儿帝国的统治者兀鲁伯所建，为当时东方穆斯林世界里最好的一座学院；其余两座则为17世纪时由撒马尔罕的乌兹别克突厥统治者所建。

门口，胸前抱着一只刚出生没多久的羔羊，打算和陶匠交换东西。陶匠一边和他讨价还价，一边忙活着在陶车上制作陶器。他努努下巴，指着一摞上釉的器皿。我望着这两个人，打量着他们的黑色滚边羊毛帽、条纹袍子、红胡子，还有他们那已有千年历史的一举一动。眼前的一切难道不是和卡亚姆的时代别无二致吗？

一阵清风吹来，沙子在空中打着转儿，我身上的衣服鼓起来，整座广场笼罩在一片似真若幻的薄纱之中。我举目四望，广场四周矗立着三座庞大的建筑群，尖塔、圆顶、大门、装饰着精致的马赛克和阿拉伯式花纹的高墙，折射出黄金、紫晶和绿松石的光芒，还有精湛的书法。历经几世纪的风霜以及人世沧桑，这些古建筑虽仍不失壮观，但高塔已然倾斜，穹顶早已塌陷，墙面亦已斑驳。这些高高在上、精彩绝伦的庞然大物，再也没有人会向它们投去关注的目光，最终不过沦为一出微不足道的宏大背景罢了。

我往后退了几步，没承想却踩到人家的脚，我急忙转身道歉，却发现对方竟是一位和我同样一身欧式打扮、来自遥远异乡的先生。我们于是攀谈起来。这是一位俄国考古学家，他同样带着成千上万个疑问来到这里。不过，他已经找到一些答案了。

“在撒马尔罕，大灾大难接二连三地发生，这座城市经历了从无到有、再从有到无的循环。13 世纪，蒙古大军屠城，曾经熙来攘往的街道变成了废墟和乱葬岗，幸存者不得不抛弃一切，搬迁到更南边的地方重建家园。因此，老城，也就是塞尔柱人兴建的撒马尔罕，逐渐被层层黄沙湮没，变成一片凸起的荒野。黄沙之下埋藏着宝藏和秘密，而从表面看上去，却只是一片放牧牛羊的牧场。将来有一天，人们会重新发掘这一切，房屋和街道将会重见天日。到那时，重见天日的撒马尔罕便会为我们讲述它自己的故事。”

他停顿片刻。

“您也是考古学家吗？”

“不是。这座城市之所以吸引我，另有其他原因。”

“我可以冒昧地请问是什么原因吗？”

于是，我对他和盘托出，手稿、诗歌、编年史、插图，以及撒马尔罕的爱恨情仇。

“我多么希望也能亲眼看看那本书！您知道吗，当年所有的一切全都被摧毁了，好像受到诅咒一样。城墙、宫殿、果园、花园、水渠、宗教场所、书籍，以及珍贵的艺术品，一切的一切全都消失殆尽了。如今我们所看到的这些建筑都是帖木儿及其后世子孙重建的，至今不过五百年历史。从卡亚姆的时代遗留下来的，只不过是些破陶烂瓦，还有您刚刚向我提及的那部手稿，这可真是奇迹啊！您真是三生有幸，能够将它捧在手中，随时翻阅！这是殊荣，更是责任啊！”

“请相信我，我也有同感。多年来，自从得知有这样一本书的存在之后，我就只为它而生了，它指引我投入一次又一次历险，它的世界就是我的世界，它的守护者就是我的爱人。”

“所以，您到撒马尔罕来就是为了找寻书中所描述的场景？”

“我本希望这里的人们至少能告诉我那些古迹的位置。”

“很抱歉，让您失望了。”他说，“不过，关于您所热衷的那个时代，您恐怕只能从当地人口中探听到一些传说或精灵鬼怪的故事罢了。这里的人乐此不疲。”

“比亚洲其他地方的人更甚？”

“恐怕是这样的。我想，生活在今天的人们，整天守着这片废墟，想像力自然而然会很丰富吧。再说，地底下还埋着另一座城市呢。几百年来，不知有多少孩子失足掉进地缝里，就再也见不到人了。人们听到，或是自以为听到，从地底深处传来各种怪声。于是就有了撒马尔罕最有名的传说，这与弥漫在城里的神秘气氛不无关系。”

我任由他继续往下讲。

“据说，从前，撒马尔罕有个国王，他梦想实现所有人类的共同愿望，也就是长生不死。他坚信死亡是从天而降的，于是就想方设法不让它落在自己身上。他用铁造了一座庞大的地下宫殿，封堵住所有入口。富有的国王还铸造了一轮人工太阳，太阳清晨升起，黄昏落下，为他取暖，提醒他时间的流逝。可惜啊，死神最后还是突破了国王的层层戒备，溜进宫殿，完成了他应有的使命。他要让世人知道，不论他们多么有权有势，无论他们多么富有，无论他们多么聪明或妄自尊大，任何人都逃不出死神的手掌心。就这样，撒马尔罕成了人类逃不过命运的象征。”

离开撒马尔罕，还要去哪儿呢？对我来说，撒马尔罕已是东方的尽头，这里云集了世间的一切奇迹，也饱含着浓得化不开的乡愁。离开这里的同时，我已经下定决心返乡。我希望回安纳波利斯待几年，褪去旅途的疲惫，过一段安稳日子。休整一番之后，再重新上路。

因此，我制订了一个疯狂的计划：返回波斯，带上雪琳和手稿一同离开，到巴黎、维也纳、纽约这样的大都市隐姓埋名地过日子。她与我，两人在西方世界过着东方节奏的生活，岂不快哉？

一路上，我时常感到孤单，心神不宁，脑海中反复琢磨着要如何说服雪琳。离开，离开，在这里开开心心的还不够吗？雪琳一定会如此反问我。即便如此，我也有把握说服她。

我在里海边租了辆车，载我回札尔干达。当车子在紧锁的大门前停下来时，我却发现另有一辆朱尔 40 轿车正停在那里，车头中央插着一面星条旗。司机走下车来，询问我的身份。

当时，我有种错觉，似乎自从我离开后他就一直在等我。但司机言之凿凿地说他是当天早上才到这里的。

“我的主人要我在这里等您回来。”

“要是我一个月后，或是一年后才回来，甚至永远都不回来呢？”

面对我的惊愕，他不以为然。

“但您回来了啊！”

他递给我一张美国全权特使查理斯·罗素写的便条，内容如下：

亲爱的雷萨吉先生：

我能否有幸邀请您于今日下午四时前来公使馆一晤，有要事相商。我已嘱咐司机听您差遣。

44

公使馆里正有两位先生怀着同样焦急的心情等着我。罗素先生身穿灰色套装，系着水波纹蝴蝶结，留着跟罗斯福总统一样的胡须，看得出经过精心修剪，法热勒依旧穿着白色长袍，搭配黑色披风和蓝色头巾。外交官罗素先生以一口不太顺畅、但文法正确的法语说了一段开场白：

“今日的会谈必将改变历史的进程，藉由我们三人，让两个相距遥远、风俗各异的国家走到了一起。美国虽建国不久，但民主制度早已根深蒂固；波斯虽有数千年悠久的历史，但在实行民主制度方面仍是蹒跚学步的幼童。”

他说话的语气略显神秘，又不失庄重，目光不时瞟向法热勒，以便确认他的反应。然后，他继续说道：

“几天前，我应邀到德黑兰民主社作客，借此机会我向台下听众表达了我对立宪革命的支持。我国总统塔夫脱先生及国务卿诺克斯先生也持同样的立场。另外，诺克斯先生知道我们今天所举行的会谈，他正等着我会后发电报给他，通报我们会谈的结果。”

他请法热勒出面为我解释：

“你还记得之前你曾劝阻我不要抵抗沙皇军队吗？”

“那真是费力不讨好啊！”

“我从没怪过你，你做了该做的事，而且在一定程度上，你是对的。但不幸的是，我当时所担心的事果然发生了，俄国人并没有离开大布里士，当地居民不堪其扰。哥萨克兵在大街上强行揭开妇女的面纱，‘亚当之子’稍有不慎就有可能锒铛入狱。

“但这还不是最严重的，有一件事远比俄国人占据大布里士，远比我的同伴们遭到囚禁更为严重，那就是我们的民主正摇摇欲坠。罗素先生把我们的民主制度比作‘幼童’，这还不够，他还应该补充说我们的民主‘脆弱不堪’‘腹背受敌’。表面上看，一切顺利，人民幸福，市场繁荣，宗教人士也表现得更加通融了，然而，要想保证民主制度的大厦不致坍塌，非得需要一个奇迹不可。为什么呢？因为我们的国库一如既往空空如也。从前政府的税收方式非常怪异，各省份的税收权被分租给某些凶神恶煞似的人物，他们大肆搜刮民脂民膏，中饱私囊，只将部分收益上缴国库，以此换取朝廷的庇护。我们的一切不幸皆源于此，国库亏空时，便跑去向俄国人和英国人借贷，后者借机取得种种特权。沙皇正是通过这种手段介入波斯内政，而我们的国家财富也是通过这个渠道流入了列强的腰包。新政权同样面临这种两难的局面，如果我们不能像其他现代化国家一样处理本国税务，就得一直受制于外国强权。因此，当务之急是整顿财政，这是波斯实现现代化的必经之路，也是波斯争取自由必须付出的代价。”

“既然已经找到了解决问题的办法，那还等什么呢？”

“而今，没有任何一个波斯人能担此重任。这话说来着实令人难过，但在这个拥有上千万人口的国家，无知的程度不容小觑，仅有极少数波斯人像发达国家的政府公务员那样接受过现代教育。唯独外交领域还有个把人才可用，至于说到其他领域，如军事、通讯，尤其是财政领域，则完全处于无人可用的状态。如果我们的政权能坚持二、三十年，定会培育出一大批可担重任的人才。但就眼下情况而言，最好的办法就是聘请正直、有能力的外国人前来帮助我们。要找到合适的人选并不容易，这我知道。过去，我们与纳乌斯、里雅寇夫等人曾有过非常不愉快的合作经历。尽管如此，我并不感到绝望，我与国会、政府中的个别同僚商议过这个问题，我们一致认为美国可以在这方面为我们提供帮助。”

“荣幸之至！”我脱口而出：“但为什么是我的祖国呢？”

听到我的问话，查理斯·罗素不禁一脸惊讶和着急。法热勒急忙安抚他说：

“我们已将诸强国逐一考量了一番。俄国人和英国人巴不得波斯破产，以便更好地操纵我们。法国人一心要与沙皇搞好关系，我们的命运对它来说简直无关痛痒。总的来说，整个欧洲深陷于同盟与反同盟的关系网，波斯只不过是游戏桌上一枚不起眼的筹码或棋子罢了。只有美国会乐于帮助我们，并且不会对我们怀有非分之想。于是，我请罗素先生帮忙，询问他是否认识这样的足以担当大任的美国人。我得承认，是他向我推荐你的，我自己倒是完全忘记你之前是念金融专业的了。”

“承蒙你的这番信任之情，”我回答：“但我绝不是你要找的人。我虽然取得了金融专业的文凭，但我学艺不精，而且从未做过这方面的实际工作。这全是我父亲的错，他经营造船业有成，所以我不必工作谋生。我一向只做些徒劳无益的事，比如旅行、阅读、恋爱、信仰、怀疑、战斗等，有时也写写东西。”

他俩尴尬地笑了，彼此交换了一个茫然不知所措的眼神。我继续说：

“等你们找到适合的人选之后，我可以从旁协助他，提供各种意见建议，略尽绵薄之力。这个人必须富有专才、勤劳肯干，而我则空有一腔热情，实际上是个无知无识的懒虫。”

法热勒不再坚持，他模仿我的口吻说道：

“没错儿，我可以证明。除此之外，你还有更大的缺陷呢。大家都知道你是我的朋友，这样一来，我的政敌一定会不遗余力地阻止你取得成功。”

罗素先生一言不发地听着，脸上挂着僵硬的微笑。我俩之间的玩笑话一定不合他的胃口，不过即便如此，他还是很有风度地听着。法热勒转向他：

“我很遗憾本杰明如此不识时务，但这不会影响我们的协议。也许，将这份责任委托给一个从未参与过波斯事务的人反而更好。”

“您有特定的人选吗？”

“没有，但我希望找一个严谨、诚实、思想独立的人。我知道你们之中绝对有这样的人，我甚至可以想象出他的样子，好像他就站在我眼前似的，这个人仪态优雅、干净整洁、处事公正、直言快语，就像巴斯克维尔一样。”

1910 年 12 月 25 日，星期日，圣诞节当天，波斯政府发了一通电报给驻华盛顿公使馆，电文如下：

> “望即刻接洽美国国务卿，请求代为联络美国财政部门，以期聘得一位公正不阿的美国专家，赴我国担任财政总长一职，首任三年，由国会任免。其职责包括重整政府财源、掌管国库收支，届时将有一位专业会计和一位税收监察员辅助其开展工作。
>
> “据美国驻德黑兰公使称，美国国务卿业已答应协助解决此事。请直接联络国务卿本人，毋须经由他人。请将本函转交其本人亲阅，一切按照他的指示行事。”

隔年 2 月 2 日，波斯国会以压倒性多数通过了任命美国财政总长的议案，会场掌声雷动。

几天后，曾向国会议员提交此议案的波斯财政大臣在光天化日之下被两名格鲁吉亚人刺杀。当天晚上，俄国公使馆翻译来到波斯外交部，要求立即将那两名凶手移交给他，因为他们是俄国公民。每个德黑兰人都心知肚明，这是圣彼得堡在为国会投票一事宣泄不满。波斯当局选择忍气吞声，以此避免与这个霸气十足的邻居交恶。于是，两名凶手被带回俄国公使馆，而后又被送往边境，一旦跨过国境线，他们就成了无罪之身。

为了表达不满，商家关门停业，“亚当之子”呼吁抵制俄国商品，甚至出现了多起攻击当地格鲁吉亚侨民的报复事件。但政府当局，连同报纸舆论，极力奉劝民众保持耐心，因为真正的改革即将开始。等外国专家一到，国库很快就会丰盈起来。一旦还清了债务，波斯就再也不必受制于债权国，学校和医院会有的，现代化的军队会有的。届时，沙皇将滚出大布里士，再也无法作威作福了。

波斯翘首期盼奇迹。事实上，奇迹即将发生。

45

第一个奇迹，是法热勒告诉我的。他以胜利的语调小声对我说：

“瞧啊！我跟你说过他会像巴斯克维尔一样吧！”

“他”就是摩根·舒斯特——波斯新上任的财政总长。此刻，他正上前来与我们打招呼。我们专程赶到嘎兹温路上来迎他，他带着属下，乘着老旧的马车，套车的马匹一副弱不禁风的样子。

怪哉，他跟霍华德长得实在太像了：一样的眼睛、一样的鼻子、一样的刮得干干净净的脸，也许他的脸型比霍华德稍微圆些，一样的浅色头发、一样的发型、一样的握手方式，既礼貌又充满自信。

我们这样盯着他看，想必让他很不自在，不过他并没有表现出来。毕竟，在这种非常时期，空降到一个人生地不熟的地方，他一定早料到自己会成为众人好奇目光的焦点。

整个任期之内，他都将受到观察、窥视、跟踪，有时甚至是不怀好意的。他的每一个举动或疏忽都会被报道出来，任人评说，或褒或贬。

刚到一个星期，他就遭遇了第一次危机。当时，每天都有数以百计的各界名人前来拜访他，其中有人询问舒斯特打算何时拜会英、俄两国公使，但他对这个问题总是不置可否。

问的人越来越多后，于是这件事传扬开来，引起民众热烈的讨论：这个美国人到底该不该去外国公使馆进行礼节性拜访？

公使馆放出风声，称因此受到了轻视，气氛一度紧张起来。由于法热勒是舒斯特入阁的引荐人，所以这起外交摩擦令他处境极为难堪，他的整个建国大计恐怕要毁于一旦，于是，他请我去找舒斯特谈谈。

我来到阿塔巴克宫找我的同胞。

阿塔巴克宫是一栋白石建筑物，共有三十间宽敞的房间，有的保留东方格调，有的则呈现欧式风情，房间里装饰着地毯和艺术品，精美的梁柱倒映在池塘中。宫殿四周是一座大花园，溪水从园中蜿蜒流过，人工湖点缀其间，真可谓是一座名副其实的波斯天堂！蝉鸣声过滤掉城市的喧闹，不愧为德黑兰最美的宅院之一。这座宫殿原为某位前任首相所有，之后被一位富有的祆教商人收购。此人热情地支持宪政，于是将这所宅子慷慨地供给舒斯特使用。

舒斯特站在台阶上迎接我，他已经从旅途劳顿中逐渐恢复体力，因此显得更年轻了。他只有三十四岁，但看起来似乎更年轻一些，我原以为华盛顿会派一位像“时光老人[1]”一般的长者前来就任。

“我来是想跟您谈谈有关公使馆的事。”

“您也为这事来啦！”

看他的样子，似乎是被逗乐了。

“我不知道，”我继续说道，“您是否意识到外交礼仪的重要性。别忘了，在我们身处的这个国家，到处都是阴谋诡计。”

“我最喜欢阴谋诡计啦！”

说着，他不禁笑了，不过，他随即止住笑声，换上一副与他的职务身份相般配的严肃表情。

---

[1] 西方神话传说中的“时光老人”为时间的拟人化形象，通常满头白发、长须冉冉、手持镰刀或沙漏。

“雷萨吉先生，这不仅仅是外交礼仪问题而已，这是原则问题。接受这个职务前，我仔细研究了在我之前来波斯就任的几十位外国专家的经历，这当中不乏才能卓越、心怀善意之士，但他们终究还是失败了，您知道为什么吗？因为他们掉入了与我今天所面临的相同的陷阱。我是波斯议会任命的波斯财政总长，因此，我理应向国王、向摄政官、向政府报到。身为美国人，我也可以去拜访美国公使罗素先生。但为什么要让我去俄国、英国、比利时或奥地利人那里做礼节性拜会呢？

“让我来告诉您吧，因为他们想让所有人看到，让对美国人寄予厚望的波斯人民看到，让克服重重压力也要延揽我们入阁的波斯国会看到，摩根·舒斯特是个跟所有外国人一样的外国人，是个法兰籍。一旦我迈出拜访公使馆的第一步，邀约就会如雪片般纷至沓来。外交官们都是有礼貌、有教养、殷勤好客的人。我懂得他们的语言，也能与他们玩得到一处去。如此一来，雷萨吉先生，我在这里就会过着快乐的生活，成天在玩桥牌、喝茶、打网球、骑马、参加化妆舞会中消磨时间。等到三年任期届满，我打道回府时，我会腰包鼓鼓、心情愉悦、肤色健康、身体康泰。但这并不是我来这里的目的，雷萨吉先生！”

说到最后他几乎是用吼的，有人悄悄把门掩上，也许是他妻子。他似乎并没注意到，又接着说：

“我到这里来肩负着一项明确的使命，那就是实现波斯财政系统现代化。波斯人之所以请我们来帮忙，是因为他们对我们的体制有信心，也信赖我们的处事方法。我不想让他们失望，也无意欺骗他们。我来自一个基督教国家，雷萨吉先生，这是有一定意义的。事到如今，波斯人对基督教国家印象如何呢？基督教英国侵吞了他们的石油资源，基督教沙俄依据弱肉强食的法则，将自己的意志强加于波斯。波斯人所接触到的基督徒又是什么样子呢？骗子、狂人、恶人，还有哥萨克军队。您希望他们如何看待我们呢？我们将在一个怎样的世界上共存呢？除了将他们视为奴隶或敌人，难道就没有别的选择了吗？为什么他们不能成为我们的伙伴，不能成为与我们相互平等的人呢？所幸，他们之中还有人愿意相信我们，相信我们的价值，但要多久才能扭转将欧洲视作恶魔的舆论呢？

“波斯的未来会是什么样？这取决于我们的作为，取决于我们的典范作用。巴斯克维尔的牺牲让世人淡忘了其他人的贪得无厌，我对他满怀景仰之情，不过，我得承认，我并非抱着舍生取义的决心而来，我只想诚实地劳动，仅此而已。我会像为一家美国公司服务那样，为波斯服务。我不会偷窃它的财富，而会竭心尽力收拾目前的烂摊子，帮助波斯日益繁荣起来。我会尊重国家政府，但绝不卑躬屈膝。”

听了这番话，我的眼泪夺眶而出。舒斯特默默地望着我，带着一丝不知所措的神情。

“如果我的话，或是我说话的口气，无意间伤害了您，请您原谅我。”

我站起身，伸手与他相握：

“您并没有伤害我，舒斯特先生，您只是让我感到震撼。我会把您的话转告给我的波斯朋友们，我相信他们的反应也会跟我一样。”

离开那里，我一路奔向巴哈利斯坦去找法热勒。老远看到他，我就大声呼喊道：“法热勒！另一个奇迹出现了！”

6 月 13 日，波斯国会高票决定将国家财政全权交给摩根·舒斯特管理。此后，舒斯特时常成为内阁会议的座上宾。

在此期间，又有一桩事成了街谈巷议的热门话题，尽管来源不明，但并不难猜到其出处。谣传称，摩根·舒斯特是某个波斯教派的信徒，尽管听上去很荒谬，但散布谣言的人显然是有备而来，把整件事描述得有模有样。转眼间，这个美国人成了众人眼中的可疑分子，于是，我再次受托去找财政总长谈话。自从上次会面后，我们的关系变得愈发热络了，我称他“摩根”，他叫我“本”。我把他所受的指控解释给他听：

“据说你的仆役中有几位巴孛教或巴哈伊教教徒，法热勒也向我证实了这个说法。据称，巴哈伊教最近在美国组建了一个分支，甚是活跃。人们据此推断，美国公使馆的人都是巴哈伊教徒，他们打着整顿经济的幌子，其实是来让波斯人改宗的。”

摩根沉思片刻。

“我只回答最重要的问题：我来波斯不是为了传教或劝人改宗，而是要重振奄奄一息的波斯财政。直言相告，我绝不是巴哈伊教徒，直到来波斯之前，我才从布朗尼博士的著作上知道这个宗派的存在。更何况，我连巴孛教和巴哈伊教的差别都搞不清楚。至于仆役，在这栋大宅子里大概有十五、六个，众所周知，在我来这之前，他们已经就在这里工作了。我对他们的工作很满意，这对我来说是最重要的。我不习惯凭借宗教信仰或领带颜色来评判我的合作者！”

“我非常清楚你的态度，这与我的信念不谋而合。但我们现在是在波斯，波斯人处事论物的角度，难免和我们有所不同。我刚刚见过新任财政部长，他认为，为了平息流言，应该解雇涉事的仆役，至少是其中个别人。”

“竟连财政部长也关心起这事来了？”

“远比你想像的更关心，他担心这件事会危及部里推行的全盘计划，他要我今晚务必向他禀明我们会谈的情形。”

“那我就不耽搁你的时间了，请你代我转告他，我不会解雇任何仆役，并且我认为，这件事到此为止！”

他站起身，我坚持道：

“我不确定这样的答复就够了，摩根！”

“哦，是吗？这样的话，你可以再补上：‘财政部长先生，如果您除了关心我的园丁的宗教信仰之外，再没有其他事情可做的话，我可以给您送些大部头的卷宗过去，好让您把空闲的时间充分利用起来。’”

我只向财政部长报告了我们谈话的重点内容。但我想，摩根事后一定亲口将那些话一字不漏地又对他重说了一遍。尽管如此，却丝毫没有造成双方不欢而散的局面。事实上，大家都很高兴有些话能直言不讳地说出来。

“自从舒斯特先生来了之后，”有天雪琳向我透露：“这里的气氛变得更加健康、更加纯净了。面对如此复杂混乱的局面，人们认为恐怕要好几个世纪才能理出个头绪来。突然，一个人从天而降，于是乎，好像发生奇迹一般，原本要死不活的大树重新吐绿，再次发芽、抽枝、结果、成荫。这个外国人让我重拾对波斯人的信心。当他对波斯人说话时，其实并没有把他们当成本地人，不会过分考虑他们的敏感易怒或狭隘吝啬，而是把他们当成人一样与之交谈。波斯人因此得以重新自觉为人。你知道吗，我家族里的女性长者都在为他祈祷呢！”

46

1911 年的波斯是属于“美国人”舒斯特的波斯，他当之无愧地成为最受欢迎的政府要员，并且是权力最大的官员之一，这样的说法并不为过。报纸也热情支持他的行动，因为他时常不辞辛劳地抽空会见报社编辑，向他们说明改革计划，并针对棘手议题征询大家意见。

当然，最关键的一点是，他的施政也已取得成效。在重塑国家税收系统之前，舒斯特首先采取措施杜绝盗用公款、铺张浪费，借此平衡了预算开支。在他上任之前，王宫贵族或大臣官僚只要随便写张纸条，就可以从国库中支取款项，工作人员只能乖乖满足他们的要求，否则，不仅会被革职，甚至还会丢掉性命。自从摩根上台后，这些陋习全都消失不见了。

有这么一个例子，6 月 17 日那天的内阁会议上，有人可怜兮兮地向舒斯特申请一笔四万两千突曼的款子，用来支付德黑兰军队的军饷。

“如果再不付军饷，军队就要谋反了，到时候，财政总长可要负全责啊！”国防部长“最高总司令”高声说道。

舒斯特答道：

“部长先生，十天前您本人才刚刚拿走一笔相同数目的款项，请问这笔款子做什么用了？”

“用来补发拖欠的军饷了。当兵的家属都饿着肚子，军官们也举债度日，再也不能这样下去了。”

“您确定那笔款子已经分文不剩了吗？”

“一个子儿也不剩了。”

舒斯特从兜里拿出一张小卡片，上面写满密密麻麻的字。他当着众人的面看了看卡片，然后说：

“十天前国库拨出的这笔款项现在悉数存在部长您个人的账户里，分文不差。我这里有银行经理的名字，还有实际数字。”

此话一出，又高又胖的“最高总司令”腾地站了起来，气得满脸通红。他手捂着胸口，怒视着在场的同僚，说道：

“这是要诋毁我的人格吗？”

没有人答腔，他又说：

“我发誓，即便这些钱真在我户头上，我也是最后一个知道的。”

周围的人半信半疑地撇了撇嘴，大会决定请银行经理到场，舒斯特请大家原地稍候片刻。不久，人到了，国防部长急忙冲上去，一阵窃窃私语之后，“最高总司令”带着天真无辜的微笑回到同僚身边。

“这个该死的家伙误解了我的命令，竟然还没将钱付给军队。这完全是一场误会！”

这出戏好歹有了个了结，自此之后，再没有高官敢肆意侵吞国库，千百年来贪赃枉法的陋习终于画上了句号。尽管有人心存不满，却只能往肚里咽，因为大部分人，包括政府官员在内，都理应感到心满意足，有史以来头一次，军人、公务员、驻外使节都按时领到了薪水。

在国际金融界，舒斯特创造的奇迹也得到了认可，证据就是，伦敦银行家赛立门兄弟决定借给波斯四百万英镑，并且没有附加任何常见的侮辱性条款，既没有强索关税，也无需强制抵押，完全属于提供给有信用的、具有偿还能力的常规客户的常规贷款。这是至关重要的一步，在那些妄图奴役波斯的人看来，这可是一个危险的先例，因此，英国政府立即从中作梗，阻挠贷款。

与此同时，沙皇采取了更为激烈的手段。七月，有消息称前任退位国王偕同他的两个兄弟，率领着一队雇佣兵，打算回来夺取政权。他不是被软禁在敖德萨[1]吗？俄国政府不是明确保证永远不放他回波斯吗？面对质疑，圣彼得堡当局回应称，是他自己逃脱监控，用假护照潜逃出境，至于他的武器装备，则是装在贴有“矿泉水”标签的箱子里鱼目混珠，俄国对此次叛乱行动不承担任何责任。

如此说来，这位流亡君主逃出敖德萨的住所，带着一干人马，跨越乌克兰和波斯之间数百公里的距离，连同全部战备一起搭上一条俄国船只，渡过里海，最后抵达波斯，对于所有这一切，沙皇政府、军队和“公共安全警卫”，即秘密警察，丝毫没有察觉？

然而，讨论这些问题又有何用，当务之急是保护波斯脆弱的民主制度免受夭折的命运。国会向舒斯特提出拨款申请，这一次，美国人非但没有多费口舌，反而毫不迟疑地立刻放款。在他的支持下，军队在几天之内便组建完毕，而且军备精良，弹药充足。不仅如此，他还亲自提名了一位指挥官，此人名叫伊夫拉伊姆·罕，是一位出色的亚美尼亚军官。在他的率领下，不出三个月，前国王就被打得落花流水，驱逐出国境。

世界各国政府都不敢相信这个事实：波斯已经成功转型，成为一个现代化国家了吗？以往，这种叛乱动辄要持续数年之久。无论在德黑兰，还是境外，大多数观察家一致认为，波斯能有今日的表现，都要归功于这个神奇的舒斯特，他的作用已经远远超过财政总长的职责范畴。是他建议国会颁布法令，宣布前国王为不法分子，并仿照西方的做法，在各大城市的墙上张贴“通缉令”：凡协助抓捕叛乱国王及其兄弟者，皆有重奖。这些措施使前国王名誉扫地，失去民心。

沙皇怒不可遏，明摆着，只要舒斯特在，他控制波斯的野心就难

[1] 敖德萨为乌克兰南方大城，也是乌克兰的重要贸易港口，临黑海。

以实现，所以，务必要让这家伙早点滚蛋，为此，必须要制造事端，而且一定要把事情闹大。沙皇把这个任务交给了普希塔诺夫，也就是俄国驻大布里士前任领事，现在是驻德黑兰总领事。

“任务”这个词用在这里实在太委婉了，倒不如称之为“阴谋”，俄国精心策划的一场蹩脚的阴谋。鉴于前国王的两位兄弟协同参与叛乱，国会决定没收他们的财产。财政总长舒斯特奉命执行判决，秉公执法。涉案的主要标的物距离阿塔巴克宫不远，属于有“苏丹荣光”之称的王子。舒斯特派遣执事人员带着授权令前往查封，另有一对宪兵随行护卫。等他们到达现场时，正好与一支哥萨克军队及俄国领事官员迎面相撞，后者威胁说，如果他们不尽快离开，将采取武力手段。

舒斯特听闻此事后，立即派遣一位助理到俄国公使馆接洽。普希塔诺夫亲自会见了这位助理，并且很不客气地提供了如下解释：“苏丹荣光”王子的母亲写信给沙皇及皇后，希望得到他们的保护，沙皇及皇后已恩准她的请求。

舒斯特简直不敢相信自己的耳朵，他说，外国人在波斯领土上犯了法，可以无罪；杀死波斯官员的凶手，可以逍遥法外，只因为他们是沙皇的子民，天底下哪有这样不公正的事！不过，这已是不成文的规矩，一时难以改变，只好认了。但是，波斯人居然可以一夜之间将财产交由他国政府保护，公然藐视自己国家的律法，这可真是闻所未闻！

舒斯特不愿就此罢手，于是他下令宪兵采取除武力以外的强硬措施查封涉事标的。这次，普希塔诺夫不再阻挠，因为，他已经成功地制造了事端，他的任务已经圆满完成了。

俄国马上对此事做出回应。圣彼得堡发布公报称，这起事件无异于对俄国的挑衅，是对沙皇和皇后的侮辱，同时要求德黑兰政府正式道歉。波斯总理闻讯后大骇，连忙向英国人求教该如何处理。英国外事局回应称：沙皇可不是闹着玩的，他已经在巴库集结军队，随时准备攻打波斯。波斯若识时务，当接受俄方最后通牒。

1911 年 11 月 24 日，波斯外交部长怀着沉重的心情来到俄国公使馆，卑躬屈节地握着俄国公使的手，说道：

“阁下，敝人谨代表我国政府向贵国使节所受之屈辱表达歉意。”

沙皇代表一边握住对方伸过来的手，一边回道：

“贵国的道歉我们接受了，但这只不过是第一道最后通牒。我在此通知您，圣彼得堡当局正在商议第二道最后通牒。一旦得知具体内容之后，我会及时通知您。”

果不其然，五天后，也就是 11 月 29 日中午，俄国公使向波斯外交部转交了最新通牒，并口头补充说他们已经得到伦敦方面的支持，波斯必须在四十八小时内做出回复。

> 第一项要求：解聘摩根·舒斯特。
>
> 第二项要求：未经俄、英两国公使馆同意，永不得聘用外国专家任职。

47

国会大厦内，七十六位代表正焦急地等待着。其中有些人缠着缠头巾，有些人戴着土耳其毡帽或便帽，个别激进的“亚当之子”甚至一身欧式打扮。

十一点，总理像爬绞刑架似的登上讲台，有气无力地宣读了最后通牒的内容，随后宣布了政府的决定：俯首听命，接受最后通牒，罢免舒斯特。简言之，就是宁可再次忍受强权操纵，也要避免硬碰硬后注定惨败的结局。

为了避免最糟糕的情形发生，总理希望国会能当机立断，做出最终决议。他提醒诸位代表，波斯必须在正午前对最后通牒的内容作出答复，因此时间有限，不宜讨论过久。他一边讲话，一边不安地瞟向坐在访客席的普希帕诺夫。这位俄国公使执意进入国会旁听决策经过，竟无人敢阻拦。

当总理结束发言回到座位时，现场既没有嘘声，也没有掌声，只有一片令人窒息的死寂。后来，一位德高望重的赛义德站了起来，他是先知的子孙，也是不折不扣的现代派分子，自始至终都是舒斯特的热心支持者。他简短地表明立场：

“就算真主让我们的自由和主权被人夺去，我们也不能放弃自己的原则。”

语毕，现场再次陷入沉默。紧接着，又有人简短地表明了同样的意见。普希帕诺夫故意看了下手表，总理注意到了，于是也拉起表链，掏出怀表，贴近看了看时间，差二十分钟就十二点了。总理慌乱不安地用拐杖敲着地面，催促大会进行投票。有四名代表假借各种理由匆忙离开了现场，剩下的七十二名代表一律投了反对票，拒绝接受沙皇的最后通牒，拒绝解聘舒斯特，拒绝政府的态度。这种情况下，总理相当于辞职了，他只好和内阁一同离开了会场。普希帕诺夫也站了起来，他要发给圣彼得堡的电文已经拟好了。

大门嘭地一声关上了，回声在静悄悄的大厅里久久回荡。该走的人都走了，只剩下代表们，他们赢了，但却没有心情庆祝胜利。权力握在他们手中，国家的命运、年轻的民主制度的命运也取决于他们，他们该怎样运用这份权力？他们想怎样运用这份权力？全然无解。这情景是如此虚幻、悲怆、混乱，在一定程度上甚至有些儿戏。不时有人提出一个想法，但随即又被否定了。

“如果我们请美国为我们提供武力支援呢？”

“他们为什么要来？美国人跟俄国人可是朋友啊。为沙皇和日本天皇斡旋调解的，不正是罗斯福总统吗？”

“但舒斯特在我们这边啊，他们难道不会看他的面子？”

“舒斯特在波斯的确很有名，但在美国，却是默默无名。再说，美国政府一定不欢迎他与英、俄两国交恶的做法。”

“如果请他们来修铁路呢？也许他们会感兴趣，那样他们就会来帮我们了吧。”

“或许吧，但最快也要等到六个月之后了，可沙皇两星期后就会派兵来了。”

土耳其人呢？德国人呢？为什么不试试日本人呢？日本不是在满洲打败了俄国[1]吗？此时，一位来自克尔曼的年轻议员突然半开

[1] 在此指的是 1904 年的日俄战争，日本于该战中打败俄国。

玩笑、半严肃地建议，不如请日本天皇来做波斯国王好了。听到这里，法热勒再也忍不住了。

“我们务必搞清楚一点，那就是，我们甚至连向伊斯法罕求援都不可能！一旦开战，德黑兰只能孤军奋战，只能依靠城内的人力和武器，就像三年前的大布里士一样。但我们要对付的不再是一千，而是五万哥萨克兵。我们必须搞清楚，我们根本毫无胜算。”

如果这样令人泄气的话是由其他人说出来的，必定会招来一顿劈头盖脸的批评。但是，这些话出自大布里士的英雄、著名的“亚当之子”之口，众人只得将其当成逆耳忠言，默默地接受这残酷的现实。事已至此，若要继续鼓吹抵抗，直可谓难上加难，但这恰恰就是法热勒所要做的。

“即便如此，为了保住波斯的未来，我们还是要奋起抵抗。伊玛目胡赛因不是一直活在波斯人共同的记忆里吗？这位殉道者虽败犹荣。虽然他在战场上输了，全军覆没，惨遭杀害，但我们却对他尊崇有加。波斯必须趟过血路才能令人信服，我们正好七十二个人，就像胡赛因的同伴一样多。如果我们战死了，国会就会成为世人凭吊的圣地，民主就能在东方大地上扎根。”

他们抱着必死的决心，却并没有束手就擒。他们非但没有背叛自己的事业，反而积极筹备城防，志愿者争先恐后前来报名，尤其是“亚当之子”，重现了当年大布里士的盛况。不过，这一切终归徒劳，沙皇的军队侵占波斯北方领土后，正挥师直指德黑兰。俄军势如破竹，仅有中途遇到的一场大雪稍微耽搁了他们的行程。

12 月 24 日，失势的总理打算藉武力重掌政权。凭借哥萨克军队、巴赫提牙利族武装，以及相当一部分军队和宪兵武装的支持，他夺取了首都政权，宣布解散国会，多名议员遭到逮捕，以法热勒为首的活跃分子被流放至海外。

新政权上台后所做的第一件事就是全盘接受沙皇最后通牒的内容。舒斯特收到一封信，客气地通知他已被解除了财政总长的职务。他只在波斯待了八个月，这八个月险些改变了东方的面貌。

1912 年 1 月 11 日，舒斯特在众人满怀敬意的目光中离开了。小国王特意差遣他的御用法籍司机——瓦雷先生，开着他专用的御车，将舒斯特送到恩泽利港。前来送行的人有外国人，也有波斯人，有人站在舒斯特家门前的空地上，也有人站在路边。现场既没有欢呼，也没有喝彩，只有成千上万只手默默地挥别，人群仿佛被抛弃的爱人一般黯然泪下。

幸而，舒斯特离开的途中只发生了一桩小事：有个哥萨克兵在车队经过时，捡起一块石子，作势要朝那美国人扔过去。但我想他一定没能得逞。

等汽车驶过嘎兹温门，消失在远方后，我和美国公使查理斯·罗素一起走了一小段路，然后，我独自步行回到雪琳的住处。

“你看起来一团糟。”雪琳迎着我说道。

“我刚刚送走舒斯特。”

“啊！他终于走了！”

我不太确定雪琳这话到底是什么意思。

她解释道：

“今天，我还在寻思，如果舒斯特先生没来波斯的话，反而更好。”

我惊恐地看着她。

“你竟然说出这种话！”

“没错，是我雪琳说的不假。我曾经热烈欢迎这位美国人的到来，支持他的一举一动，甚至把他视为救世主。但现在，我恨不得他一直远远地待在他的美国，从没来过这里才好呢。”

“他做错什么了吗？”

“没做错什么。不过，这恰好证明他不懂波斯。”

“我不懂你在说什么。”

“如果大臣有理了就反抗国王，妻子有理了就反抗丈夫，士兵有理了就反抗上司，他们难道不会因此加倍受到惩罚吗？既是弱者，就不该强出头，否则就要罪加一等。面对俄国和英国，波斯是弱者，因此它本就该有个弱者的样子。”

“永远当弱者吗？难道波斯不该强盛起来，不该成为一个现代化国家，教育其子民，跻身于繁荣大国之列吗？这正是舒斯特努力的方向啊。”

“说到这一点，我由衷地钦佩舒斯特先生。尽管如此，我仍不得不认为，假如他没有取得这么多成就的话，波斯也许不会陷入今天这样凄惨的境地，不仅民主制度土崩瓦解，甚至连国土也惨遭侵略。”

“既然这是沙皇一贯的野心，那么这些事迟早总是会发生的。”

“既然是坏事，那总是越晚发生越好吧！你难道不知道关于纳斯鲁丁[1]毛拉的那个毛驴的故事吗？”

纳斯鲁丁是波斯、河中流域、小亚细亚等地趣闻轶事及寓言故事里半传奇式的英雄人物。雪琳说起故事来：

“据说，有位疯癫的国王指控纳斯鲁丁偷了一匹毛驴，因此判他死刑。正当他被押上刑场时，纳斯鲁丁大声喊道：‘实际上，那匹毛驴是我的兄弟，是魔术师把他变成这副德行的。如果把它交给我，不出一年工夫，我就能教它开口说话！’国王大吃一惊，叫他把先前所说的话再重复一次，然后，国王下令说：‘好吧！不过，一年后的今天，若是这匹毛驴还不会说人话，你就得乖乖拿命来。’纳斯鲁丁获释后，妻子把他找去，说：‘你怎么能保证那种事呢？你明知道那匹毛驴是不可能开口说话的啊。’‘我当然知道。’纳斯鲁丁回答说：‘但是在这一年

---

[1] 纳斯鲁丁是伊斯兰世界的一位传奇睿智长者，其确切生卒年月及出生地都不详，只知可能是 13 世纪前后之人。纳氏以幽默长者及老师的身分，留下不少令人捧腹的哲理笑话于世。妙的是从北非摩洛哥，到西亚土耳其、伊朗，到中亚乌兹别克，到中国新疆，各地穆斯林都言之凿凿纳斯鲁丁就是本国祖先。在中国，纳斯鲁丁即为新疆维吾尔同胞传说中所称的“阿凡提”，至今与阿凡提相关的书籍、电视、童话、卡通发行众多。据说纳斯鲁丁倒骑毛驴行走于世，后世多以此形像为其个人标志。

中，国王可能会死，毛驴可能会死，甚至我也可能会死。'”

公主继续说：

“如果我们懂得争取时间，也许到时候俄国会卷入巴尔干或中国战争的泥沼。更何况，沙皇也不会长生术，他很可能会在这段期间驾崩，或是像六年前一样，被暴乱与革命推翻。我们本应该耐心地静待时机，必要时耍点手段、使用拖延战术、假装臣服、说些谎话或假意承诺，这才是东方独有的智慧。舒斯特希望波斯按照西方的节奏行事，因此将我们直接导向失败。”

她似乎为自己所说的这番话深感痛苦，因此，我并不去反驳她。她又补充道：

“波斯让我联想到一艘厄运连连的帆船，水手们时常抱怨风不够大，致使船无法前进，突然间，好像要惩罚他们似的，天上刮来一阵龙卷风。”

我们沉思良久，不堪其苦。最后，我怜爱地将她揽入怀中。

“雪琳！”

是我呼唤她的方式泄漏了什么吗？总之，她猛地一惊，把我推开，狐疑地打量着我。

“你要离开了吗？”

“是的，但这次不同。”

“怎么个不同法？”

“我要跟你一起离开。”

48

瑟堡[1]，1912 年 4 月 10 日。

一望无际的英吉利海峡，波光粼粼。雪琳就在我身边，手稿就装在我们的行李中，周围是一色的东方面孔。

提到泰坦尼克号时，人们总将注意力过多地放在那群光鲜亮丽的达官贵人身上，而常常忽略了这艘海上巨轮其实是为了另外一群人而建造的，那就是数以百万计的移民。这些人，无论男女老幼，失去了安身立命的土地，一心梦想着前往美国。

这艘巨轮沿途搭载了大批乘客：有在南安普顿登船的英国人和斯堪的纳维亚人；有在昆士敦登船的爱尔兰人；而在瑟堡登船的旅客则来自更远的地方，例如希腊人、叙利亚人、安纳托利亚的亚美尼亚人、萨洛尼卡及比萨拉比亚的犹太人、克罗地亚人、塞尔维亚人、波斯人等。

在瑟堡港，我观察着身边的这些东方人：他们带着几件简陋的行李，似乎急着要赶到什么地方去似的，不时露出焦虑不安的神情，一忽儿匆忙找寻遗失的表格，一忽儿又是寻找没影儿了的皮孩子，或是

[1]　瑟堡为法国西北部的海港。

滚到长凳下的不听话的包裹。每个人的目光深处都混合着历险、感伤和不服输的神情。当然，他们也为自己能参与泰坦尼克号首航而欣欣然，这艘史上最坚固的无敌摩登巨轮将搭载他们前往西方乐土。

我的心情也与众人差不多，三个星期前，我们在巴黎完婚，之所以推后蜜月之旅的行程，就是为了搭乘泰坦尼克号，好让我的新婚妻子在旅途中尽情享受足以媲美她生长的地方的豪华排场。这并非爱慕虚荣，长久以来，雪琳一直都不是很情愿到美国居住，若非此次波斯民族觉醒运动遭遇挫折令她心灰意冷，她恐怕永远也不会愿意跟我去美国。因此，我雄心勃勃地想要为她营造一个比她不得不离弃的那个世界更加瑰丽迷人的世界。

泰坦尼克号与我的心意不谋而合，它的设计者似乎是想在这座漂浮的宫殿中再现陆地上的种种奢华娱乐，其中不乏一些东方休闲项目，例如令人身心舒坦的土耳其浴，其慵懒闲适的程度绝不输给君士坦丁堡或开罗的土耳其浴；两旁植有棕榈树的走廊；在健身房里，练功杠和鞍马之间还装着一匹电动骆驼，只要骑上去，并按下一个神奇的开关，就会给人一种在沙漠中骑行的错觉。

在泰坦尼克号上，我们不只追求异域风情，还尽情沉浸在欧式娱乐中，比如一边大啖生蚝与主厨普罗克特先生的招牌菜——里昂香料煎鸡，一边啜饮高斯古堡1887年份的顶级红酒，同时还聆听身穿深蓝色礼服的乐师们演奏《霍夫曼的故事》[1]《艺妓》[2]以及路德斯的《伟大的莫卧儿》等曲目。

这些美好的时光对我跟雪琳来说弥足珍贵，因为在波斯，我们的恋情只能秘密进行。尽管公主在大布里士、札尔干达和德黑兰都拥有华贵舒适的住所，但我总感觉我们的爱情似乎被局限在四面墙壁之间，

[1]《霍夫曼的故事》是法国作曲家雅克·奥芬巴赫的最后一部歌剧，取材自德国浪漫派作家霍夫曼的小说。

[2]《艺妓》是英国音乐剧，配乐为西德尼·琼斯所作。

仅有精雕细刻的镜子和仆人们躲闪的目光为证。现在，我们终于可以正大光明地在一起了，像普通男女恋人一样，手挽着手，欣然接受旁人的注视。即便深夜，我们也舍不得回船舱，尽管我所挑选的是船上最宽敞的船舱。

晚间漫步是我们最大的快乐，用完晚餐后，我们找到船上的一位负责人，并且总是那同一位，请他带我们去打开保险箱，拿出手稿，然后带着它小心翼翼地穿过船桥和走廊。之后，我们坐在巴黎咖啡厅的藤椅上，随意读几首诗。接着，我们乘电梯来到无人的僻静处，在晚风中忘情地热吻，享受无人打扰的甜蜜时光。夜深人静时，我们带着手稿回到房间，第二天一早再由那位负责人将它重新放入保险箱。这个仪式让雪琳分外着迷，因此我每天都要为她精心记忆并复述每处细节。

就这样，第四天晚上，我们信手翻开手稿，卡亚姆写道：

> 你追问我们的生命气息源于何处。
> 这并非三言两语即可回答，
> 毋宁说它源自幽深的海底，
> 随即大海复又将其吞没！

诗中隐含的海洋意象触动了我，我想慢慢地再念一遍，但雪琳却打断我说：

“求你啦。”

她看上去好像喘不过气来似的，我不由担心起来。

“尽管这首鲁拜诗我早已谙熟于心，”她用微弱的声音说：“可是，突然间，我仿佛感觉第一次听到它一样，就好像……”

她没有把话说完，等她能正常呼吸后，才用稍微恢复平静的语调继续说道：

“真希望我们已经到了。”

我耸耸肩膀。

“如果说世界上有这样一艘船，人们可以乘坐它无忧无虑地旅行，那就是我们现在所乘坐的这艘。史密斯船长不是说吗，即使神也无法让它沉没！”

我试图用这些话和轻松的语气安抚她，结果却适得其反。她紧紧抓住我的手臂，喃喃地说：

“别再说这样的话了！别再说了！”

“你这是怎么了？你知道的，这不过是句玩笑话罢了。”

“在我的故乡，即便不信神的人也不敢说出这种话来。”

她浑身发抖，我不明白她的反应为何会如此激烈。我提议回房间休息，然后搀扶着她，以免她半路跌倒。

隔天，她似乎好多了，为了让她散散心，我带她四处参观船上的景点，甚至不惜被亨利·斯利皮·哈泼嘲笑，爬上了那匹摇摇摆摆的电动骆驼。这位哈泼先生乃是《哈泼周刊》的主编，此刻正与我们一道，他请我们喝茶，与我们分享他游历东方的见闻，然后又郑重其事地把他的京巴狗介绍给我们。他为狗取名为“孙逸仙”，似乎要以此纪念这位中国的解放者。然而，雪琳却始终闷闷不乐。

那天晚餐时，她一句话也不说，似乎身体不舒服，因此我想最好还是取消每晚的夜间散步，把手稿留在保险箱里为妙。我们回到房间，她立即倒头睡去，但却睡得极不安稳。我一方面为她担心，一方面不习惯早睡，于是大半个晚上坐在那里看着她。

何必说谎呢？当船撞上冰山时，我的确一无所知。事后，当人家告诉我撞船发生的准确时间时，我才依稀记得午夜前不久，似乎听到隔壁船舱传来好像床单撕裂一般的声音，仅此而已，我并不记得发生过任何撞击。总之，我迷迷糊糊地睡着了，直到被急切的敲门声惊醒，有人喊了一句什么，而我却并未听清。我看了看手表，差十分一点，我披上睡袍，打开门，走廊里空荡荡的，但能听到远处传来嘈杂的交谈声，在这深更半夜的时候，着实显得反常。不过我并没有太在意，寻思着先过去看看到底发生了什么事，因此也没有唤醒雪琳。

我在楼梯上遇到一位服务员，他轻描淡写地说发生了“一点小麻烦”，因此船长吩咐请所有头等舱旅客到船顶的日光甲板集合。

“要叫醒我太太吗？她白天有点不舒服。”

“船长吩咐的是所有人。”服务员撇撇嘴答道。

我回到船舱，尽可能温柔地把雪琳唤醒，一边抚摸她的额头和眉毛，一边在耳边呼唤她的名字。她咕哝一声，我低声告诉她：

“起来吧，我们得到甲板上去。”

“今晚不去了，我好冷啊。”

“不是去散步，是船长下的命令。”

“船长”二字似乎有魔力一般，她腾地从床上跳起来，喊道：

“胡大[1]呀！我的天啊！”

她匆忙胡乱地穿上衣服，我竭力安抚她，要她慢慢来，告诉她并没有那么急。然而，等我们来到甲板上时，那里已然乱作一团，正有人组织乘客登上救生艇。

我先前遇到的那个服务员也在现场，我走过去，他仍是一副轻松的神情。

“女士、孩童优先哟！”他开玩笑似地说。

我牵着雪琳的手，想带她到救生艇那边去，而她却一动不动。

“手稿！”她哀求道。

“我们很有可能在混乱中把它弄丢！把它留在保险箱里反而更安全！”

“没有它我绝不离开！”

“并不是要离开，”那位服务生插嘴道，“只是把乘客疏散开一、两个小时。要照我的意见，根本没这个必要。不过，船长才是这里的老大……”

---

[1]　胡大为波斯语“神”的意思。

我说不准她是不是真的被说服了，其实不然，她只不过任由我牵着走，不再反抗罢了。这时，前头有位船员把我叫住了。

“先生，请到这里来一下，我们正需要您。”

我走过去。

“这条救生艇还缺一位男士，请问您会划船吗？”

“我在切萨皮克湾[1]划过几年。”

听到这话，他请我赶紧上船，并且帮助雪琳也登上了救生艇。船上大概有三十来人，另外差不多同样数量的位置仍然空着。但根据命令，只有女士能登船，外加个别经验丰富的划桨手。

船员们猛地将我们降到海面，我奋力稳住船身，划起桨来。往哪儿划呢？向这茫茫黑暗中的何处划呢？我一无所知，执行救援的人们同样不得而知。我决定先将船划到距离泰坦尼克号半英里远的地方，然后再原地等待返回信号。

最初几分钟，大家关注的焦点集中在如何保暖的问题上。寒风呼啸，甚至连船上交响乐队演奏的旋律都听不分明了。但是，直到我们划出一段距离停下来之后，才恍然大悟究竟发生了什么。原来，泰坦尼克号正向船首方向倾斜，船上的灯光逐渐熄灭。我们全都惊呆了，谁也说不出话来。

突然，传来一个男子的呼救声，他正在海中奋力划水。我驾驶着救生艇向他划过去，雪琳和另一位女乘客帮我一道将他拉了上来。不久，又有其他幸存者发出呼救信号，我们闻声赶去救人。

正当我们忙于救人时，雪琳突然尖叫一声，只见泰坦尼克号已经倾斜成垂直状态，船上灯火全熄。漫长的五分钟里，它一直保持着这样的姿势，最后，悲壮地沉入命运的深海。

4 月 15 日，阳光撒下来，照在筋疲力尽、瘫倒在地的人们身上。

---

[1] 切萨皮克湾是美国面积最大的河口湾，位于美国大西洋海岸中部，为马里兰州和弗吉尼亚州三面环绕，仅南部与大西洋连通。

此刻，我们正在卡帕细亚号船上，它是在接到泰坦尼克号发出的求救讯号后，赶来援救生还者的。雪琳安安静静地待在我身边，自从昨晚目睹泰坦尼克号沉没后，她就没再说过半句话，也不再看我。我想帮她振作起来，提醒她我们能大难不死是多么幸运，反之，大部分乘客都在船难中丧生了，在这片甲板上，许多妇人成了寡妇，许多孩子成了孤儿。

然而，我话到嘴边又吞了下去。我深知，无论对她，还是对我，手稿的重要性远远超过珠宝或珍贵古董，在某种程度上，它乃是维系我们关系的根本。在经历了那么多磨难之后，它的失落对雪琳而言可谓是一个沉重的打击。我想，最好还是让时间来治愈一切吧！

4 月 18 日晚间，纽约港已近在眼前。有记者专程租船赶来采访，他们用扩音器向我们提出各种问题；而乘客们则将双手拢在嘴边，大声回应，一时间人声鼎沸。

卡帕细亚号刚一靠岸，记者们便蜂拥而上，他们将生还者团团包围，各自寻找能为他们提供最准确、最刺激的第一手资料的采访对象。一名《夕阳报》的年轻记者选中了我，他对史密斯船长和其他船员在危难关头的表现尤其感兴趣。他们是否惊慌失措了？他们有没有对乘客们据实以告？优先救援头等舱乘客，这是真的吗？面对他的一个又一个问题，我苦苦思索，努力在记忆中搜寻。我们谈了很久，起先是一边下船一边谈，后来干脆站在码头上谈。雪琳在我身边待了一会儿，始终一言不发，后来就走开了。我并没多心，反正她不可能走远，应该就在附近，也许是躲到那位举着镁光灯对我拍个不停的摄影师身后去了吧。

临别时，那位记者对我的叙述大加赞赏，他还向我要了地址，以便日后联络。送走他后，我环顾四周，大声召唤，声音越来越大，但是雪琳已经不在那儿了。我决定待在原地不动，以免她回来之后找不到我。我等啊等，一个小时过去了，两个小时过去了，码头上的人潮慢慢散去。

我该去哪儿找她呢？首先，我去了泰坦尼克号所属的白星公司的办公室，然后又找遍了接待生还者留宿过夜的旅馆，但却始终没能找到我的妻子。我又回到码头上，此刻的码头早已空无一人。

万般无奈之下，我决定先回她唯一知道地址的地方去，也就是我位于安纳波利斯的家，寄希望于等她心情平复后，会去那里找我。

我等了很久，期待着能有雪琳的一丝讯息。但她始终没来，也没写信给我。从此以后，没有人再在我面前提起她的名字。

事到如今，我不禁会想：她是否真的存在过？难不成她只是我迷恋东方所产生的幻觉吗？夜深人静时，在偌大的卧室里，当困惑将我攫住，当记忆变得模糊，当我感觉理智发生动摇时，我就起身点亮所有的灯，迫不及待地拿出她从前的来信，假装刚刚收到似的，将它们逐一打开。我嗅着信纸上的香水味，读上几行，即便字里行间透露出的是冷冰冰的腔调对我而言也是一种安慰，恍惚间我仿佛又回到当初坠入情网的时候。

阅毕，我心平气和地把信收好，重新返回黑暗中，准备好坦然面对过去的纷纷扰扰。君士坦丁堡一间客厅里的一句话、大布里士的两个不眠夜、札尔干达冬天里的铜火盆。当然还有我们最后一次旅行中的情景：我们登上船顶，在漆黑的僻静角落，忘情热吻。有时，我将手稿平放在系缆桩上，好腾出手来捧起她的脸蛋。她看见了，一边笑，一边挣脱我的怀抱，好像演戏似的对着天空高声呼喊：

“泰坦尼克号上的《鲁拜集》！西方文明承载着东方之花！卡亚姆，但愿你看得到上天赐予我们的美好时光！”

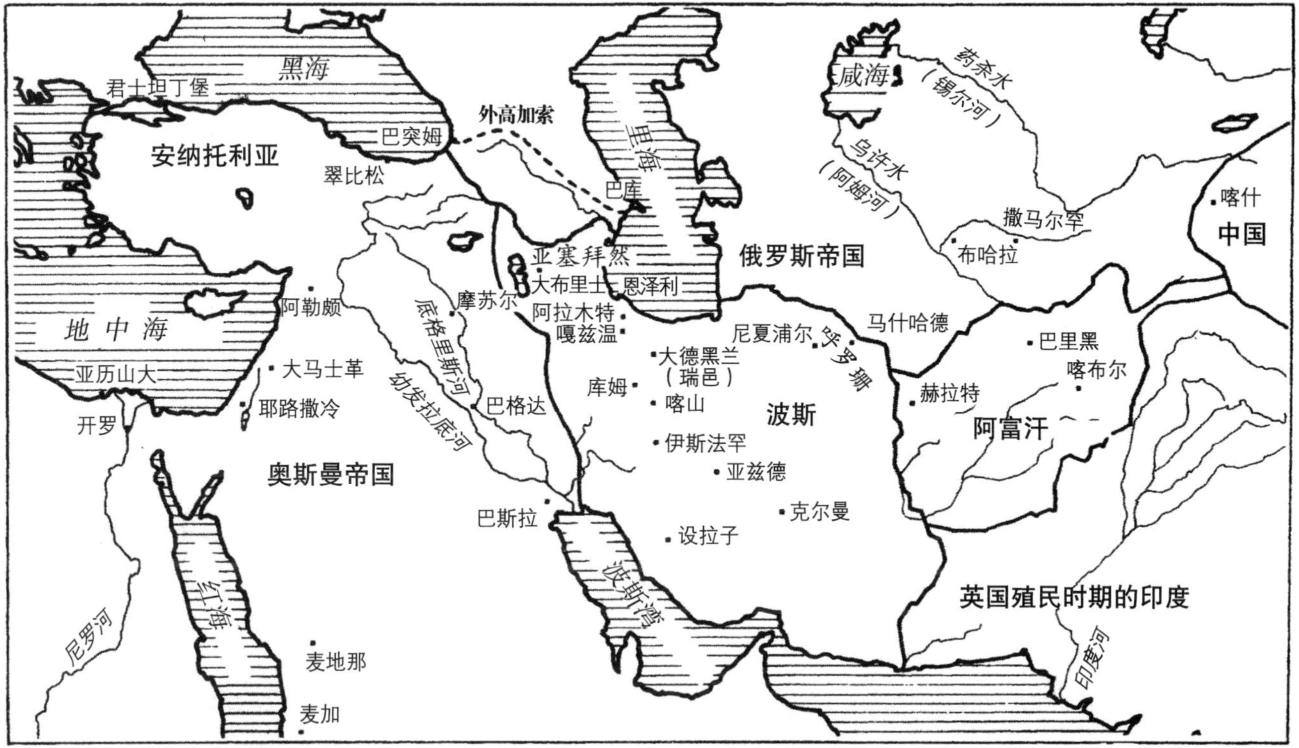

《撒马尔罕》中提到的主要地名

1912年的边界线

图书在版编目 (CIP) 数据

撒马尔罕 / (法) 阿敏 · 马卢夫著 ; 黄思恩 , 林子涵 , 彭广恺译 . —北京：民主与建设出版社，2017. 11

ISBN 978-7-5139-1480-2

Ⅰ . ①撒… Ⅱ . ①阿… ②黄… ③林… ④彭… Ⅲ . ①长篇历史小说—法国—现代 Ⅳ . ① I565.45

中国版本图书馆 CIP 数据核字（2017）第 071642 号

撒马尔罕

SA MA ER HAN

出版人	许久文
著者	（法）阿敏 · 马卢夫
特约策划编辑	黄　冀　北京红点智慧文化发展有限公司
责任编辑	王　颂
封面设计	隋　军
出版发行	民主与建设出版社有限责任公司
电话	（010）59417747 59419778
社址	北京市海淀区西三环中路 10 号望海楼 E 座 7 层
邮编	100142
印刷	北京中科印刷有限公司
版次	2017 年 7 月第 1 版　2017 年 11 月第 3 次印刷
开本	889 mm × 1087 mm 1/32
印张	10.25
字数	300 千字
书号	ISBN 978-7-5139-1480-2
定价	68.00 元

注：如有印、装质量问题，请与出版社联系。